www.tredition.de

K. B. Schmittdhausen

Unsere lieben Nachbarn

Die PERFEKTE Hausgemeinschaft

Inhaltsverzeichnis

Die erste Wohnung

Mathilda und Karl-Gustav waren mit ihrem Auto auf dem Weg nach Recklinghausen. Sie hatten sich vor einem Jahr in einem Tanzcafé kennengelernt und sind seitdem ein Paar. Vor vier Wochen hatten sie geheiratet und anschließend intensiv nach einer passenden Wohnung gesucht.

Obwohl es zuerst so aussah, als sollte dieses eine zäh fließende Angelegenheit werden, wurden sie gestern im Internet fündig. Sie entdeckten nach Wochen erfolgloser Suche eine Wohnung, die nach den ersten Eindrücken besonders Mathilda gefiel. Da auch Karl-Gustav nicht abgeneigt war, vereinbarte Mathilda mit dem Hausbesitzer telefonisch sofort einen Termin für heute Morgen zehn Uhr.

»Schatz, ich bin ganz gespannt auf die Wohnung. Im Internet sah sie schon einmal vielversprechend aus, hoffentlich ist sie in natura genauso schön. Was meinst du?«

»Das werden wir gleich sehen Liebes, lassen wir uns überraschen. Im Internet sah sie wirklich sehr ansprechend aus. Mir gefiel auch, dass das Haus nur zwei Etagen hat und wir im Erdgeschoss wohnen können. In dem Haus befinden sich allerdings nur drei Wohnungen. Ob das ein Vorteil oder ein Nachteil ist, wird sich wohl erst im Laufe der Zeit herausstellen.«

»Ja Karl-Gustav, das sehe ich genauso. Aber beachte bitte, der Hausbesitzer wohnt auch in diesem Haus. Kann das nicht zu Problemen führen? Ich behaupte nun einfach, dass du manchmal etwas eigen bist.«

»Mathilda, was soll das denn heißen? Ich bin doch wohl

der umgänglichste Mensch auf diesem Planeten.«

»Karl-Gustav, wenn du der einzige Bewohner auf unserem Planeten wärst, könnte ich auf Anhieb sagen, >ja<. Aber so kommen mir doch arge Zweifel.«

»Das war aber jetzt gemein, darauf werde ich noch einmal zurückkommen müssen. Allerdings später, wir sind jeden Moment an der Wohnung angelangt.«

»Das stimmt, zum Glück sind wir nun da. Halte bitte auf dem Seitenstreifen, dort kann man parken. Das ist ja praktisch.«

Sie standen noch nicht ganz, da kam ein Mann, wohl Mitte vierzig, auf das Auto von Karl-Gustav und Mathilda zugelaufen.

»He, Sie da, Sie können hier nicht stehen bleiben, der Seitenstreifen ist nur für Anwohner.«

»Schatz, was will der Blödmann? Guck mal, wie der mit den Armen herumfuchtelt. Hast du gerade verstanden, was der will?«

»Ich glaube ja, Karl-Gustav. Wir sollen hier nicht parken, das wäre nur für Anlieger.«

»Tickt der noch sauber? Das ist ein öffentlicher Seitenstreifen, der gehört zur Straße. Unser Auto bleibt jetzt hier stehen!«

»Schatz, ich habe so meine Befürchtungen. Ich glaube, wir sollten unser Auto woanders parken.«

»Das kommt überhaupt nicht in Frage, Mathilda mein Schatz, ich steige eben aus und werde den Typ mal einnorden.«

»Schatz warte doch mal, nicht so voreilig!«

Aber die Warnung von Mathilda kam zu spät. Karl-Gustav war schon ausgestiegen und auf den Mann zugegangen. Da dieser wiederum keine Sekunde zögerte, auf Karl-Gustav zuzugehen, standen sich beide Männer kurze Zeit später direkt gegenüber. Bevor Karl-Gustav etwas sagen konnte, sprach sein Gegenüber ihn ziemlich forsch an.

»Hören Sie mal, verstehen Sie schlecht? Sie sollen hier wegfahren, der Parkplatz ist nur für Hausbewohner.«

»Jetzt hör genau zu, du Witzbold, das hier ist ein öffentlicher Parkplatz. Genauer gesagt ist das ein Seitenstreifen, der als Parkplatz genutzt werden kann. Der Seitenstreifen gehört wiederum zur Straße und daher ist doch wohl zweifelsohne auch das Grundstück mit dem hier augenscheinlichen Parkplatz zwischen Straße und Bürgersteig in dem Besitz der Stadt Recklinghausen.

Ihnen gehört das Grundstück schon mal nicht und deshalb bleiben wir hier stehen. Es dauert außerdem sowieso nicht lange, wir wollen uns nur eine Wohnung ansehen.«

»Ach nee, und welche Wohnung wollen Sie sich ansehen? Etwa die Wohnung hier auf der Krimhildestraße 224, im Erdgeschoss unten links?«

»Mann, Sie sind zwar ein unhöflicher Patron, aber Sie scheinen hellseherische Fähigkeiten zu haben. Genau diese Wohnung wollen wir uns ansehen.«

»Tja, da können Sie aber gleich wieder fahren. Sage ich doch, dass der Parkplatz nur für Anwohner ist und das werden Sie hier nicht!«

»Ach nee, und woher wollen Sie das so genau wissen? Ich glaube, Sie überschätzen momentan Ihre hellseherischen Fähigkeiten?«

»Aber nicht im Geringsten. Für Sie ist dieses Abenteuer hier zu Ende. Sie können, oh Moment, guten Tag. Gehören Sie zu diesem Flegel?«

»Was? Hör mal zu, du Knilch! Gleich zeige ich dir einmal, was ein Kui-matsui ist. Dann vergeht dir aber dein großspuriges Gehabe, das kannst du mir glauben.«

»Karl-Gustav, du bist jetzt auf der Stelle ruhig! Entschuldigen Sie bitte, mein Mann hat es mit den Nerven, eine Nervenkrankheit. Eine Familienkrankheit genauer gesagt, nehmen Sie ihm das bitte nicht übel. Mein Mann hatte heute Morgen in der Aufregung, die Wohnungssuche hat ihn leider zu sehr mitgenommen, völlig vergessen seine Tabletten zu nehmen.

Als wir obendrein noch Ihre schöne Wohnung im Internet gesehen haben und das völlig unerwartet, verstehen Sie, war das offenbar etwas zu viel für meinen Mann. Sie sollten ab jetzt besser nur mit mir reden!«

»Mathilda, was ziehst du denn hier gerade ab? Bist du eigentlich noch bei Sinnen? Ich habe doch keine Nervenkrankheit! Ich kenne auch niemanden in der Familie, der davon betroffen sein könnte.«

»Karl-Gustav, du bist jetzt ruhig! Du darfst erst wieder etwas sagen, wenn du deine Tabletten genommen hast. Herr Hanken, das sind Sie oder? Wir sollten das unter uns regeln. Ich hoffe nun, dass ich Ihnen gefalle und ich glaube auch, dass wir beide gut miteinander auskommen würden. Achten Sie nicht auf meinen Mann!«

»Oh, Frau Kirchhaff, Sie gefallen mir sehr gut! Ich gehe nun mal davon aus, dass Sie es sind. Vielleicht haben Sie recht, auf Kranke sollte man Rücksicht nehmen. Gut, wir sind ja fortschrittliche Menschen und daher werde ich nicht darauf hören, was dieser Flegel, leider Ihr Mann, so alles von sich gibt. Ich werde mich nur auf Sie konzentrieren.«

»Ich haue dir gleich fortschrittlich was auf deine Birne, du großkotziger Blödmann. Mathilda, nun mal ehrlich, was soll das?«

»Karl-Gustav, wenn du jetzt noch ein Wort sagst, gibt es

vier Wochen Schmuseverbot. Hast du mich verstanden!«

»Hören Sie mal bitte, Frau Kirchhaff, was hat Ihr Flegel von Mann gerade gesagt, der spricht so undeutlich?«

»Das stimmt, Gott sei Dank. Eh, ich meine, das kommt sicher alles durch seine Krankheit. Sie sollten sich daher nur auf mich konzentrieren, übersehen Sie meinen Mann einfach. Zeigen Sie mir denn nun Ihre schöne Wohnung oder bin ich schon aus dem Rennen?«

»Ich bitte Sie, aber Sie doch nicht. Wie kommt übrigens so ein Flegel zu solch einer äußerst hübschen und intelligenten Frau? Sachen gibt es, die gibt es gar nicht. Selbstverständlich können wir uns jetzt die Wohnung ansehen.«

»Hör mal genau zu, du Lackaffe! Meinst du, weil du hier so gestriegelt daherkommst, darfst du mich beleidigen? Ich zieh dir gleich deinen Anzug auf links und dann wollen wir doch einmal sehen, wie du danach aussiehst. Wahrscheinlich genauso bescheiden, wie es auch in deinem Gehirn auszusehen scheint.«

»Karl-Gustav, gleich bekommst du einen Maulkorb. Ich warne dich. Wehe dir, wenn du nicht auf der Stelle ruhig bist!«

»Entschuldigen Sie, Herr Hanken, lassen Sie uns doch umgehend in die Wohnung gehen? Achten Sie nicht auf meinen Mann! Sie wissen ja, er ist krank im Kopf. Der >Ärmste<, kann man da nur sagen, aber damit muss man auch leben können.«

»Was bin ich, >krank im Kopf<? Informiere mich mal Mathilda, drehst du jetzt völlig am Rad? Wieso verunglimpfst du mich hier vor diesem Blödmann? Lass das bloß sein!«

»Karl-Gustav, nun sei aber ruhig! Hole mir sofort meine Handtasche aus dem Auto und parke anschließend unser

Auto auf einem anderen Parkplatz, schließlich sind wir noch keine Anwohner. Hast du mich verstanden, keine Widerrede mehr!«

Man sah Karl-Gustav nun an, dass er sich nur mit äußerster Mühe zusammenreißen konnte. Er wusste allerdings, wenn er jetzt noch etwas sagt, gibt es tatsächlich Schmuseverbot. Mit zusammengepressten Lippen ging er letzten Endes zum Auto und holte Mathildas Handtasche. Nachdem er noch mit grimmiger Miene Mathilda die Handtasche überreicht hatte, stieg er ziemlich wütend ins Auto und fuhr los.

»Das haben Sie vorzüglich gelöst, werte Frau Kirchhaff. Den sind wir mindestens eine halbe Stunde los, denn im Umkreis von zwei Kilometern gibt es außer vor unserem Haus nicht einen einzigen Parkplatz. Wirklich, vorzüglich gelöst.«

Herr Hanken war sichtlich erleichtert, als Karl-Gustav mit seinem Auto nicht mehr zu sehen war.

»Ehrlich? Damit hätte ich keinesfalls gerechnet. Das passt aber wirklich gut. Wie wäre es, wenn Sie mir jetzt die Wohnung einmal zeigen?«

»Aber selbstverständlich Frau Kirchhaff, das sollten wir unbedingt machen. Geben Sie mir vorsichtshalber Ihren Arm, ich werde Sie führen?«

»Sehr gerne Herr Hanken, ich könnte mich ja sonst verlaufen.«

Nachdem Mathilda Herrn Hanken mit einem gekonnt süßem Lächeln einen Arm gereicht hatte, gingen beide bedächtig auf das Haus zu.

Kurze Zeit später machte Herr Hanken galant in der Wohnungstür stehend Mathilda Platz, damit sie vor ihm die Wohnung betreten kann. Mathilda war richtig erleichtert, dass sie von Herrn Hanken dermaßen unterstützt wurde. Sie hätte es wohl kaum geschafft, die sieben Meter bis zur Haustür allein zu bewältigen. Letztendlich konnte sie es aber vermeiden, ihre leicht ironischen Gedanken gegenüber Herrn Hanken zu artikulieren.

»Dann kommen Sie doch hinein in Ihr eventuell zukünftiges Reich, Frau Kirchhaff!«

»Oh ja, vielen Dank Herr Hanken.«

»Wie gefällt Ihnen die Wohnung Frau Kirchhaff?«, wollte der Hausbesitzer nun mit einem nahezu provozierenden Lächeln von Mathilda ihren ersten Eindruck erfahren, nachdem er ihr schon einmal im Schnelldurchgang die drei Zimmer in der Wohnung im Erdgeschoss gezeigt hatte.

»Die Wohnung ist wahrlich schön, das muss ich schon sagen, sie gefällt mir sehr gut. Es sind zwar nur drei Zimmer, aber das Wohnzimmer ist riesengroß, da passt sehr gut noch eine Essecke hinein. Wirklich, das ist eine gelungene Aufteilung der Wohnung. Ich würde gerne hier einziehen.«

»Das freut mich. Ich denke, wir beide kommen auch gut miteinander zurecht. Bei Ihrem Mann müssten Sie nur immer darauf achten, dass er rechtzeitig seine Pillen bekommt.

Aber, verehrte Frau Kirchhaff, so wie ich Sie einschätze und wenn ich vor allen Dingen Ihr bisheriges Auftreten richtig beurteile, schaffen Sie das bestimmt ganz leicht.«

»Da haben Sie recht, das bekomme ich mühelos hin. Gibt es denn einen Keller zu dieser Wohnung?«

Nun wollte Mathilda von Karl-Gustav ablenken und versuchen das Mieten der Wohnung schnell abzuschließen, bevor ihr Mann vielleicht doch schneller einen Parkplatz findet als gedacht und hier wieder auftaucht. Dann könnte er höchstwahrscheinlich erneut für Ärger sorgen, zumindest befürchtete dieses Mathilda, denn dafür ist Karl-Gustav ihrer Meinung nach äußerst prädestiniert.

»Selbstverständlich, meine liebe Frau Kirchhaff, kommen Sie bitte mit, ich zeige Ihnen noch den Keller!«

Während Herr Hanken das sagte, fasste er Mathilda vorsichtig an die Schulter und lenkte sie so zur Treppe. Wahrscheinlich dachte er sogar, dass Mathilda die Treppe nicht ohne seine Hilfe hinuntergehen kann, denn er ließ sie nicht mehr los. Erst als er krampfhaft versuchte hatte mit einer Hand die Kellertür aufzuschließen, allerdings funktionierte das nicht wirklich, weil ihm immer wieder das Schloss aus der Hand glitt, ließ er Mathilda kurzzeitig los.

Mathilda hielt die ganze Zeit den Atem an, während beide die Treppe hinuntergegangen waren. Allerdings auch noch später, als sie schon vor der Kellertür standen. Das aber nicht, weil das Treppensteigen dermaßen anstrengend war, sondern eher aufgrund der aufdringlichen Berührungen seitens Herrn Hanken. Sie sagte erst etwas, als Herr Hanken es wider Erwarten geschafft hatte die Kellertür zu öffnen.

»Oh, der Keller ist wirklich ansehnlich. Er sieht überhaupt nicht aus wie ein normaler Keller. Man könnte meinen, Sie zeigen mir gerade ein zweites Wohnzimmer, so sauber ist das hier. Ich kann kaum glauben, dass das hier unten ein Kellerraum ist.«

»Da haben Sie recht Frau Kirchhaff, wir legen in unserem Haus sehr großen Wert auf Reinlichkeit. Ich glaube, das dürfte Ihnen entgegenkommen, wenn ich mir Ihr Äußeres betrachte.« Während Herr Hanken das sagte, lächelte er Mathilda an, seine rechte Hand befand sich zu diesem Zeitpunkt natürlich wieder an ihrer Schulter.

»Ich glaube, wir gehen wieder nach oben, ich habe das Gefühl, dass mein Mann schon zurück ist.«

»Wirklich? Das ging aber wider Erwarten sehr schnell. Na gut, dann sollten wir besser wieder gehen.«

Nun wurde sein Gesichtsausdruck, für Mathilda nicht völlig unerwartet, äußerst missmutig, während er nun mit ihr nach oben ging. Natürlich war er weiterhin der Meinung, dass sie den Vorgang des Treppensteigens ohne seine Hilfe niemals bewerkstelligen kann und so lag seine Hand wieder auf Mathildas Schulter.

»Zum Glück ist deine Hand nur auf meiner Schulter«, sagte Mathilda daraufhin so leise, dass der Hausbesitzer das nicht hören konnte. Er war wahrscheinlich noch zu sehr mit dem Berühren von Mathilda beschäftigt, denn er reagierte nicht auf das, was Mathilda da sich selbst zugeflüstert hatte.

Eventuell träumte er auch von sich und Mathilda und war in Gedanken gerade in einer Situation, in der er ihr schon etwas nähergekommen war. Vielleicht dachte er aber auch mit Grauen daran, dass in diesem Augenblick tatsächlich dieser Typ, aus seiner Sichtweise ein großer Flegel, von der Parkplatzsuche zurückgekehrt sein könnte.

»Oh, zum Glück haben Sie sich geirrt, Ihr Mann ist doch noch unterwegs.« Nun kam immerhin sofort eine freudige Reaktion von Herrn Hanken, als beide an der Wohnung angelangt waren und Karl-Gustav nicht vor der Tür stand. Ebenso verschwand schlagartig sein missmutiger Gesichtsausdruck.

Er wollte auch gerade wieder seine Hand auf Mathildas Schulter legen, die er kurzzeitig zum Aufschließen der Wohnungstür wegnehmen musste, als Mathilda vorsorglich auf die Armbewegung des Hausbesitzers reagierte.

»Wenn Sie einverstanden sind, sollten wir schnell die

Formalitäten erledigen, bevor mein Mann hier auftaucht. Was würden Sie denn davon halten, wenn wir meinen Mann in dem Mietvertrag nicht berücksichtigen und Sie diesen nur mit mir abschließen?«

»Frau Kirchhaff, das ist eine wunderbare Idee, so sollten wir das handhaben. Vielleicht ist Ihr Mann gar nicht mehr lange bei Ihnen und daher passt es doch gut, dass ich mich nun nicht mit diesem Flegel auseinandersetzen muss. Wirklich, eine sehr gute Idee.«

»Ich weiß zwar nicht, was Sie damit meinen, aber gut. Dann lassen Sie uns das doch bitte zügig erledigen.«

»Ja gerne. Kommen Sie, begeben wir uns in meine Wohnung, dort können Sie auch meine Frau kennenlernen. In meinem Büro habe ich unterschriftsreife Verträge aufbewahrt.«

»Schön, dann lassen Sie uns die Formalitäten zum Abschluss bringen.«

Da sie die Eingangstür zu Mathildas zukünftiger Wohnung noch nicht geöffnet hatten und im Flur stehen geblieben waren, konnte Herr Hanken direkt Mathilda in bewährter Manier die Stufen hinauf ins erste Obergeschoss führen.

Nachdem Herr Hanken die Wohnungstür geöffnet hatte, wobei seine Wohnung die erste Etage vollständig ausfüllte, kam ihm eine äußerst adrett gekleidete Frau entgegen.

»Hallo Schatz, ich bringe unsere neue Mieterin mit, Frau Kirchhaff.«

»Hallo Frau Kirchhaff, ich bin Frau Hanken. Kommen Sie bitte herein!«

»Hallo Frau Hanken, sehr nett.«

»Möchten Sie eine Tasse Kaffee oder irgendein anderes Getränk?«

»Ein Glas Mineralwasser wäre angenehm.«

»Schatz, ich möchte ebenfalls ein Glas Mineralwasser. Kannst du die Getränke bitte ins Büro bringen. Ich begebe mich mit Frau Kirchhaff zur Besprechung des Mietvertrages dorthin.«

»Natürlich Franz, das mache ich.«

Während sich Frau Hanken sofort in die Küche begab, ging ihr Mann mit Mathilda in sein Büro und bot ihr einen Platz an. Diesmal konnte er sogar die wenigen Schritte zum Büro absolvieren, ohne Mathilda erneut seine Hand an die Schulter zu legen. Kurze Zeit später brachte Frau Hanken zwei Gläser mit Mineralwasser gefüllt ins Büro.

Nachdem Herr Hanken Mathilda einen vorbereiteten Vertrag ausgehändigt hatte, wollte er, als diese kurz den Mietvertrag überflogen und danach ihre Bankverbindung eingetragen hatte, ihr unbedingt noch etwas mitteilen.

»Frau Kirchhaff, ich weiß nicht, ob Sie auch das Kleingedruckte gelesen haben? Ansonsten möchte ich Sie noch auf eine Klausel aufmerksam machen.«

»Nein, das habe ich nicht gemacht und das hat auch einen guten Grund. In diesem Vertrag steht derart viel Kleingedrucktes, da würde es wesentlich länger dauern, bis ich alles gelesen hätte.«

»Da verstehe ich Sie, aber heutzutage muss man sich als Vermieter wirklich gegen alles absichern. Sie glauben gar nicht, was es da so alles gibt und dabei denke ich keinesfalls nur an Mietnomaden.«

»Was, das kann ich aber jetzt kaum glauben! Denken Sie etwa, dass ich ein Mietnomade bin? Ich muss doch bitten!«

»Aber Frau Kirchhaff, Sie doch nicht! Aber die Verträge sind leider ganz allgemein aufgesetzt und nicht speziell für Sie. Ich konnte doch nicht ahnen, dass ich so viel Glück habe und Sie hier bei mir einziehen werden.

Was ich letzten Endes vorbringen wollte, ist vielmehr, dass ich aufgrund meiner langjährigen Erfahrungen nur Verträge für ein Jahr abschließe, die aber selbstverständlich ganz leicht und ohne besondere Schwierigkeiten verlängert werden können.«

»So etwas habe ich noch nie gehört. Das ist für mich aber eine schwer verdauliche Kost.«

»Frau Kirchhaff, bedenken Sie bitte, bei Ihnen wäre das natürlich nicht notwendig, da würde ich zweifelsohne eine Ausnahme machen. Aber beachten Sie, zurzeit haben Sie noch einen Mann. Bei dem habe ich das Gefühl, dass der unzurechnungsfähig ist. Ich möchte das Verhalten Ihres Mannes erst ein Jahr beobachten, das müssen Sie verstehen.«

»Na gut, wenn auch schweren Herzens. Wo soll ich unterschreiben?«

»Hier, direkt am Ende der letzten Zeile.«

»Gut, nun unterschreibe ich den Mietvertrag, die Schlüssel haben Sie mir ja schon ausgehändigt und demzufolge haben wir alles unter Dach und Fach. Es freut mich sehr, dass wir das trotz aller Umstände dermaßen problemlos geschafft haben.«

»Werte Frau Kirchhaff, da bin ich ganz bei Ihnen. Wirklich herrlich, dass wir beide ohne diesen Rüpel, leider Ihr Mann, die Vermietung so souverän lösen konnten. Ich denke auch, wir beide werden ...«

»Franz, bitte, komm mal schnell! Hier ist ein komischer Typ an der Haustür, der macht hier ›Remmidemmi‹. Er will die Polizei rufen, wenn er nicht sofort seine Frau zu Gesicht bekommt. Was mache ich denn jetzt?«

»Moment, wir kommen. Schatz, sage nichts mehr, der

Kerl ist unzurechnungsfähig, da müssen wir mit allem rechnen!«

»Wieso, kennst du den Mann? Hattet ihr schon mal eine Begegnung?«

»Das kannst du laut sagen und mehr möchte ich dazu zurzeit gar nicht äußern.«

»Hör mal, du Großkotz, da bist du ja wieder. Wo ist meine Frau? Her damit, sonst ist hier gleich was los. Und ich will sie unversehrt zurück!«

»Franz, was redet der da? Ist der noch ganz normal oder hattest du etwas mit Frau Kirchhaff? Wo ist denn überhaupt Frau Kirchhaff?«

»Sie ist noch einmal zurück ins Büro, sie hat ihre Handtasche vergessen.« Herr Hanken wirkte reichlich nervös und das sollte sich noch steigern, als Karl-Gustav ihn an die Schulter fasste.

»Moment mal, du armer Wicht, hattest du etwas mit meiner Frau? Na warte, jetzt hat aber dein letztes Stündchen geschlagen!«

»Karl-Gustav, was soll das? Lass sofort Herrn Hanken los! Wehe du schlägst zu, dann lass ich mich auf der Stelle scheiden. Wir hatten nichts miteinander, spinnst du eigentlich! Du gehst mir nicht mehr aus dem Haus, bevor du deine Tabletten genommen hast.«

»Tabletten? Was ist mit dem Typ Franz, ist der gefährlich? Und diesen Mann hast du in unser Haus gelassen?«

»Keine Angst Frau Hanken, mein Mann ist nicht gefährlich, er ist nur ein Aufschneider. Leider ist mein Mann sehr krank, er hat es mit den Nerven, verstehen Sie? Aber Sie können ganz beruhigt sein. Wenn er seine Tabletten genommen hat, ist er der liebste Mann auf der Welt.«

»Mathilda, was redest du da wieder für einen Schwachsinn? Aber gut, wenn ihr nichts miteinander hattet, dann lass uns aber sofort gehen. Zum Glück müssen wir nicht mehr hierhin.«

»Schatz, was redet der Mann da?«

»Lassen Sie mal, Frau Hanken, ich regele das schon, keine Angst. Das wird sich alles einspielen.«

»Na schön, dann sag ich nichts mehr. Franz, ich hoffe mal, dass du genau weißt, was du tust.« Anschließend drehte sich Frau Hanken, ohne ein weiteres Wort zu verlieren, abrupt um und ging in ihre Wohnung.

»Frau Kirchhaff, ich verlass mich da völlig auf Sie. Ich hoffe, dass Sie Ihren Mann in den Griff bekommen?«

»Darauf können Sie sich verlassen, wirklich Herr Hanken. Ich kläre das und werde auch dafür sorgen, dass ein derartiges Auftreten von meinem Mann keineswegs mehr möglich ist, da müssen Sie keine Bedenken haben.«

»In Ordnung, ich verlass mich auf Sie. Obwohl ich glaube, dass dieser Flegel kaum in den Griff zu bekommen ist. Nehmen Sie bitte beim nächsten Mal zur Sicherheit die Tabletten für Ihren Mann mit!«

»Selbstverständlich, so etwas wie heute passiert nicht noch einmal. Mach den Mund wieder zu Karl-Gustav! Du sagst augenblicklich kein Wort mehr, ich warne dich!«

»Tschüss Herr Hanken, ich wünsche Ihnen noch einen schönen Tag.«

»Vielen Dank Frau Kirchhaff, das wünsche ich Ihnen auch. Obwohl, im Moment ist es für mich unvorstellbar, dass das mit Ihrem Mann überhaupt möglich ist.«

»Schatz, was hat der gesagt, wollte der mich beleidigen? Warte doch bitte, ich muss eben mit diesem Blödmann etwas klären! Vielleicht gehst du schon mal besser vor, so etwas siehst du doch nicht gerne.«

»Karl-Gustav, du kommst auf der Stelle mit mir die Treppe hinunter!«

»Na schön, weil du es bist. Nichtsdestotrotz gefällt mir das gar nicht.«

Anschließend ging Karl-Gustav wider Erwarten friedlich und ohne noch etwas zu sagen mit Mathilda die Treppen hinunter zur Haustür. Unterwegs kam ihnen eine ältere Dame entgegen, die vermutlich in die erste Etage zur Familie Hanken wollte. Im Vorbeigehen schaute sie Karl-Gustav ganz grimmig an, sagte aber nichts.

Ihr Benehmen gegenüber Karl-Gustav fiel hingegen Mathilda sofort auf.

»Karl-Gustav, warum hat diese ältere Dame dich gerade so böse angeschaut. Hattest du mit ihr schon einmal eine Begegnung?«

»Ja leider, das kann man wohl sagen. So eine Art Begegnung der dritten Art. Als ich vorhin niemanden angetroffen hatte, die Haustür stand übrigens offen, habe ich sofort an der Wohnungstür gegenüber der Wohnung, wo wir beinahe eingezogen wären, geklingelt.

Es passierte aber eine Zeitlang nichts, daher wollte ich auch schon wieder gehen. Dann ging plötzlich die Tür auf und kurz darauf, ich habe in der Zeit mitnichten viel erklären können, kam eine ältere Frau mit einem Schrubber auf mich zu und bedrohte mich. Dabei hatte ich nur kurz, als die Tür losging, nach dir gefragt.

Diese ältere Dame mit dem Schrubber war die Frau, der wir gerade begegnet sind. Die ist ja völlig durchgeknallt! Wenn das ein Mann gewesen wäre, hätte ich dem gleich die Leviten gelesen, aber einer älteren Frau? Da bin ich lieber schnell abgehauen.«

»Lass bitte diese Ausdrucksweise! Übrigens, das war die

Mutter von unserem Hausbesitzer. Es war gut, dass du dich entgegen deinen sonstigen Gepflogenheiten ausnahmsweise einmal zurückgehalten hast.«

»Ist doch wohl selbstverständlich bei einer älteren Frau. Aber ich glaube, du dachtest gerade an etwas anderes. Wobei ich das jetzt nicht verstehe, denn wir werden ja wohl hier auf keinen Fall einziehen. Die haben hier alle >einen an der Klatsche<.«

»Karl-Gustav, nicht schon wieder! Du weißt doch genau, dass ich das gar nicht mag, wenn du dich so gewöhnlich ausdrückst.«

»Ich drücke mich nicht gewöhnlich aus, das ist meine Heimatsprache.«

»Spinnst du? Ich denke nicht, dass dieses Wort mit der Bedeutung, die du dem Wort gerade zugedacht hast, so im Duden steht.«

»Mathilda, nun kläre mich bitte auf! Wieso habe ich nur dieses Gefühl, dass das hier ein Ablenkungsmanöver von dir ist. Was hast du mit dem Typ gemacht? Ich glaube, es ist besser, wenn ich noch einmal hochgehe und diesem Einfaltspinsel zeige, was ein Kui-matsui ist. Danach wird er sich nicht mehr trauen dich anzufassen, geschweige denn anzusehen, falls er dazu überhaupt noch einmal in der Lage sein wird. Warte hier, ich bin gleich wieder da!«

»Hör sofort auf Karl-Gustav, du kommst nun umgehend mit mir zum Auto! Der hat nichts mit mir gemacht. Na ja, nur seine Hand auf meine Schulter gelegt, aber schon mal gar nicht habe ich etwas mit ihm gemacht. Was ich dir ansonsten mitzuteilen habe, das mach ich in meiner Wohnung, denn da fahren wir jetzt hin, und zwar sofort!«

Diesen Ton kannte Karl-Gustav schon von Mathilda und ihm war augenblicklich bewusst, da gibt es nun aber auch gar keinen Widerspruch mehr. Zumindest lässt Mathilda keinen zu. Also gab er auf und trollte, eine andere Bezeichnung für sein nun missmutiges und widerwilliges Gehen wäre völlig fehlinterpretiert, neben Mathilda zum Auto.

Nachdem sie eine halbe Stunde gegangen waren und Mathilda langsam unruhig wurde, kam sie zu dem Entschluss das Schweigen zu beenden.

»Karl-Gustav, was machen wir hier? Wenn ich spazieren gehen möchte, mache ich das im Wald oder an einem See. Aber bestimmt nicht an einer großen Straße mitten in der Stadt und dazu noch um diese Tageszeit. Bei dem starken Verkehr müssen wir nun unweigerlich ununterbrochen Abgase einatmen. Sag mal, wo hast du denn geparkt?«

»Du bist lustig! Das war der nächstliegende Parkplatz, den ich nach langem Suchen gefunden habe. Das heißt, da wo unser Auto zurzeit steht. Ich muss dessen ungeachtet aber mal bemerken, dass du mich doch weggeschickt hast. Ich nehme einmal an, das war pure Absicht. Wahrscheinlich wolltest du mit deinem netten Herrn Hanken ein bisschen flirten. Und das geht natürlich besser, wenn ich weit weg bin.«

»Merkst du noch etwas? Komm mal wieder herunter! Das konntest du mir auch eher sagen, dass wir noch einen Gewaltmarsch zu unserem Auto machen müssen, da hätte ich uns sofort ein Taxi bestellt.«

»Schatz beruhige dich, es ist nicht mehr weit, nur noch ungefähr zwei Kilometer.«

»Was? Das ist doch wohl nicht wahr! Und das alles, weil du immer so unbeherrscht bist. Ich denke, wir holen dir auf jeden Fall geeignete Tabletten. Das möchte ich nicht noch einmal erleben.«

»Tabletten! Mathilda, was soll das? Ich habe keine

Nervenkrankheit. Was sollte überhaupt dieses blöde Gerede, dass ich dermaßen krank sei und Tabletten benötige.«

»Karl-Gustav, du bist krank und du hast in der Tat große Probleme mit deinen Nerven. Das denke ich mittlerweile wirklich und deshalb werden wir etwas unternehmen. Du brauchst etwas, womit deine Nerven beruhigt werden können. Wirklich Karl-Gustav, so geht das nicht mehr weiter.«

»Mathilda, meine Nerven müssen nicht beruhigt werden. Ich verstehe dich da nicht. Das Ganze hat doch der Blödmann durch sein großspuriges Verhalten ausgelöst, das war ich doch nicht.«

»Nicht ganz Karl-Gustav, du warst nicht völlig unbeteiligt. Ich gebe zwar zu, dass Herr Hanken wirklich etwas großspurig ist und er das Parken vor seinem Haus falsch eingeschätzt hat, denn das ist wirklich ein öffentlicher Parkplatz. Trotzdem musst du dich in solchen Situationen mehr unter Kontrolle halten, auch wenn du mal ausnahmsweise im Recht bist. Und damit du dazu demnächst in der Lage sein wirst, werden wir dir vom Arzt ein Beruhigungsmittel verschreiben lassen.«

»Schatz, nun mach bitte mal halblang. Ich nehme auf keinen Fall Tabletten zu mir, die ich überhaupt nicht benötige. Du weißt doch, es gibt keine Tabletten ohne Nebenwirkungen, sie können sich sogar schädlich auf den gesamten Organismus auswirken. Nein Schatz, auf keinen Fall nehme ich so etwas!«

»Doch Karl-Gustav, das machst du. Es sei denn, du stimmst einem anderen Vorschlag zu, der mir gerade durch den Kopf gegangen ist. Und nur so kommst du an den Tabletten vorbei. Also, diese eine Möglichkeit sehe ich für dich noch. Das heißt aber, dass du dich in psychiatrische Behandlung begibst.«

»Mathilda, jetzt verlierst du aber völlig den Faden! Was soll ich denn beim Psychiater? Ich bin doch geradezu ein Paradebeispiel dafür, wie man diesbezüglich gesünder nicht sein kann.«

»Karl-Gustav, nun hebe nicht wieder völlig ab. Gut, du willst es nicht anders. Ich werde dir vorab eine etwas gezieltere Diagnose zu deinem Fehlverhalten geben. Wahrscheinlich sind bei dir auch ein paar Gehirnwindungen völlig aus dem Tritt geraten.«

»Also, gleich werde ich aber ungehalten! Ich hätte nicht gedacht, dass ausgerechnet du meine geistigen Fähigkeiten dermaßen vehement verleugnen würdest. Da bin ich wirklich enttäuscht von dir, liebste Mathilda.«

»Sag nicht liebste Mathilda zu mir, das erinnert mich an meinen Exfreund. Wenn der das zu mir gesagt hatte, dachte er sich gerade eine Gemeinheit aus, mit der er mich schikanieren konnte. Sag das bloß nicht noch einmal!«

»Liebste Mathilda, das habe ich auf keinen Fall vor, ich liebe dich doch!«

»Karl-Gustav, nun höre bitte auf! Du weißt doch genau, dass ich das überhaupt nicht mag, wenn du immer >liebste Mathilda< zu mir sagst und auch, warum ich das nicht hören möchte. Trotzdem ärgerst du mich damit immer wieder.«

»Entschuldige liebe Mathilda, ist das so besser? Das Wort >liebste< war mir nur herausgerutscht. Es kommt nicht wieder vor.«

»Das will ich dir aber auch raten, zumindest nicht in diesem Zusammenhang. Natürlich gefällt mir >liebe Mathilda< viel besser. Und nun sei ruhig, denn ich habe gerade noch nicht zu Ende folgern können.

Ich glaube nämlich, nein, ich bin mir sicher, dass irgendetwas mit deiner Frustrationstoleranz, wahrscheinlich sogar mit deiner Frustrationsschwelle, nicht in Ordnung ist. Da müssen wir eine fachliche Kompetenz hinzuziehen und auch kurzfristig über eine Therapie nachdenken, da gibt es zudem keine Widerrede.

Wir können jedoch erst einmal mit den Tabletten anfangen, quasi als Übergang. Damit meine ich, dass wir diese Zeit, bis die Diagnose und die anschließende Therapie des Psychiaters eine zufriedenstellende Wirkung zeigt, auf diese Art überbrücken. Dann wäre die Tabletteneinnahme auch nur kurzzeitig.

So, und jetzt hören wir auf mit diesem unangenehmen Gespräch, ich sehe endlich unser Auto da stehen. Mann oh Mann, wir sind schon fast eine Stunde gelaufen. Es ist erfreulich, dass das demnächst nicht mehr stattfindet.«

»Da hast du recht, hier müssen wir nicht mehr hinfahren, mit diesen Typen haben wir zum Glück nichts mehr zu tun.«

»Ich muss das ein wenig korrigieren, Karl-Gustav, ganz so wird es nicht werden. Wir dürfen aber demnächst auf dem Seitenstreifen parken.«

»Wie, was hast du mit dem Typ gemacht? Ich wusste es doch, ich fahre augenblicklich zu dem Knilch zurück.«

»Karl-Gustav, was soll ich denn mit ihm gemacht haben? Höre endlich auf, er ist auch gar nicht mein Typ. Oder glaubst du etwa, dass Herr Hanken Brad Pitt ist. Doch wohl eher nicht oder?«

»Da hast du recht, wie Brad Pitt sieht der nicht aus, da habe ich zweifelsfrei viel mehr Ähnlichkeit mit Brad.«

»Karl-Gustav, ich will dir nicht wehtun, gleichwohl hast du noch weniger Ähnlichkeit mit Brad als Herr Hanken. Tut mir leid, dir das sagen zu müssen. Aber bleibe bitte jetzt beim Thema. Was denkst du denn, was für eine Möglichkeit könnte es zusätzlich geben, damit wir ab sofort auf dem

Seitenstreifen parken können, ohne dass der Blödmann, wie du Herrn Hanken gerne betitelst, sich aufregt?«

»Also meine Liebe, dazu habe ich aber auch gar keine Idee. Denn das, was da noch möglich wäre, wirst du doch nie und nimmer getan haben oder?«

»Das >oder< hörte sich jetzt wie eine Drohung an. Karl-Gustav, lass das!«

Auf dem restlichen Weg zum Auto, wobei Mathilda im Gegensatz zu Karl-Gustav das nicht als Spaziergang bezeichnen wollte, ging es ziemlich ruhig zu. Besonders schweigsam und in sich gekehrt war jetzt auch Karl-Gustav unterwegs. Das war auch nicht verwunderlich, denn ihn beschäftigten nun unheilvolle Gedanken, die er allerdings nicht aussprach. Mathilda ging währenddessen ein paar Schritte hinter ihm, dazu leicht grün im Gesicht.

Letzteres wahrscheinlich aufgrund des schier endlosen Spazierganges zu ihrem Auto, dachte sich Karl-Gustav. Aus welchem Grund sie nicht mehr neben Karl-Gustav hergehen wollte, dieses zu erfragen ließ er zurzeit lieber bleiben.

Mittlerweile waren sie an ihrem Auto angekommen und fuhren sofort los. Auch jetzt redete keiner ein Wort, sogar Karl-Gustav verhielt sich weiterhin sehr schweigsam. Es hatte ihm die Sprache verschlagen, und das passiert nicht sehr oft. Mathilda hatte es zwar nicht ausgesprochen, er glaubte aber nun ohnehin zu wissen, was ihn künftig erwartet.

Erst als sie die Wohnung von Mathilda erreicht und sich beide auf die Couch gesetzt hatten, war Mathilda bereit die schweigsame Zeit zu beenden.

»An deinem Gesicht sehe ich, dass du weißt, was ich dir jetzt ankündigen möchte. Bist du nun böse auf mich? Wenn du nicht willst, ziehe ich auch allein in diese Wohnung. Ich kann dich nicht zu deinem Glück zwingen.«

»Dass das mein oder unser Glück wird, möchte ich doch stark bezweifeln. Es wird meiner Meinung nach ein Fiasko!«

»Was willst du damit ausdrücken? Soll das heißen, dass du glaubst, ein Zusammenleben mit mir wird ein Fiasko? Weißt du was, ich bin richtig froh, dass du dich schon so früh geoutet hast. Dann ist es wohl besser, du packst deine Sachen und wir sehen uns nie mehr wieder.«

»Aber Mathilda, mein Schätzchen, doch nicht du bist mein oder besser unser angedachtes Fiasko. Ich liebe dich und bin gerne mit dir zusammen. Ich meine ausdrücklich das Zusammensein in dieser Wohnung.

Andererseits habe ich die Wohnung noch nicht gesehen, ich meine auch eher diese Typen. Als Nachbarn möchte ich diese Personen nicht bezeichnen, die da in dem Haus wohnen, wo wir höchstwahrscheinlich zu meinem Leidwesen bald einziehen werden. Ich gehe mit dir jede Wette ein, dass dieser Blödmann, also der sich total selbst überschätzende Kerl von Hausbesitzer, in seiner Selbstherrlichkeit badend uns mit Vorliebe schikanieren wird. Na meinetwegen, dir zuliebe versuchen wir es.«

»Schatz, da bin ich wirklich froh, dass du nicht mich gemeint hast. Das andere werden wir bestimmt hinbekommen, da bin ich ganz zuversichtlich. Du musst dich nur etwas zuvorkommend, zumindest aber etwas zurückhaltend Herrn Hanken gegenüber verhalten. Meiner Meinung nach wird das dann bestimmt gut gehen. Ich bin nun wirklich froh.«

»Gut mein Schatz, ich werde mich bemühen. Ich würde sagen, wir können uns darauf verständigen, dass ich jedes Mal, wenn mir der Typ blöd kommt und ich ihm zeigen

möchte, was ein Kui-matsui ist, erst einmal eine drei-
minütige Denkpause einlege. Vielleicht habe ich mich
anschließend wieder beruhigt oder der Typ ist bis dahin
verschwunden. Was hältst du von meinem Vorschlag?«

»Schatz, das finde ich sehr großzügig von dir, ich meine
natürlich Herrn Hanken gegenüber. Wirklich, damit kann ich
ganz gut leben, lass uns das so praktizieren. Obwohl, eigentlich eher du. Wenn du das schaffen solltest, wäre ich auch
bereit zu akzeptieren, dass du keine Tabletten einnimmst
und vielleicht sogar auf den Besuch beim Psychiater
verzichten kannst.«

»Sehr großzügig von dir, wirklich Mathilda.«

»Karl-Gustav, lass diese Provokation!«

Daraufhin wurde das Gespräch beendet, denn jetzt war
erst einmal Schmusen angesagt. Über die neue Wohnung
wollte an diesem Abend niemand mehr sprechen.

Am nächsten Morgen wollten beide noch einmal zur
Wohnung fahren und sich alles genau ansehen. Insbesondere
um die Maßnahmen festzulegen, die auf jeden Fall noch vor
dem Umzug durchgeführt werden müssen.

Dieses Mal konnten sie auch ohne Schwierigkeiten auf
dem Seitenstreifen parken. Herrn Hanken sahen sie nur von
Weitem, das Karl-Gustav nicht unlieb war. Er konnte sich
aber immerhin dazu bewegen, dem Vermieter freundlich
zuzuwinken. Na ja, freundlich dreinschauen wurde dennoch
schwierig, er hatte es zumindest versucht. So ganz war
Mathilda noch nicht mit seiner Mimik zufrieden, aber für
den Anfang nahm sie es hin, ohne noch einmal ein Wort
darüber zu verlieren.

Kurze Zeit später war Karl Gustav doch besänftigt, als er
zum ersten Mal die Wohnung sah. Deren Aufteilung fand er

sehr passend und auch mit der Größe der einzelnen Zimmer konnte er gut leben.

»Schatz, die Wohnung ist wirklich tadellos, da hast du ein richtiges Näschen gehabt.«

»Ich danke dir, dass du das genauso siehst. Wir brauchen außerdem nicht viel renovieren und können Samstag sofort einziehen. Wir fragen meinen Vater, ob er uns die Wohnung tapeziert und einige Teppiche verlegt. Das war es aber auch.«

Mehr mussten sie vorerst wirklich nicht tun. Vor allen Dingen, weil in jedem Zimmer an der Decke eine indirekte Beleuchtung installiert war und daher würden sie mit ihren zwei Deckenstrahlern als zusätzliche Beleuchtung gut zurechtkommen. Ihre anderen Leuchten wollten sie erst einmal nicht anbringen.

»Du hast recht, mehr haben wir nicht zu tun. Bis auf diese Typen hier im Haus werden wir uns bestimmt wohlfühlen.«

Das sah Mathilda genauso, obwohl sie das Zusammenleben mit den neuen Nachbarn nicht so extrem negativ einschätzte wie ihr Mann.

In der nächsten Zeit beschäftigten sie sich ausschließlich mit der Vorbereitung für ihren Umzug und planten darüber hinaus schon mal die Farben der Teppiche, die sie im Wohnzimmer und im Arbeitszimmer für vorteilhaft hielten. Sie hatten sich auch überlegt, dass vernünftigerweise das Verlegen der Teppiche Mathildas Vater übernehmen sollte. Sie hatten beide keine großen Befürchtungen, dass dieser das nicht machen würde.

Wegen der Stauballergie von Karl-Gustav konnten sie im Schlafzimmer keinen Teppich verlegen. In diesem Zimmer mussten sie sich mit dem dort vorhandenen Holzfußboden zufriedengeben, wobei der ganz passabel aussah. Sie maßen obendrein noch die Zimmer aus, in denen Teppiche verlegt werden sollen – es handelte sich um das Wohnzimmer, das Büro sowie den kleinen Flur – und waren daraufhin fast fertig mit der Umzugsvorbereitung.

Am Nachmittag kauften sie noch entsprechende Teppiche und bestellten diese für übermorgen zu ihrer neuen Wohnung.

Bis dahin würde ihr Vater auch die Tapeten angebracht haben, die sie ebenfalls noch eingekauft hatten. Neben dem Schlafzimmer sollte ebenso in der Küche, hier war der Fußboden gefliest, kein Teppich verlegt werden.

Drei Tage später war es so weit. Mathildas Vater hatte inzwischen alle Zimmer tapeziert, das ging ihm schon flüssig von der Hand. Karl-Gustav ließ dabei nichts unversucht, seinem Schwiegervater tatkräftig mitzuhelfen. Außerdem hatte Mathildas Vater alle Teppiche verlegt, hierbei verzichtete er aber auf die Hilfe von Karl-Gustav, er sei ihm dafür zu ungeschickt. Das vernahm dieser zwar äußerst ungern, doch gegen Mathildas Vater würde er nichts sagen, ihn mochte er. Und so war die Wohnung kurze Zeit später zum Einzug bereit. Nun konnte eine neue Episode in ihrem gemeinsamen Leben beginnen.

Da sie den Umzug von einem Umzugsunternehmen durchführen ließen, konnten sie sich am Abend nach dem Umzug völlig entspannt bei einem Glas Wein auf die Couch setzen und ein wenig Musik hören.

Plötzlich, Mathilda und Karl-Gustav sitzen eng aneinander gekuschelt und genießen den Abend bei Wein und leiser Hintergrundmusik, da schellte es. Um diese Uhrzeit, es war einundzwanzig Uhr dreißig, ging vorsichtshalber

Karl-Gustav zur Tür. Ein Blick durch den Türgucker offenbarte ihm, dass da der Blödmann von Hausbesitzer vor ihrer Wohnungstür steht.

»Hören Sie mal, Sie Flegel, stellen Sie gefälligst die Musik leiser, in diesem Haus herrscht um diese Uhrzeit Ruhe. Meine Mutter hat mich gerade angerufen und mir mitgeteilt, dass sie bei dem Krach nicht schlafen kann.«

Der Vermieter hatte nicht abgewartet, bis Karl-Gustav die Wohnungstür vollends geöffnet hatte, sondern brachte sofort seinen Unmut in einer für Karl-Gustav überhaupt nicht zu akzeptierenden Schärfe hervor, als der die Tür erst einen Spalt geöffnet hatte.

»Sagen Sie mal, Sie sind doch wohl völlig neben der Spur! Hören Sie vielleicht etwas? Und einen anderen Ton, wenn ich bitten darf, ansonsten werde ich gleich äußerst ungemütlich!«

»Wie bitte, ich habe doch wohl recht! Im Moment höre ich zwar keine laute Musik, allerdings heißt das gar nichts, denn Sie haben bestimmt, als ich geschellt habe, die Musik sofort leiser gemacht. Sie stellen sofort die Musik leise oder noch besser wäre es, Sie stellen die Anlage ganz aus. Außer der Ruheverordnung in unserem Haus gibt es ja wohl noch eine gesetzlich geschützte Nachtruhe. Also, entweder hört meine Mutter gleich nichts mehr oder ich rufe die Polizei.«

»Was? Sind Sie eigentlich völlig bekloppt? Wir haben die Musik, nachdem es geschellt hatte, nicht leiser gestellt, überhaupt nicht. Und wissen Sie was, das Bundes-Immissionsschutzgesetz schreibt ab zweiundzwanzig Uhr Nachtruhe vor, jetzt ist es aber erst einundzwanzig Uhr dreißig.

So, jetzt geht es aber richtig los. Nun werden wir unsere Musikanlage bis Punkt zweiundzwanzig Uhr mal so richtig aufdrehen. Natürlich nicht über die vorgeschriebenen Grenzwerte. Und nun nehmen Sie Ihren Fuß aus der Tür, sonst werden Sie in den nächsten sechs Wochen mit einem Gipsfuß durch die Gegend humpeln. Wahrscheinlich hätten wir dann etwas mehr Ruhe vor Ihnen, also bringen Sie mich nicht in Versuchung!«

Karl-Gustav hatte noch nicht ganz ausgesprochen, da schlug er schon mit Wucht die Haustür zu, letztlich ohne Rücksicht auf Verluste. Herr Hanken musste schon ziemlich schnell seinen linken Fuß aus der Tür nehmen, fast hätte Karl-Gustav noch seine Zehen eingeklemmt. Aber das hätte Herr Hanken dann selbst zu verantworten, denn darauf achtete Karl-Gustav in dieser Situation wirklich nicht.

»Das darf doch nicht wahr sein«, murmelte Karl-Gustav vor sich hin, »wir sind gerade eingezogen und am selben Abend macht der Scheißkerl schon Rabatz.«

Er hatte Mathilda gewarnt, aber seine Worte blieben von ihr unbeachtet. Er war nun ziemlich angefressen, wie er seinen momentanen Zustand gerne beschreiben würde, trotzdem versuchte er langsam herunterzufahren, denn er hatte nun einen Plan. In diesem Zustand würde er aber in Mathildas Augen unglaubwürdig erscheinen.

»Schatz, wer war das?«, war Mathilda reichlich neugierig, als Karl-Gustav, trotz seiner Beruhigungsversuche immer noch ziemlich aufgebracht, wieder ins Wohnzimmer kam.

Er bemühte sich aber gegenüber Mathilda ganz relaxt zu wirken, er hatte schließlich jetzt etwas vor und um was es sich dabei handelte, das sollte Mathilda im Vorfeld besser nicht erfahren. Das wäre ungünstig, da sie ihm sonst definitiv das Vorhaben verbieten würde.

»Ach, das war unser netter Hausbesitzer. Er hat gesagt,

die Musik wäre so schön und trifft besonders den Musikgeschmack seiner Mutter. Er hat angefragt, ob wir die Lautstärke noch etwas erhöhen könnten, damit würden wir seiner Mutter eine große Freude bereiten.«

»Karl-Gustav, das glaube ich dir aber nicht. Der wollte bestimmt etwas anderes. Nun sag es doch schon!«

»Nein Schatz, es war die Musik, die ihn oder besser seine Mutter mental so berührte. Ich werde das auch sofort regeln, schließlich sind wir ausgesprochen hilfsbereite Nachbarn.«

Karl-Gustav ging eilenden Schrittes zu seiner Musikanlage und erhöhte die Lautstärke auf Dreiviertel des maximal möglichen Lautstärkepegels. Dazu muss man bemerken, das ist eine grandiose Musikanlage mit möglichen vierhundertfünfzig Watt Sinusbelastung, dazu hervorragende Boxen mit einer hohen Leistungsfähigkeit und einer ebenfalls hohen Belastbarkeit. Nach den Kennwerten der Boxen wäre auch ein Schalldruckpegel von maximal einhundertzehn Dezibel möglich. Das würde ausreichen, um im ganzen Haus, höchstwahrscheinlich sogar noch in der direkten Nachbarschaft, den Nachbarn viel >Freude< zu bereiten.

»Na dann viel Spaß!«, brachte nun Karl-Gustav immer noch ziemlich angesäuert hervor. Allerdings dermaßen leise, dass Mathilda es nicht hören konnte. Streng genommen musste er es sich gar nicht zuflüstern, denn Mathilda dürfte so oder so nicht mehr viel verstanden haben. Die Bestätigung kam sofort.

»Schatz, was machst du da? Ich verstehe ja mein eigenes Wort nicht mehr. Das ist mir aber zu laut, ändere das bitte! Wenn du die Musik dermaßen laut hören möchtest, musst du deinen Kopfhörer aufsetzen.«

Damit Karl-Gustav überhaupt etwas von dem verstehen konnte, was Mathilda gerade zu ihm gesagt hatte, musste diese ganz nah an sein Ohr kommen. In einer ähnlichen Position sprach Karl-Gustav anschließend zu Mathilda, damit auch sie hören konnte, was er zu ihr sagte.

»Schatz, bitte, nur noch zwölf Minuten, danach müssen wir sowieso nach dem Immissionsschutzgesetz die Musik leiser stellen. Außerdem bewegen wir uns bei der von mir gewählten Lautstärke gegenwärtig nach wie vor weit unterhalb des maximal möglichen Lautstärkepegels. Damit meine ich, falls Frau Emilie Hanken das nicht reichen sollte, könnten wir leicht noch etwas in der Lautstärke nachlegen.

Gönne einfach unseren Nachbarn diesen vortrefflichen Musikgenuss! Hör doch mal, diese Scheibe von Johnny Logan mit >Hold me now<, ist doch einfach herrlich?«

»Schatz, die Lautstärke weiter zu erhöhen, das muss aber nicht sein, mir ist es so schon zu laut. Andererseits hast du natürlich recht, diese CD ist wirklich traumhaft schön. Bist du dir denn sicher, dass unsere Nachbarn, also besonders die Frau Emilie Hanken, aber auch Familie Hanken über uns, das wirklich möchten?«

»Schatz, da bin ich mir völlig sicher, das war ein sehnlicher Wunsch von Familie Hanken.«

Im gleichen Moment klingelte es wieder. Dieses Mal begleitete Mathilda ihren Mann zur Wohnungstür. Beide hatten das Klingeln wohl nur deshalb vernommen, weil Jonny Logan gerade eine Gesangspause machte. Jetzt wollte Mathilda auf keinen Fall, dass Karl-Gustav allein zur Tür geht. Wahrscheinlich ahnte sie etwas.

Es war wieder Herr Hanken. Im Gegensatz zu seinem ersten Klingeln war er aber nun hochrot im Gesicht. Na ja, das war bestimmt kein Sonnenbrand, dachte sich Mathilda und kurz darauf legte der Vermieter schon los.

»Sind Sie denn total bescheuert, was soll das? Gleich

mach ich Sie aber lang!«

»Ja hören Sie mal Herr Hanken, wie sprechen Sie denn mit uns. Das hätte ich von Ihnen nicht erwartet. Diese Wortwahl kannte ich bisher nur von meinem Mann. Welche Laus ist Ihnen denn über die Leber gelaufen? Was haben Sie denn?«

»Das fragen Sie mich? Ihnen läuft gleich eine Laus über die Leber, aber eine riesengroße. Sind Sie etwa genauso daneben wie Ihr bescheuerter Mann? Das ist doch kaum zu glauben.«

»Pass mal auf, du Großmaul. Wenn du weiterhin meine Frau dermaßen anschreist, sehe ich das als Bedrohung an und werde mit dir mitten im Sommer Schlitten fahren. Kannst du das begreifen, du mit deinem Spatzengehirn?«

»Karl-Gustav, jetzt höre bitte auf. Ich weiß, dass du den schwarzen Gurt in Karate hast, das musst du aber auch nicht immer wieder heraushängen lassen. Lass das augenblicklich! Übrigens, Karl-Gustav, beleidige hier nicht die Spatzen, die sind nämlich sehr schlau.«

»Entschuldige Schatz, du hast recht, das war unklug von mir und bei nächster Gelegenheit entschuldige ich mich auch bei ihnen, wenn sie mal wieder zu uns auf den Balkon kommen.«

»Mach das Karl-Gustav, die lieben Tierchen werden bestimmt deine Entschuldigung annehmen, da bin ich mir sicher. Glaubst du eigentlich wirklich, dass Herr Hanken so schlau ist wie unsere Spatzen? Das kann ich mir aber nicht vorstellen!«

»Du hast recht mein Schatz, was für ein Irrglaube! Wie konnte das nur passieren, und dann noch mir?

»Ich verbitte mir nachdrücklich ihre Unverschämtheiten! Übrigens, was haben Sie gerade gesagt? Ihr Mann hat einen schwarzen Gurt im Kampfsport?« Nun musste Herr Hanken allerdings kurz schlucken, seine Gesichtsfarbe wechselte auch kurzzeitig von einem dunkelrot zu einem blassen grau, aber nach ein paar Sekunden hatte er sich wieder gefangen. Bevor er allerdings weitersprechen konnte, meldete sich Mathilda wieder.

»Ja das stimmt. Ist das ein Problem für Sie? Deshalb sind Sie doch wohl nicht gekommen. Schatz, ich bitte dich, mach mal die Musik leiser, man versteht ja sein eigenes Wort nicht mehr. Ich glaube auch nicht, dass Herr Hanken weiterhin möchte, dass du die Musik so laut hast.«

»Wie bitte? Ihr Mann hat Ihnen weisgemacht, dass wir die Musik so laut hören wollten. Das ist doch unglaublich, aber wirklich! Ist der völlig durchgedreht? Mir war das vorher schon zu laut. Obwohl, ursächlich meiner Mutter, ich hatte nichts gehört, meine Frau übrigens auch nicht.«

»Hm, da muss ich offenbar mit meinem Mann ein ernsthaftes Wort reden. Allerdings unabhängig davon war die Musik, bevor Sie hier bei uns zum ersten Mal geschellt hatten, wirklich sehr leise. Ich kann mir nur vorstellen, dass Sie meinen Mann mit Ihren Worten provoziert haben und er deshalb diese Lautstärke gewählt hat. Das wird natürlich nicht mehr vorkommen.

Aber die vorherige Lautstärke, wobei da von laut keine Rede sein kann, werden wir nicht ändern, denn das war wirklich angemessen. Sie hatten doch auch zugegeben, dass Sie nichts gehört haben.«

»Gut, ich denke, dann war das einfach nur ein Missverständnis und ich gehe jetzt besser wieder. Ihnen noch einen schönen Abend Frau Kirchhaff, aber nur Ihnen.«

»Danke, das wünsche ich Ihnen auch und schöne Grüße an Ihre werte Frau Gemahlin.«

»Danke, das gebe ich weiter.« Postwendend drehte sich der Hausbesitzer um, ging zur Treppe und lief diese im Eilschritt hinauf. Mathilda machte währenddessen die Haustür zu und ging mit Zornesröte im Gesicht zu Karl-Gustav ins Wohnzimmer. Der hatte das Ende der Unterhaltung nicht mehr abgewartet und sich, nachdem er die Musik auf die ursprüngliche Lautstärke gestellt hatte, wieder auf die Couch gesetzt.

»Karl-Gustav, jetzt bin ich aber richtig sauer. Du hast mich vorhin dermaßen auf den Arm genommen, das war im Nachhinein richtig gemein. Nicht die Tatsache an sich, aber wie stehe ich nun vor unserem Vermieter da? Was soll der jetzt von mir denken, weil ich dir so einen Unsinn geglaubt habe?«

»Schatz, wieso bist du so rot im Gesicht? Wenn du sauer bist, dann ist deine Gesichtsfarbe doch normalerweise eher grünlich. Das ist jetzt für mich unbegreiflich. Na gut, dann lassen wir das momentan, wir haben nun auch alle Mal ein anderes Problem.«

»Ja, aber erst einmal habe ich eins mit dir!«

»Na gut, aber was ich dich noch fragen wollte. Ist dir das so wichtig, welchen Eindruck du auf diesen Blödmann machst? Merkst du denn nicht, dass die uns hier nur schikanieren wollen, von morgens bis abends? Das war nur der Anfang, glaube mir.

Überleg doch einmal, das ist unser erster Tag in dieser Wohnung und du hast doch selbst gesagt, dass die Musik vorher leise war. Also, worauf willst du denn jetzt hinaus?«

»Das stimmt zwar, sie war vorher leise, aber du hast vorhin so getan, als würden die Nachbarn gerne laute Musik hören. Also, wenn ich nun genau darüber nachdenke, muss ich schon sagen, dass ich mich ziemlich dämlich, zumindest doch äußerst naiv verhalten habe.«

»Das stimmt mein Schatz, das hast du. Nimm es locker, es hat doch nur dieser Blödmann mitbekommen und das ist doch wohl egal.

Ich wusste es übrigens schon vorher, dass du manchmal etwas naiv bist. Ich bin dir deshalb nicht böse, im Gegenteil. Deswegen liebe ich dich umso mehr.«

»Was, dem stimmst du auch noch ruhig zu. Mach mich nicht noch wütender! Pass auf, was du sagst!«

»Schatz, komm lassen wir das jetzt! Ich muss zugeben, dass ich den Typ richtig ärgern wollte und das konnte ich dir auf keinen Fall sagen. Dann hättest du meine Aktion nie zugelassen. Also entschuldige, aber es ging nicht anders. Wir sollten jetzt das Thema wechseln, zumindest heute Abend.«

»Du hast recht mein Schatz, komm zu mir, wir sprechen nicht mehr darüber. Du könntest recht haben, das wird hier bestimmt noch schwierig. Aber lassen wir das einfach auf uns zukommen.«

»Das sollten wir so machen. Im Moment bleibt uns da auch nichts anderes übrig. Der Typ hat es schon am ersten Tag geschafft uns zu schikanieren, einfach sagenhaft! Das kann ich wirklich kaum glauben, ehrlich Schatz!«

Folglich sagten beide nichts mehr dazu und ließen den Tag mit viel Schmusen ausklingen. Dabei schafften sie es zudem, nicht mehr an diese unrühmliche Geschichte mit Familie Hanken zu denken und konnten sich sogar später wieder auf ihr gemeinsames Wohnen, wenn auch mit schwierigen Nachbarn, freuen.

In den nächsten drei Wochen haben Mathilda und Karl-Gustav weder mit dem Vermieter Herrn Hanken noch mit seiner Mutter direkten Kontakt, sie sehen Familie Hanken nur aus sicherer Entfernung. Während dieser Zeit konnten Karl-Gustav und Mathilda, aber auch Familie Hanken, eine gewisse Anspannung nicht verbergen.

Trotzdem waren Karl-Gustav und Mathilda der Meinung, dass der anfängliche Krach wie ein reinigendes Gewitter gewirkt hat und sie nun für klare Verhältnisse gesorgt haben.

Aber das war ein Irrglaube, der sich sowohl eines Morgens, als auch in der darauffolgenden Zeit noch gravierend bemerkbar machen sollte. Die Stimmung, zumindest von Karl-Gustav, aber auch annähernd von Mathilda, war mit einem Schlag wieder auf dem Nullpunkt. Es kam so, wie es kommen musste.

»Schatz, schau mal! Das ist doch unfassbar. Du wolltest es mir leider nicht glauben.«

»Was ist denn Karl-Gustav?«

»Komm einmal zur Tür und schau durch unseren Gucki. Und, was siehst du jetzt?«

»Ich glaube, ich spinne.«

»Ja Schatz, jetzt geht es los. Die kontrolliert nun, wie gut wir den Flur geputzt haben, wahrscheinlich auf Anweisung ihres Sohnes.«

Mathilda schaute derweil weiterhin gespannt, gewissermaßen auch entsetzt, auf das, was sich da im Flur abspielte. Sie sah durch den Gucki, dass die Mutter von Herrn Hanken, also Frau Emilie Hanken, mit ihren Fingern über das Treppengeländer strich und immer wieder ihre Hand zu ihren Augen führte. Sie wollte vermutlich kontrollieren, ob an den Fingern Staub zu sehen war. Damit sie ihre Finger bei dieser Aktion nicht schmutzig macht, das muss sie wohl erwartet haben, hatte sie sich vorsichtshalber dünne Gummihandschuhe übergezogen.

»Karl-Gustav, ich kann immer noch nicht glauben, was

ich da sehe. Übrigens, sie kontrolliert mich. Nicht dich, denn ich putze ja den Flur. Also, ich bin wirklich geschockt.«

»Mathilda, ich habe da eine Idee. Was hältst du davon, wenn du Frau Hanken ebenso beim Flurputzen kontrollierst, während sie Flurwoche hat. Damit das richtig demonstrativ wirkt, pass ich auf und gebe dir ein Zeichen, wenn sie vom Einkaufen zurückkommt.

Dann läufst du, mit einem Gummihandschuh bewaffnet, in den Flur und streichst mit der Hand übers Treppengeländer. Genauso, wie sie es immer macht. Was hältst du davon?«

»Karl-Gustav, du hast etwas Gravierendes vergessen. Wir haben nur einen Jahresvertrag. Diese Aktion wäre unser Ende hier in diesem Haus. Möchtest du das?«

»Ja Mathilda, das kann ich nicht verleugnen. Ich habe die >Faxen dick<, wie man so schön sagt. Glaubst du wirklich, dass ich mich noch lange beherrschen kann. Irgendwann nützt auch deine Androhung mit dem Schmuseverbot nichts mehr.

Ich bin kurz davor, mal ordentlich Dampf abzulassen und ich kann dir sagen, der Kessel ist richtig aufgeladen.«

»Du hast recht, das hat so keinen Sinn mehr. Lass uns heute Abend damit anfangen eine neue Wohnung zu suchen. Aber dann sollte der Vermieter besser weit weg wohnen, obwohl bestimmt nicht alle so sind wie dieser hier. Das ist schließlich schon fast Sklaverei, was der hier abzieht.«

»Schatz, die haben ganz bewusst eine Wohnung in diesem Haus freigelassen, weil sie immer jemanden zum Schikanieren brauchen, glaube mir.«

»Karl-Gustav, ich bitte dich! Ich glaube, du übertreibst mal wieder.«

Karl-Gustav wollte nun nichts mehr dazu sagen und

begab sich ins Arbeitszimmer.

In den nächsten Monaten ging es genauso in diesem Stil weiter. Ständig stand der Hausbesitzer vor der Wohnungstür und hatte irgendetwas zu meckern.

Sei es, er hatte wieder in den Mülltonnen gewühlt und dabei festgestellt, dass die Sortierung des Mülls nicht ganz seinen Vorgaben entsprach oder er musste sich über seiner Meinung nach zu viel Krach beschweren, wobei diese Beschwerde meistens von seiner Mutter ausgelöst wurde.

Entweder war die Musik zu laut, die Waschmaschine hatte einen zu sonoren Klang beim Schleudern oder die Töpfe klapperten zu laut bei der Speisenzubereitung. Während für das Erstgenannte meist Karl-Gustav zuständig war, betrafen die anderen Dinge wohl eher Mathilda.

Ein weiteres Mal dachte der Vermieter vermutlich, dass es nun wieder an der Zeit sei, über einen schlecht geputzten Flur ein paar Worte zu verlieren. Überwiegend erledigte er aber seine Beschwerdetour, wenn Karl-Gustav außer Haus war.

Der Respekt oder die Angst vor einer vermeintlichen Unzurechnungsfähigkeit hielt ihn wohl davon ab, seine Beschwerden in Anwesenheit von Karl-Gustav vorzubringen.

Eine Beschwerde war beispielsweise fällig, wenn man nicht von morgens bis abends mit dem Putzlappen übers Treppengeländer raste. Das heißt in der Art und Weise, wie die Mutter des Hausbesitzers sich das vorstellte.

Wobei Frau Emilie Hanken eher selten rast, auch nicht bei ihrem Kontrollvorgang. Dazu absolviert sie diesen neuerdings auch nicht mehr mit einem Handschuh, sondern mit einem weißen Taschentuch. Wahrscheinlich denkt sie, dass sie letztlich nur so die Menge der Partikel ermitteln kann, die unerlaubt auf dem Treppengeländer zu finden sind.

Bei einem Fehlverhalten, nicht nur bei einer unzulässigen Anzahl an Partikeln, gab es sofort Minuspunkte in einer ausgeklügelten Bewertungskartei. Zumindest stellte sich das Karl-Gustav so vor. Der Beweis zu dieser These folgte auch meistens prompt.

Innerhalb einer weiteren Beschwerde des Hausbesitzers gegenüber Mathilda ließ dieser durchblicken, dass er den Ein-Jahresvertrag eher nicht verlängern wird. Sie hätten es leider nicht geschafft und vielleicht auch gar nicht gewollt, sich in die Hausgemeinschaft einzubringen, von der Missachtung gegenüber der zweifellos notwendigen Hausordnung einmal ganz abgesehen. Das war zwar noch nicht amtlich, Mathilda war dennoch gewarnt.

Eines Abends sprach sie Karl-Gustav darauf an und berichtete ihm von der Vorhersage des Hausbesitzers.

»Schatz, der Hausbesitzer war gestern Mittag wieder bei mir, während du bei deinen Eltern warst.«

»Ach, ist ihm wieder etwas mit dem Abfall aufgefallen oder war die Mikrostaubschicht auf dem Treppengeländer zu hoch oder waren wir wieder zu laut?«

»Das natürlich sowieso, aber er hat dazu noch etwas anderes Interessantes gesagt.«

»Mathilda, sag dem Knilch doch einmal, dass seine werte Frau Mutter sich den Staub, den sie immer auf den Fingern hat nach dem Überprüfen des Geländers, in ihre Ohren schmieren soll, dann hört sie auch nichts mehr. Natürlich nur, wenn wir Putzwoche haben.«

»Schatz, das sollte jetzt nicht unser Thema sein. Der Vermieter hat gesagt, dass wir uns bezüglich einer Verlängerung des Jahresmietvertrages keine allzu große Hoffnung machen sollten.«

»Ach nee, dieser Komiker. Ist ja super mein Schatz, wir wären doch sowieso nicht geblieben oder etwa doch?«

»Nein, denn ich habe nun auch die Nase gestrichen voll. Das macht keinen Spaß.«

»Schatz, wir wohnen erst ein halbes Jahr hier und die Typen schikanieren uns nahezu jeden Tag. Gib zu, es war ein Fehler, hier einzuziehen.«

»Ja, das weiß ich nun auch. Und halt mir nicht immer meine eventuellen Fehler vor Augen, das mag ich nicht.«

»Schatz, ich kreide dir das nicht als Fehler an, du konntest das schließlich weder wissen noch vorhersehen. Du hast leider nicht dieses besondere Einfühlungsvermögen, was ich nun mal habe und daher konntest du nicht einmal erahnen, was uns hier erwartet. Ich hatte dir das fürwahr sofort prophezeit.

Ich werde dir das indessen auf keinen Fall ankreiden oder vielleicht sogar Vorhaltungen machen, wirklich keinesfalls. Es haben eben nur ganz wenige Personen ein dermaßen überragendes Einfühlungsvermögen wie ich, leider.«

»Karl-Gustav, ich prophezeie dir mal etwas. Ich flippe gleich völlig aus! Pass jetzt genau auf, was du sagst!

Gut, ich gebe zu, das habe ich nicht vorhergesehen, aber das stand dem Typ auch nicht auf der Stirn geschrieben. Aber komm mir bloß nicht mit deinem überragenden Einfühlungsvermögen, das ist doch wohl ein Witz!

Du gehst bei jeder Kleinigkeit hoch wie eine Rakete, meckerst über alles und jeden, hast mir seit einem halben Jahr keine Rosen mehr geschenkt und du redest hier von Einfühlungsvermögen, ich fasse es nicht. Halt nun bloß deine Klappe!«

»Schatz, hast du das gehört und auch wahrgenommen? Ehrlich, ich glaube es nicht.«

»Natürlich weiß ich, was ich gerade gesagt habe. Sag mal, was soll das? Zweifelst du außer an meinem Einfühlungsvermögen des Weiteren etwa auch an meinem Verstand? Ich sage dir nun etwas und das solltest du dir merken! Treib es nicht auf die Spitze!«

»Mathilda, mein Schätzchen, nun beruhige dich bitte! Ich weiß schließlich, dass du vom Verstand her einigermaßen drauf bist. Bei dir hapert es in erster Linie an deinem Einfühlungsvermögen. Das weiß ich doch und berücksichtige das daher in jeder Situation, wenn dieses von dir gefordert wird. Ich ziehe selbstverständlich von dem Einfühlungsvermögen, das ich imstande bin zu leisten, routinemäßig mindestens sechzig Prozent ab und dann bist du trotzdem gut im Rennen.

Und noch etwas, ich liebe dich trotz deiner kleinen Einschränkungen. Wirklich, das stellt für mich kein Problem dar.«

»Jetzt reiß dich zusammen! Gleich werde ich richtig sauer. Wenn du weiterhin an meinem Einfühlungsvermögen zweifelst, rappelt es hier im Karton.

Erst recht, wenn du dich dazu in den Himmel hebst und mich sprichwörtlich mit dem Gesicht auf dem Boden platt drückst. Du, ich warne dich!

Oh, Moment mal! Hast du gerade gesagt, dass ich vom Verstand her einigermaßen drauf bin? Einigermaßen?

Was soll das denn heißen? Du, wenn du so weiter machst, dann bin ich gleich zu blöd zum Essen kochen, kann nicht mehr putzen, kann deine Wäsche nicht mehr waschen, weil ich natürlich, so blöd wie ich nun mal bin, die Waschmaschine nicht bedienen kann und das Schmusen kannst du gleich ganz vergessen, das gelingt mir zudem schon gar nicht mehr.«

»Aber meine liebste Mathilda, das war eindeutig anders gemeint. Natürlich kommst du verstandesgemäß direkt nach Goethe und Leibniz! Du weißt doch genau, wie sehr ich dich schätze.«

»Du, nun erzürne mich nicht schon wieder und veräpple mich hier schon mal gar nicht. Außerdem funktioniert das nicht, was du gerade gesagt hast.«

»Wie meinst du das?«

»Weil du schon verstandesgemäß direkt nach Goethe und Leibniz kommst, da bleibt doch kein Zwischenraum mehr für mich.«

»Jetzt sei nicht so pikiert! Natürlich bin ich noch eine ganz andere Kategorie, das ist mir schon bewusst und eigentlich solltest du es auch wissen. Ich wollte dir hiermit nur verdeutlichen, wie ich dich als Person einschließlich deiner Fähigkeiten schätze.«

»Weißt du was, Karl-Gustav, ich habe das Gefühl, du schätzt bei mir nur, wenn ich dir das Essen koche, die Wohnung putze und dich verwöhne. Ich glaube, ich muss hier bald andere Seiten aufziehen, so!«

»Schatz, ich bitte dich! Bist du dir darüber bewusst, wie sehr du dich da vergaloppiert hast? Ich wollte vorhin nur andeuten, dass du mit der Ausdrucksweise >Klappe halten< wieder beim >Ruhrgebietslerdeutsch< angelangt bist. Etwas, das dir doch eigentlich gar nicht gefällt. Mehr wollte ich nicht sagen.

Aber nein, du kommst sofort wieder von >Hölzchen auf Stöckchen< und bist gleich wieder ganz wo anders. Außerdem waren wir ursprünglich bei den Schikanier-Methoden dieser Nachbarn. Und zwar nicht nur seitens des Hausbesitzers, denn man muss zu dem Blödmann Hanken seine Mutter noch dazu rechnen, da diese uns auch mit Wonne schikaniert.«

»Du hast recht, im Grunde genommen waren wir bei diesem Thema und das ist auch weiß Gott wirklich wichtig, weil es nämlich kaum auszuhalten ist. Über deine Geringschätzung mir gegenüber und über deinen Ruhrgebiets-Slang reden wir noch einmal zu einem anderen Zeitpunkt. Übrigens, das heißt nicht >Ruhrgebietslerdeutsch<, sondern Ruhrgebietsdeutsch. Wie oft muss ich dir das noch erklären?«

»Meinetwegen, damit bin ich einverstanden, so wichtig ist mir dieser Begriff nun wirklich nicht. Kommen wir zu unserem Hauptthema zurück.«

»Gut, denn ich muss dir noch etwas berichten. Der Typ, mittlerweile kann ich den nur noch so nennen, hatte zusätzlich ein paar weitere nette Neuigkeiten für uns. Wir müssten bei einem Auszug aus dieser Wohnung, und der steht uns ja nun wirklich direkt bevor, den Keller neu streichen, alle Tapeten wieder abreißen sowie den Fußboden streichen.«

»Schatz, wir wohnen erst knapp ein halbes Jahr hier. Wir werden nichts von dem realisieren, aber auch überhaupt nichts!«

»Aber Karl-Gustav, das steht alles in unserem Mietvertrag, ich habe das überprüft. Das ist doch echt Wahnsinn oder?«

»Mathilda, nun beruhige dich wieder und hab keine Angst. Ich habe vor langer Zeit eine Rechtsschutzversicherung abgeschlossen, notfalls gehen wir vor Gericht.«

»Aber das steht so in unserem Mietvertrag, das müssen wir durchführen.«

»Schatz, ich bitte dich. Wenn der Vermieter damals auf die Idee gekommen wäre, in den Vertrag hineinzuschreiben, dass wir uns nach Ablauf eines Jahres in seinem Garten erschießen müssen, hättest du das daraufhin gemacht?«

»Karl-Gustav, nun höre aber auf! Das kann man doch nicht miteinander vergleichen.«

»>Jein<, sage ich jetzt mal. Einerseits ist es wirklich nicht dasselbe, ich meine, sich zu erschießen gegenüber Fußboden streichen, andererseits ist es prinzipiell doch nichts anderes. Denn es ist beides rechtlich natürlich Blödsinn. Der kann noch so viel in seine Verträge hineinschreiben, das hat keine Bedeutung, wenn es nicht mit der aktuellen Rechtsprechung übereinstimmt. Da brauchst du wirklich keine Angst zu haben.«

»Ja gut, aber völlig beruhigt bin ich noch nicht.«

»Das geht schon in Ordnung, lass mich mal machen. Ich werde auch alles vorschriftsmäßig durchführen, ohne Drohungen oder großes Aufspielen.«

»Schatz, nun hast du gerade zugegeben, dass du schon mal mit Drohungen arbeitest und dich mitunter auch aufspielst. Wirklich, jetzt habe ich dich, nun warst du unaufmerksam!«

»Aber Schätzchen, ich muss doch bitten, so etwas würde ich gewiss nie tun. Und das ich einmal nicht aufgepasst habe, das kann natürlich selbst so einem genialen Menschen wie mir passieren.

Ich habe außerdem nur ein paar Floskeln benutzt, um dir die Situation so richtig begreiflich zu machen. Weiterhin wollte ich erreichen, dass du keine Angst mehr davor hast, wir müssen hier bei einem Auszug die ganze Wohnung renovieren.

Ansonsten verhalte ich mich doch wirklich immer vorschriftsmäßig. Ich würde nie jemandem drohen, ich bitte dich. Wie kommst du auf so eine absurde Idee.«

»Ist schon gut Karl-Gustav, ich möchte gegenwärtig nicht darauf eingehen und schon mal gar nicht auf deine Genialität, die du dir selbst immer zuschreibst. Verschieben wir das Gespräch auf später, wir haben nun Wichtigeres zu tun.

Lass uns doch weiter im Internet nachschauen, vielleicht wird da eine für uns geeignete Wohnung angeboten.«

»Ja los, versuchen wir es!«

Nachdem beide ziemlich angespannt im Internet eine Viertelstunde nach einer geeigneten Wohnung Ausschau gehalten hatten, leider ohne Erfolg, fiel Mathilda plötzlich etwas ein.

»Schatz, ich muss dir noch was sagen und jetzt mal etwas Positives. Wir haben innerhalb unseres Ein-Jahresvertrages nur vier Wochen Kündigungsfrist.«

»Das passt doch. Ich würde vorschlagen, dass wir morgen sofort kündigen, denn übermorgen fängt ein neuer Monat an. Infolgedessen können wir obendrein nächsten Monat sofort ausziehen.«

»Aber Schatz, wir haben doch noch keine neue Wohnung.«

»Das stimmt zwar, aber bevor ich länger hier wohnen bleibe, schlafe ich eher ein paar Monate unter einer Brücke.«

»Das möchte ich aber nicht, unter einer Brücke schlafen, da gehe ich lieber so lange zu meinen Eltern. Aber was arrangieren wir denn mit den Möbeln?«

»Die kann man für einen bestimmten Betrag in Lagerhäusern aufbewahren. Übrigens, die Bemerkung mit der Brücke hatte ich wahrlich nicht wörtlich gemeint. Das war nur eine Redensart, ein Spruch würde ein Ruhrgebietsler sagen. Wir werden schon in der Zeit, bis wir eine Wohnung finden, irgendwo unterkommen.«

»Karl-Gustav, lass diesen Blödsinn mit dem ›Ruhrgebietsler<, lass das endlich sein. In diesem Zusammenhang könntest du auch mal langsam deine ewigen blöden Sprüche für dich behalten.

Ich könnte auch noch sagen, >hättest Du geschwiegen, wärest Du ein Philosoph geblieben<, doch das wäre unweigerlich wieder nur so ein blöder Spruch.«

»Aber Mathilda, das sind doch keine blöden Sprichwörter, das sind die Weisheiten des Lebens. Nun gut, du bist nicht weise und willst es wohl auch nicht werden, das musste ich dir jetzt mal deutlich signalisieren.«

»Karl-Gustav, wenn du nicht sofort damit aufhörst, spitz ich dich ungespitzt in den Boden.«

»Liebste Mathilda, das heißt >dann stampfe ich dich ungespitzt in den Boden<, verstehst du? Außerdem, das war kein blöder Spruch, den du gerade geäußert hast, sondern ein weises Sprichwort von einem römischen Gelehrten mit dem Namen Severinus Boethius um fünfhundert nach Christus.«

»Karl-Gustav, noch ein Wort, dann siehst du genauso alt aus, wie dein römischer Gelehrter jetzt vermutlich wäre, wenn er so lange gelebt hätte.«

»Schatz, diesbezüglich hatte der leider Pech. Er ist nämlich wegen Hochverrat verurteilt und hingerichtet worden, obwohl man ihm kein Fehlverhalten nachweisen konnte. Zu dem Zeitpunkt war er noch keine fünfzig Jahre alt. Es ist ein Jammer oder meinst du nicht Mathilda, dass es auch so überaus geniale Personen treffen kann wie den Boethius. Ich denke da aktuell besonders an mich. Da bin ich doch richtig froh, dass ich nicht im fünften Jahrhundert nach Christus gelebt habe.«

»Ich will dir jetzt nicht zu nahe treten, aber in diesem Fall wäre deine Angst unbegründet. Du bist nämlich weit davon entfernt, genial zu sein. Andererseits hört sich das für mich verlockend an, da mir einiges erspart geblieben wäre, wenn du im fünften Jahrhundert gelebt hättest, so!«

»Mathilda, jetzt bist du aber gemein, das hätte ich nicht von dir gedacht! Aber gut, was will man machen. Lassen wir das, für eine derartige Diskussion fehlt uns im Moment die Zeit. Komm, schauen wir noch einmal im Internet nach. Vielleicht finden wir eine Wohnung, die unseren Anforderungen entspricht.«

»Gerne, lass uns das so machen. Was sonst noch alles mit dieser Wohnung zusammenhängt, das vergessen wir besser vorerst. Zumindest können wir das so lange aufschieben, bis es an uns herangetragen wird.«

»Genauso lass uns diese Sache angehen Mathilda.«

Mathilda und Karl-Gustav begaben sich nun zu ihrem Computer ins Arbeitszimmer und schauten sich erneut im Internet nach einer geeigneten Wohnung um. Sie hatten leider Pech, sie fanden immer noch keine passende Wohnung und bereiteten sich daher, nachdem sie eine Stunde intensiv gesucht hatten, zum Schlafen vor. Aus der Sicht von Karl-Gustav leider ohne ein sensationelles Schmusen, dazu war Mathilda offenbar heute nicht aufgelegt. Auch ein Gedanke an Brad Pitt könnte da wohl kaum helfen.

Erstaunlich war, dass beide trotz allem ziemlich schnell einschlafen konnten.

Der Umzug

In der nächsten Woche lief alles wie gewohnt. Man kann aber nicht behaupten, dass es keine Ereignisse gab, es war nur nichts Ungewöhnliches. Das heißt, der Vermieter versuchte wie gehabt Mathilda und Karl-Gustav das Leben schwer zu machen, so gut er es eben konnte. Eigentlich gelang ihm das auch ganz ordentlich.

Das Einzige, was sich nun geändert hatte, war die Tatsache, dass mittlerweile auch Mathilda einen recht forschen Ton im Umgang mit dem Vermieter pflegte. Den kannte Karl-Gustav von Mathilda vorher nur ihm gegenüber.

Zwei Tage nach der Unterredung, die Mathilda und Karl-Gustav miteinander geführt und nach deren Verlauf sie beschlossen hatten so schnell wie möglich auszuziehen, die Kündigung hatte Mathilda sofort am nächsten Morgen geschrieben und per Einschreiben dem Vermieter zugeschickt, klingelte es um dreizehn Uhr. Mathilda und Karl-Gustav saßen gerade am Tisch und aßen zu Mittag.

Mathilda stand sofort auf und ging zur Tür.

»Frau Kirchhaff, ich muss Ihnen nun mal ernsthaft die Leviten lesen, so geht das ja nicht. Wie oft habe ich Ihnen schon gesagt, dass Sie den Müll vorschriftsmäßig sortieren müssen. Ich glaube, ich muss langsam ein Bußgeld aussprechen. Es ist doch völlig unakzeptabel, dass ich meine wertvolle Zeit damit vertrödele, Ihnen ständig hinterherzulaufen und alles in die richtigen Bahnen zu lenken. Nein, so geht das überhaupt nicht.«

»Jetzt hören Sie mal zu, Sie Komiker! Wir hatten den

Müll ordnungsgemäß einsortiert, so wie wir es immer tun. Aber Sie sind nun mal buchstäblich ein Scheißkerl, Sie wollen uns nur schikanieren. Das benötigen Sie wahrscheinlich für Ihr Ego. Ich nehme stark an, dass Sie sich geistig auf einer sehr niedrigen Ebene bewegen. Das zeigen Sie uns auch ständig mit Ihren Aktionen, in denen Sie uns wegen Nichtigkeiten terrorisieren.

Jedoch, es ist ja eigentlich noch viel schlimmer. Denn Sie sind so blöd, das kann man kaum beschreiben. Und besonders schlimm ist, dass Sie noch nicht einmal bemerken, wie blöd Sie definitiv sind. Ich habe noch nie so einen Blödmann gesehen, der sich sogar in die Mülltonnen hineinstellt und den Müll aussortieren will, igittigitt!«

»Frau Kirchhaff, was fällt Ihnen ein, so mit mir zu reden! Das muss ich mir überhaupt nicht gefallen lassen. Ich glaube, ich hole augenblicklich meine Mutter zu dieser Unterredung dazu.«

»Oh nein, für genau so einen Waschlappen habe ich Sie auch gehalten. Da muss sich doch der Kerl, dieser Scheißkerl, tatsächlich hinter dem Rock einer fünfundachtzigjährigen Frau verstecken. Das kann ich ja kaum glauben.

Mann, sieh bloß zu, dass du Land gewinnst, sonst werde ich richtig ungemütlich. Ach so, bevor ich es vergesse. Wir sehen Sie nicht nur in unseren Mülltonnen stehen, nein, wir sehen Sie auch ständig in den anderen Mülltonnen herumkramen und Müll von einer Mülltonne in die andere umladen.

Das heißt doch, es war vorher alles in Ordnung und etwas anderes ist bei uns auch gar nicht vorstellbar. Sie vertauschen den Müll so lange, bis Sie glauben, uns etwas in die Schuhe schieben zu können. Das ist doch alles nur pure Absicht, Sie haben einfach ein unterbelichtetes >Ego<.«

»Hören Sie mal, das muss ich mir aber keinesfalls bieten lassen!«

»Ach halten Sie Ihre Klappe, ich bin noch nicht fertig mit Ihnen! Vorab stelle ich Ihnen mal eine Frage. Haben Sie Langeweile, so wie es Ihre schräge Mama jawohl zu haben scheint? Seitdem wir hier wohnen, hat sie von morgens bis abends entweder mit dem Lappen über das Geländer gewischt oder meinen Mann mit dem Schrubber durch den Flur gejagt. Man sagt ja auch, der Apfel fällt nicht weit vom Stamm.

Vielleicht täusche ich mich auch und Sie haben enormen Spaß daran, andere Menschen zu ärgern und zu quälen. Eventuell sind Sie ja sogar dermaßen veranlagt, das würde mich wiederum auch nicht sehr wundern. Aber wahrscheinlich treffe ich mit meiner ersten Vermutung, dass Sie unterbelichtet sind, wohl eher ins Schwarze.

Und noch etwas, du Spinner, wegen dir Blödmann ist jetzt mein Essen kalt geworden. Verzieh dich bloß!« Eine weitere Reaktion des Vermieters wartete Mathilda erst gar nicht mehr ab und knallte ihm die Haustür vor der Nase zu. Na ja, so haarscharf und ging anschließend wieder zu Karl-Gustav an den Tisch.

»Schätzchen, was regst du dich denn dermaßen auf? So kenn ich dich gar nicht. Ich glaube, ich habe von dir noch nie solche Ausdrücke gehört. Du bist ja richtig in Rage.«

»Karl-Gustav, das kannst du aber laut sagen. Mann, wenn ich den Typ nur sehe, bin ich schon >auf einhundertachtzig<. Wenn der zusätzlich noch seinen Mund aufmacht und wieder einen derartigen Mist von sich gibt, ist es mit meiner Fassung vollends vorbei.«

»Mathilda, nun fällt mir aber etwas auf. Du musst mir eigentlich dankbar sein, dass ich dich so hervorragend vorbereitet habe auf diese Situationen!«

»Karl-Gustav, nun drücke dich bitte präzise aus! Wie meinst du das denn? Nun erzähl schon, zum Rätselraten bin ich überhaupt nicht in Stimmung.«

»Das kann ich dir sagen, mein Schatz. Wenn du nicht diese lange Erfahrung mit mir gehabt hättest, also schon so lange immer wieder meine gekonnte Wortwahl hättest aufnehmen können, wären dir solche eindrucksvollen Schimpfworte doch nie eingefallen.«

»Karl-Gustav, nun überschätze dich bitte nicht schon wieder. Natürlich wäre mir auch ohne deine leidvolle Gegenwart einiges eingefallen, ich bin schließlich clever und habe schon so den einen oder anderen schimpfen gehört. Denk nur an deine Lieblingssendung >ein Herz und eine Seele<, deren Wiederholungen ich mir wegen dir dauernd ansehen musste. Dadurch war ich jawohl schon einiges gewöhnt.

Allerdings muss ich dir zustimmen, du hast schon das eine oder andere Mal noch etwas zugelegt. Aber lass uns das bitte abschließen, ich habe Hunger und nun muss ich mir mein Essen aufwärmen, weil dieser Blödmann uns wieder genervt hat.«

»Aber liebste Mathilda. Bleib mal ruhig sitzen und ruhe dich aus, ich mach das eben für dich.«

»Wirklich? Oh, das ist aber nett von dir. Da danke ich dir. Übrigens, du hast wieder >liebste Mathilda< zu mir gesagt. Hör sofort damit auf!«

»Oh, entschuldige mein Schatz, das war mir so herausgerutscht. Kommt nicht wieder vor.«

»Das will ich hoffen!«

Schließlich sagten beide kein Wort mehr zu dieser Thematik. Während Mathilda nun entspannt am Tisch saß und die Tageszeitung las, dazu war sie heute noch nicht gekommen, stellte Karl-Gustav für Mathilda das Essen in die Mikrowelle.

»Karl-Gustav, nein, komm einmal zu mir! Das ist ja der helle Wahnsinn!«

»Moment Mathilda, ich bin sofort fertig.«

Kurze Zeit später kam Karl-Gustav zurück und reichte Mathilda das Essen. Er blieb auch gleich am Tisch stehen und schaute interessiert auf die Tageszeitung. Dummerweise war nun auch der Teller sehr heiß, was insbesondere Mathilda leidvoll erfahren musste.

»Aua! Mensch Karl-Gustav, musste das denn sein? Jetzt habe ich mich verbrannt. Und das nur, weil du zu faul warst, mein Essen in der Pfanne zu erwärmen. Jetzt bin ich aber äußerst erzürnt. Wenn man hier nicht alles höchstpersönlich macht.«

»Schatz, nun bist du aber ungerecht. Ich habe die Mikrowelle doch nur benutzt, weil ich davon ausging, dass du gegenwärtig einen Mordshunger hast und das Erwärmen in der Pfanne dir bestimmt zu lange gedauert hätte.«

»Entschuldige mein Schatz, du hast natürlich recht. Mann, dieser Scheißkerl, jetzt muss ich mich seinetwegen sogar verbrennen.«

»Wirklich Schatz, der Typ ist einfach unmöglich, da kann ich dir nur zustimmen! Jetzt iss erst einmal und pass auf, sonst verbrennst du dich wegen des Blödmannes noch einmal!«

»Ja Karl-Gustav, das mach ich. Oh, Moment mal, fast hätte ich vergessen, dir etwas Wichtiges zu zeigen. Schau dir mal diese schöne Wohnungsannonce hier in der Zeitung an.«

»Schatz, die Annonce finde ich im Grunde genommen nicht schön. Sieh doch mal, was für eine Schrift die gewählt haben. Also ich hätte hier nicht >Arial< gewählt. Ich finde, dass >Times Roman< besser gepasst hätte.«

»Spinnst du Karl-Gustav! Ich meine doch nicht die Aufmachung der Annonce, die ist mir im Moment so etwas von schnuppe. Ich meine selbstverständlich den Inhalt, der dort geschrieben steht. Das ist doch wohl logisch oder?«

»Liebe Mathilda, wenn du dich über den Inhalt auslassen möchtest, musst du das sagen, zumindest andeuten. Wie soll ich denn darauf kommen, was du mir mitteilen möchtest, dieses aber nur denkst und letztlich etwas ganz anderes sagst?«

»Du erzürnst mich aber schon wieder, Karl-Gustav! Ich würde ja gerne mit dir über diese für dich so unheimlich wichtige Problematik der Schriftwahl diskutieren, aber im Moment ungern. Schau dir lieber einmal den Inhalt dieser Annonce an, das ist doch wohl eine genau auf uns zu-geschnittene Wohnung, die hier angeboten wird. Nun äußere dich schon!«

»Moment Mathilda, das muss ich zunächst erst einmal lesen. Ich blubbere doch nicht einfach >ins Blaue< hinein. Ich gebe schließlich immer nur exakt und logisch zu der jeweiligen Sachlage einen Kommentar ab, das müsstest du eigentlich mittlerweile wissen!«

»Ach nee, seit wann das denn? Das ist mir aber noch gar nicht aufgefallen.«

»Nun pass aber auf, was du sagst! Ausnahmsweise will ich heute mal gnädig zu dir sein und deinen unsinnigen Kommentar, weil dazu auch völlig abwegig, einfach über-hören.

So, jetzt habe ich die Annonce gelesen. Also wirklich, du hast recht, das ist eine Wohnung wie für uns gemacht. Da sollten wir direkt anrufen. Na, wer sagt es denn. Sieh doch mal, da steht eine Telefonnummer. Bestimmt vom Vermieter oder Makler.«

»Ach nee, was du nicht sagst. Hat dir das wieder deine ungewöhnliche Intelligenz zugeflüstert? Da kann man doch mal sehen, auf was du so alles kommst!«

»Mathilda, nun spare dir deine Ironie. Du weißt genau, dass ich recht habe!«

»Natürlich Karl-Gustav, das weiß ich zur Genüge. Und ich bin dir auch sehr dankbar, dass du bei mir bist und mich wieder einmal vor Unheil bewahrt hast. Denn ich wäre nie auf die Idee gekommen, dass das eine Telefonnummer ist. Ich meine diese Zahl, die da am Ende der Annonce geschrieben steht. Ich wäre schon gar nicht darauf gekommen, wie auch, bei meiner eingeschränkten Intelligenz, dass genau diese Telefonnummer etwas mit der Vermietung dieser Wohnung zu tun haben könnte, also wirklich nicht. Und dank dir könnten wir da einmal anrufen und einen Besichtigungstermin vereinbaren.

Natürlich nur, wenn du mit deinen wichtigen Erklärungen und Hinweisen fertig bist und die Wohnung trotz deiner langatmigen Erläuterungen noch zu haben ist. Ja, darf ich da einmal anrufen?«

»Selbstverständlich Mathilda, mach das bitte! Ich erlaube dir das und kann das wirklich nur gutheißen. Ich bin zwar noch nicht fertig mit meinen Ausführungen, trotzdem denke ich, das reicht vorläufig. Die Telefonnummer ins Telefon einzugeben, das wird dir wohl gelingen. Ich denke wirklich, das wirst du nun hinbekommen, auch ohne weitere Erklärungen meinerseits. Falls wider Erwarten doch nicht, du weißt ja, ich stehe bereit.«

»Karl-Gustav, nun halte dich bloß zurück! Hol mir mal lieber das Telefon aus dem Schlafzimmer, das hast du doch bestimmt wieder dort vergessen!«

»Da liegst du aber so was von falsch, Mathilda. Das Telefon hast du gestern Abend, nach deinem stundenlangen Gequatsche mit deiner Mutter, im Schlafzimmer liegen gelassen. Aber ich bin schließlich zuvorkommend und hole es dir.«

Mathilda atmete noch einmal tief durch, währenddessen Karl-Gustav ins Schlafzimmer ging. Sie sagte aber nichts mehr. Wenn sie jetzt nicht nachgibt, das war ihr bewusst, zieht sich die Diskussion pausenlos bis in den Abend hinein und die Wohnung ist dann anderweitig vergeben. Das wollte sie nicht riskieren und so gab sie nach, wenn auch ungern. Denn dass ihr die Aussage über das angebliche Gequatsche, was sie mit ihrer Mutter getätigt haben soll, eher nicht gefiel, lag zweifelsfrei auf der Hand.

Sie übernahm kurz darauf ohne ein weiteres Wort zu sagen das Telefon von Karl-Gustav und wählte die in der Annonce aufgeführte Telefonnummer.

»Hallig.«

»Guten Tag Herr Hallig, hier ist Mathilda Kirchhaff. Mein Mann und ich haben Ihre Annonce in der >Recklinghäuser Zeitung< gelesen und wollten Sie daher fragen, ob diese Wohnung noch zu mieten ist.«

»Ja, die Wohnung ist noch nicht vergeben. Wenn Sie Interesse haben, könnten Sie sofort vorbeikommen. Ich bin im Moment gerade in der Wohnung beschäftigt. Wenn Sie sofort kommen würden, wäre ich bereit zu warten. Wann wären Sie denn möglicherweise hier?«

»Wir würden sehr gerne vorbeikommen und könnten auch in ungefähr zwanzig Minuten bei Ihnen sein.«

»Das ist akzeptabel. Wollen Sie denn die Wohnung einmal besichtigen?«

»Ja gerne. Ihre Annonce sagte uns, also meinem Mann und mir, schon mal zu, aber eine Besichtigung wäre natürlich hilfreich und könnte die letzten Fragen klären.«

»Da bin ich vollkommen Ihrer Meinung. Ach so, Sie kennen die Hausnummer noch nicht, es war ja nur die Straße in der Annonce angegeben. Es handelt sich um die Nummer 196. Schellen Sie bitte bei Krumiak, bis gleich.«

»Das machen wir, bis nachher.«

»Schatz komm, wir müssen sofort los! Wir haben in zwanzig Minuten einen Besichtigungstermin. Der Verwalter der Wohnung, Herr Hallig, wartet auf uns.«

»Was, so plötzlich? Wie geht das denn?«

»Herr Hallig hält sich zurzeit in der Wohnung auf, weil er dort etwas zu erledigen hat. Nun beeil dich bitte, wir müssen los.«

Mathilda und Karl-Gustav machten sich noch schnell etwas schick, wohl doch eher Mathilda, und gingen anschließend zu ihrem Auto. Kurze Zeit später waren sie auf dem Weg nach Haltern zu ihrer vielleicht neuen Wohnung. Die Straße und das Haus waren sehr leicht zu finden und so standen sie genau zweiundzwanzig Minuten nach dem Telefongespräch mit Herrn Hallig vor dem besagten Haus.

»Schatz, was machst du denn da?«

»Wieso, ich parke hier.«

»Ja siehst du denn nicht, dass auf den Parkplätzen vor dem Haus überall Schilder aufgestellt sind. Auch da, wo wir jetzt parken. Ich denke mal, das sind die Nummernschilder von den jeweiligen Autos der Anwohner. Da können wir doch nicht einfach parken.«

»Aber Mathilda, diese Situation habe ich natürlich mit einem Blick erfasst und obendrein sofort die richtigen logischen Schlüsse gezogen. Du weißt doch, da kannst du dich voll auf mich verlassen.«

»Rede nicht so einen Blödsinn Karl-Gustav. Welche logischen Schlussfolgerungen gibt es denn da, außer dass es hier für unser Auto keinen freien Parkplatz gibt. Und noch etwas, gib nicht wieder so an mit deinem angeblichen logischen Denken und verlassen konnte ich mich auf dich diesbezüglich doch wirklich noch nie!«

»Was? Jetzt bist du aber ungerecht. Denke zum Beispiel mal daran, dass ich es war, der dich damals sofort vor diesem unmöglichen Vermieter gewarnt hat. Außerdem habe ich dich mindestens schon einhundert Mal mit meinem logischen Denkvermögen vor viel Unheil bewahrt. Komm, gib es zu!«

»Hörst du jetzt auf! Du sagst mir nun ganz schnell, warum du glaubst oder deiner Meinung nach genau weißt, warum wir hier doch parken können. Und das sagst du mir, während wir bei Krumiak schellen und in die zweite Etage zu der Wohnung gehen. Ansonsten fährt Herr Hallig weg, ohne dass wir miteinander gesprochen haben. Und nur, weil du wieder deine stundenlangen unsinnigen Reden halten musst. Es reicht, nun mach voran!«

Während Mathilda noch ziemlich aufgebracht Karl-Gustav zur Räson brachte, zumindest hatte sie es versucht, ging sie zur Haustür des fünfgeschossigen Mehrfamilienhauses und schellte bei Krumiak. Inzwischen war auch Karl-Gustav an der Haustür angelangt.

»Fein, dann erkläre ich dir das einmal auf die Schnelle. Obwohl ich glaube, dass du das letzten Endes nicht richtig verstehen wirst. Du weißt doch, Frauen und Logik!«

»Du, gleich platz ich aber! Ich habe dir doch etwas gesagt, nun halte dich gefälligst daran!«

»Na gut, wenn du meinst. Also, es gibt zweifellos zurzeit eine leere Wohnung in diesem Haus und dafür wird es sicherlich auf diesem Parkplatz auch einen Stellplatz geben. Also muss es hier einen Platz geben, der zurzeit nicht von den anderen Mietern genutzt wird. Und da nur noch ein Stellplatz frei war, kann es doch nur der freie Platz von dieser Wohnung sein, die wir uns anschauen wollen. Das heißt, wenn alles mit rechten Dingen zugegangen ist und auf diesem Parkplatz kein fremdes Auto parkt. Ich hoffe mal Schatz, dass das für dich nicht zu kompliziert gewesen ist.«

»Du, gleich werde ich aber so was von sauer! Du kannst dir auch gar nicht vorstellen, wie ungehalten ich gleich werde. Aber du hast Glück, wir sind da.«

»Sie sind doch bestimmt Herr und Frau Kirchhaff, habe ich recht? Ich bin der Verwalter.«

»Genauso ist es Herr Hallig, Sie liegen richtig. Guten Tag.«

»Guten Tag Frau Kirchhaff, guten Tag Herr Kirchhaff.«

»Guten Tag Herr Hallig.«

»Schön, dass Sie es einrichten konnten. Kommen Sie hinein in die gute Stube. Ich führe Sie kurz durch die einzelnen Zimmer, das geht sehr schnell. Also, die Wohnung hat vier Zimmer, insgesamt einhundertfünf Quadratmeter, dazu gibt es noch ein großes Bad inklusive einer Gästetoilette.«

Nachdem Herr Hallig Mathilda und Karl-Gustav durch jedes Zimmer geführt hatte, waren sowohl Mathilda als auch Karl-Gustav sehr angetan von der Wohnung.

»Gewiss, ich muss schon sagen, die Wohnung gefällt mir ausgezeichnet. Dir doch bestimmt auch Karl-Gustav oder was meinst du?«

Zum Glück fand auch Karl-Gustav die Wohnung sehr

passend, wobei dieses Urteil bestimmt auch ohne den drohenden Unterton von Mathilda zustande gekommen wäre.

»Zweifellos Mathilda, das sehe ich genauso. Die Wohnung hat eine sehr durchdachte Aufteilung der Zimmer und auch deren Größe ist mehr als zufriedenstellend.«

»Das ist doch schön, dass Ihnen die Wohnung so hervorragend gefällt. Ich hoffe, es macht Ihnen nichts aus, dass in der Wohnung kein Teppich verlegt ist, aber notfalls könnten Sie das noch nachträglich ausführen.«

»Aber Herr Hallig, auf keinen Fall. Wir werden doch nicht diesen tollen Parkettfußboden mit einem Teppich verdecken. Nein, das ist wunderbar so. Dazu die weißen Fliesen in der Küche, wirklich sehr fein.«

»Das finde ich prima, dass Ihnen alles dermaßen zusagt, ich kann mich da nur wiederholen.«

»Gut, bisher habe nur ich Ihnen zu der Thematik etwas gesagt. Nun äußere dich doch auch mal Karl-Gustav. Die Wohnung gefällt dir bestimmt ohne Teppiche auch sehr gut?«

»Mathilda, du weißt du doch, dass ich eine Stauballergie habe und da sind Teppiche nicht besonders vorteilhaft, besonders im Schlafzimmer. Und mehr möchte ich gar nicht sagen, ich bin mit der Wohnung wunschlos glücklich und brauche wirklich nichts mehr dazu äußern. Und bedenke, ab und zu musst du auch mal zu Wort kommen.«

Jetzt nahm Mathildas Gesichtsfarbe kurz, aber wirklich nur ganz kurz, eine leicht grünliche Färbung an, sie hatte sich jedoch schnell wieder gefasst. Sie wollte auf keinen Fall, dass es für den Verwalter so aussieht, als würden sie ständig streiten.

Sie wusste auch, sie durfte den Äußerungen von Karl-Gustav nun nichts mehr entgegensetzen, denn der würde sonst keine Ruhe geben. Stattdessen konterte sie besonders galant.

»Ach, mein Schätzchen, deine ständige Fürsorge ist mir manchmal unheimlich.«

Diese Aussage wiederum schien Karl-Gustav zu missfallen. Die Häme oder Ironie von Mathilda war für Karl-Gustav natürlich nicht zu überhören, wenn auch der Verwalter nur lächelte und sonst augenscheinlich nichts bemerkt hatte.

Karl-Gustav wollte gerade etwas sagen, er hatte auch schon tief Luft geholt, da kniff ihn Mathilda, die halb seitlich hinter ihm stand, ordentlich in den Po.

Da wurde der Rücken von Karl-Gustav kurzzeitig kerzengerade, er musste zudem tief schlucken, sagte aber nichts. Er hatte die drohende Geste von Mathilda verstanden.

»Das läuft ja wirklich perfekt, damit habe ich überhaupt nicht gerechnet. Ich meine, dass Ihnen die Wohnung auf Anhieb dermaßen zusagt und ich sie sofort vermieten kann. Sie wollen doch die Wohnung mieten oder Frau Kirchhaff, Herr Kirchhaff?«

»Aber natürlich Herr Hallig, das würden wir sehr gerne. Wir können das auch sofort vertraglich festhalten, wenn Sie nichts dagegen haben?«

»Aber überhaupt nicht Frau Kirchhaff. Ich hoffe auch, dass Ihr Mann ebenso nichts dagegen hat.«

»Nein, das geht in Ordnung, mein Mann ist einverstanden. Nicht wahr, Karl-Gustav?«

»Natürlich liebste Mathilda, ich möchte gerne in diese Wohnung einziehen. Und überhaupt nur mit dir, meine liebste Mathilda.«

Nun hatte Karl-Gustav doch noch eine Gelegenheit gefunden, Mathilda eine Retourkutsche zu verpassen, und zwar ohne dass der Verwalter es bemerkte. Während Karl-Gustav süffisant lächelte, wurde Mathilda nun wieder leicht grün im Gesicht. Karl-Gustav musste sich indes doch mal fragen, warum Mathilda, wenn sie richtig sauer ist, immer grün im Gesicht wird.

Und dass sie jetzt richtig sauer war, darüber war sich Karl-Gustav schon bewusst, denn diesen Ausspruch hasste sie über Maßen. Aber warum bekommt sie, wenn sie sich aufregt oder wütend wird, eigentlich keine rote Gesichtsfarbe wie andere normale Menschen? Dieses Phänomen verblüffte ihn immer wieder. Weder Mathilda noch Karl-Gustav konnten sich aber sofort wieder in Szene setzen, denn nun meldete sich der Verwalter erneut zu Wort.

»Oh, das käme mir sehr gelegen. Wir müssten dann zu meinem Büro fahren, das ist nur zehn Minuten von dieser Wohnung entfernt. Dort können wir die formalen Angelegenheiten sofort erledigen, was meinen Sie?«

»Ausgezeichnet, damit wären wir einverstanden.«

»Schön, dann lassen Sie uns jetzt zu meinem Büro fahren.«

Es dauerte ungefähr fünfzehn Minuten und sie saßen alle drei im Büro des Hausverwalters. Herr Hallig tippte sofort in einen vorbereiteten Mietvertrag die Namen von Mathilda und Karl-Gustav, deren Alter, Geburtsort und Geburtsdatum ein, nachdem er seinen Computer eingeschaltet und das entsprechende Programm hochgefahren hatte. Da Mathilda und Karl-Gustav ihm ihre Personalausweise ausgehändigt hatten, stellte das Ausfüllen des Formulars kein großes Problem dar. Als Herr Hallig kurz darauf die Adresse und die Kosten der Wohnung eingetragen hatte, war er sichtbar zufrieden.

»So, das hätten wir. Jetzt benötige ich von Ihnen nur

noch eine Bankverbindung zur Abbuchung der Miete.«

»Das ist kein Problem, einen Moment!«, und sofort reichte Karl-Gustav dem Hausverwalter seine Scheckkarte. Nachdem Herr Hallig diese Daten ebenfalls eingetragen hatte, druckte er den Mietvertrag in zweifacher Ausfertigung mit seinem Laserdrucker aus und überreichte den beiden Mietern jeweils ein Exemplar.

»Lesen Sie sich den Mietvertrag in Ruhe durch und achten Sie bitte besonders darauf, dass die eingetragenen Daten, insbesondere die Bankverbindung, korrekt aufgeführt sind.«

Es dauerte ungefähr fünf Minuten und Karl-Gustav hatte den Mietvertrag kurz überflogen und war mit allem einverstanden. Zumindest mit dem, was er gelesen hatte. Das Kleingedruckte ließ er unbeachtet.

»Ah, Sie sind schon fertig Herr Kirchhaff? Und was meinen Sie, sind Sie mit allem einverstanden?«

»Herr Hallig, es ist alles in Ordnung. Den Vertrag kann ich unbesorgt unterschreiben.«

»Und wie ist es bei Ihnen Frau Kirchhaff? Oh, entschuldigen Sie, ich bemerke erst jetzt, dass Sie den Vertrag noch nicht vollständig gelesen haben. Na gut, lassen Sie sich ruhig Zeit.«

»Wissen Sie Herr Hallig, meine Frau benötigt für alle Dinge immer etwas mehr Aufmerksamkeit. Ich hoffe, Sie haben wirklich ein bisschen Zeit für uns.

Dazu muss ich erwähnen, dass meine Frau dafür manchmal sehr gründlich ist, zumindest beim Lesen. Ich nehme aber mal an, auf jeden Fall schätze ich Sie so ein, dass Sie Verständnis für Menschen haben, deren Gehirnwindungen etwas komplizierter verlaufen und daher alles etwas langsamer vonstatten ...«

»Karl-Gustav, lass es sein! Bitte nicht jetzt!«

»Ach, aber sonst darf ich das?«

»Du, lass das!«

»Aber liebste Mathilda, ich habe doch deine Probleme, eigentlich im Moment nur die kleine Unzulänglichkeit deiner Auffassungsgabe, insgesamt positiv dargestellt. Ich habe sogar besonders betont, dass du manchmal sehr gründlich bist. Das hört sich doch ebenfalls positiv an. Aber nein, du musst immer alles negativ sehen. Besonders dann, wenn ich dir etwas mitzuteilen habe.

In diesem Zusammenhang muss ich dir auch sagen, dass es für dich bestimmt vorteilhaft wäre, wenn du mich mal ausreden lassen würdest. Dann könntest du die von mir doch wirklich hervorragend vorgetragenen Zusammenhänge viel besser und auch schneller begreifen und hättest im Nachhinein wahrscheinlich oft auf die von dir abgegebenen unsinnigen Kommentare verzichten können.«

Nun bekam Mathilda aber schlagartig eine äußerst grüne Gesichtsfarbe und holte auch schon einmal tief Luft. Als ob die Äußerungen von Karl-Gustav Mathilda noch nicht reichten, gab nun blitzschnell noch der Hausverwalter etwas zum Besten. Und zwar, bevor Mathilda auf die Äußerung von Karl-Gustav reagieren konnte. Allerdings trug die Bemerkung, die der Hausverwalter unbedingt noch loswerden wollte, vermutlich ebenso wenig zu Mathildas allgemeiner Erheiterung bei.

»Tja, Herr Kirchhaff, da haben wir Männer ein Leid zu ertragen. Die Frauen können uns einfach nicht ausreden lassen.«

Nun schaffte es Mathilda aber wirklich nicht mehr sich zurückzuhalten, reagierte jedoch viel humaner, als Karl-Gustav im ersten Moment erwartet hatte. Sie sprach auch viel leiser, als ihr Ehemann das nach dem tiefen Atemzug Mathildas befürchtet hatte.

»Vielleicht liegt das daran, weil die Herren der Schöpfung immer so langsam denken und zusätzlich noch lange Zeit benötigen, bis sie endlich das ausgesprochen haben, was sie sich gedanklich gerade vorformuliert haben. Das wäre doch denkbar meine Herren oder etwa nicht? Was meinen denn die beiden überaus cleveren Herren der Schöpfung zu meiner Aussage?«

»Übrigens, Karl-Gustav, wage es nicht und rede noch einmal von Unzulänglichkeit im Zusammenhang mit mir, ich warne dich!«

Das wollte und konnte Karl-Gustav natürlich nicht auf sich sitzen lassen, nur war er diesmal wirklich zu langsam, jetzt schaltete Herr Hallig schneller.

»Ich bitte Sie, so war das eben nicht gemeint. Lassen Sie uns bitte das Thema wechseln. Sind Sie denn mit Ihrer Gründlichkeit jetzt so weit, dass Sie es trotz der vielen ungünstigen Voraussetzungen geschafft haben, den Mietvertrag durchzulesen? Wenn ja, haben Sie denn irgendeinen Fehler gefunden? Ich meine, diese Frage muss ich jetzt stellen.

Sollten Sie dennoch wider Erwarten immer noch nicht so weit sein, kann ich auch mit Ihrem Mann einen kleinen Spaziergang unternehmen. Das dürfte ruhig eine halbe Stunde dauern, haben Sie keine Scheu. Das wäre wirklich kein Problem.«

Man sah es Mathilda an, dass sie langsam wieder grün im Gesicht wurde, aber dieses Mal reagierte sie sehr besonnen auf ihre vermeintliche Unzulänglichkeit bezüglich ihrer Auffassungsgabe. Denn ihr das noch einmal geschickt nahezulegen, dass es sich tatsächlich so verhält, hatte nun auch der Hausverwalter zweifellos versucht.

Mathilda fiel es zwar überaus schwer sich zu beherrschen, aber sie schaffte es. Sie versuchte nun auch, ganz moderat zu antworten.

»Sie können es sich wahrscheinlich kaum vorstellen, werter Herr Hallig, aber ich habe es trotz meines langsamen Auffassungsvermögens doch noch geschafft, diesen Vertrag durchzulesen. Vielen Dank für Ihr Verständnis, dass Sie mir dafür so viel Zeit gegeben haben, ich danke Ihnen. Ich habe auch keinen Fehler gefunden, das kann ich kaum glauben. Erstaunlich, aber das haben Sie sehr gut gemacht. Übrigens, ich hätte es nicht besser ausführen können.«

Nun war Mathilda doch ein klein wenig über ihre eigenen Vorgaben hinausgeschossen, aber der Hausverwalter überging das völlig. Im Gegenteil, anstatt nun Herr Hallig ordentlich vom Leder ließ, war er, wie auch schon vorher in der Wohnung, überaus zuvorkommend. Na ja, fast!

»Oh, da danke ich Ihnen sehr für Ihr Lob, vielen Dank. Großartig, dann lassen Sie uns bitte beide Verträge unterschreiben und selbstverständlich können Sie einen Vertrag mitnehmen. Abschließend möchte ich Ihnen noch die Wohnungsschlüssel übergeben und danach hätten wir es tatsächlich geschafft.«

Das tat der Hausverwalter dann auch wie angekündigt und erklärte bei der Schlüsselübergabe den beiden, möglicherweise aber mehr Karl-Gustav, denn ihn schaute er ausschließlich während seiner Erläuterungen an, zu welcher Tür welcher Schlüssel gehört. Da er das sehr demonstrativ machte, bekam Mathilda schon wieder einen >dicken Hals<, sagte aber kein Wort.

»Eine Frage habe ich noch, wann ziehen Sie denn ein? Ich meine nur, denn die Wohnung ist ab sofort frei.«

»Ach wirklich, die Wohnung ist schon frei? War die denn leer, als wir die besichtigt hatten? Karl-Gustav, nun kläre mich bitte auf! Du weißt doch, mit meiner beschränkten Auffassungsgabe ist es mir unmöglich, so etwas sofort zu erkennen.«

Der Hausverwalter schaute nun Mathilda leicht erzürnt an, bevor er aber etwas sagen konnte, meldete sich Karl-Gustav.

»Das weiß ich doch, meine liebste Mathilda«, wohl wissend, dass er damit seine liebe Frau auf >einhundert-achtzig< bringt, nur macht sie das zweifelsfrei für Karl-Gustav noch begehrenswerter. Nun legte Karl-Gustav eine Verschnaufpause ein, die allerdings für Mathilda zu kurz war, um auf Karl-Gustavs provozierende Worte reagieren zu können, bevor er im gleichen Stil weitermachte. Das heißt, mit seinen Worten Mathilda in Rage zu bringen.

»Das erkläre ich dir gleich noch einmal in Ruhe. Vorab nur, die Wohnung war tatsächlich leer und demzufolge auch frei, verstehst du das? Wenn nicht, werde ich gleich noch einmal präziser, aber jetzt lass uns erst einmal gehen. Mit diesem Gespräch langweilen wir bestimmt Herrn Hallig, denn der hat das sicher sofort verstanden.«

Nach der Vorführung von Karl-Gustav konnte sich Mathilda dann auch nur noch mühsam beherrschen, aber sie schaffte es bemerkenswerterweise doch. Sie beachtete Karl-Gustav mit keinem Blick und gab stattdessen Herrn Hallig zum Abschied die Hand.

»Vielen Dank für alles. Es hat mich sehr gefreut, Sie kennenzulernen.«

Dann drehte sich Mathilda abrupt von Herrn Hallig weg und ging auf direktem Weg zu ihrem Auto. Man konnte Mathilda ansehen, dass sie sich nur mit großer Mühe einigermaßen gefasst von Herrn Hallig verabschieden konnte. Karl-Gustav vermutete nun besorgt, dass Mathildas Verhalten nicht nur etwas mit dem Hausverwalter zu tun hatte. Obwohl er doch eigentlich der Meinung war, dass er nichts Provokantes gesagt habe, was Mathildas Unmut hätte erzeugen können.

Der Hausverwalter wusste andererseits nicht sofort, was er jetzt sagen sollte. So ein Pärchen war ihm noch nie begegnet, wobei ihm besonders Mathilda etwas eigenartig vorkam. Na ja, Freunde fürs Leben werden wir wahrscheinlich nicht mehr, dachte er noch, bevor er sich Karl-Gustav zuwandte.

»Nun ja«, sagte er noch leise vor sich hin, »der Zoo vom lieben Gott ist nun einmal vielfältig.« Seinem Artverwandten, also Karl-Gustav, gab er zum Abschied die Hand.

»Einen schönen Tag Herr Hallig«, wünschte ihm dieser, bevor er sich auf den Weg zu seinem Auto machte.

Karl-Gustav ging sofort zur Beifahrerseite und machte galant, wie er nun einmal ist, seiner Frau die Tür auf. Er wartete dann auch tatsächlich, bis diese sich auf den Beifahrersitz gesetzt hatte, bevor er die Tür wieder zuwarf.

»Meine liebe Mathilda, das gilt auch für dich! Hast du das jetzt verstanden? Es ist so weit, wir könnten morgen schon umziehen. Aber wahrscheinlich eher übermorgen, sonst wird es zu knapp.«

»Karl-Gustav, halt deine Klappe, sonst mach ich dich rund! Sag die nächste halbe Stunde bloß kein Wort mehr zu mir, hörst du, kein Wort!«

Karl-Gustav meldete sich tatsächlich in der nächsten halben Stunde sicherheitshalber nicht mehr zu Wort. Genauer gesagt, bis sie in Recklinghausen, an ihrer jetzigen Wohnung, ankamen.

Dort bestand die erste Amtshandlung von Mathilda darin,

dass sie die Telefonnummer des Umzugsunternehmens heraussuchte, das schon den letzten Umzug von ihnen übernommen hatte. Sie hatten in der Tat Glück, denn übermorgen, Freitag, konnte das Unternehmen einen Transportwagen mittlerer Größe sowie drei Transportarbeiter zur Verfügung stellen. Nun, das nennt man wohl gutes Timing.

Sie werden auch mit der Verpackung keine Schwierigkeiten bekommen, da sie noch etliche Umzugskartons im Keller aufbewahrt haben. Na ja, solange war der vorige Umzug auch noch nicht her.

Mathilda nahm sich vor, den ganzen Tag kein Wort mehr mit Karl-Gustav zu sprechen, so sehr war sie noch verärgert über sein Auftreten bei Herrn Hallig. Ein Anliegen hatte sie aber dennoch.

»Kannst du mir bitte mehrere Umzugskartons aus dem Keller holen oder muss ich mir dann von dir wieder meine Unfähigkeit zu dieser Beschäftigung anhören?

Nein stopp, sei ruhig! Ich will heute nichts mehr von dir hören und wehe du sprichst mich noch einmal an. Ich werde, falls du mir die Kartons aus dem Keller holst, schon einige Sachen einpacken, das lenkt mich ab.«

Karl-Gustav hatte die Zeichen erkannt und holte die von Mathilda gewünschten Umzugskartons aus dem Keller. Dass am Abend das Schmusen ins Wasser fiel, war ihm natürlich sofort bewusst.

Während Mathilda sich später vor den Fernseher setzte und einen Film anschaute, ging Karl-Gustav derweil ins Büro und beschäftigte sich mit seinem Computer. Um zweiundzwanzig Uhr wollte er schließlich schlafen. Das funktionierte wider Erwarten sofort und so bekam er nicht mehr mit, als sich am späten Abend Mathilda zu ihm ins Bett legte.

Der gesamte nächste Tag verlief im Grunde genommen normal, denn Mathilda sprach wieder mit Karl-Gustav. Egal, wie intensiv sie sich zwischendurch streiten, nach einer gewissen Zeit konnten sie wieder Frieden schließen und oft auch direkt miteinander schmusen. Diese Ruhephase benötigte aber nur Mathilda, denn Karl-Gustav wäre eine Minute nach dem größten Streit sofort zur Versöhnung bereit, natürlich auch zum Schmusen.

Dafür hatten sie heute keine Zeit, denn es wartete viel Arbeit auf beide. Sie waren dann auch den ganzen Tag damit beschäftigt ihre Sachen, insbesondere Gläser, Geschirr, Kleidung und auch kleinere Utensilien, in Kartons zu packen.

Obendrein packten sie die elektrischen Geräte wie Computer und ihre Musikanlage in besonders große Umzugskartons und stellten anschließend alles für den morgigen Umzug bereit.

Am nächsten Morgen konnte dieser wie geplant erfolgen. Die Leute vom Transportunternehmen waren schon um sieben Uhr dreißig da und auch der Umzug verlief recht zügig. Außer den Kartons mit Geschirr, Gläsern und den elektrischen Geräten, die packten Karl-Gustav und Mathilda in ihren Kombi, verstauten die Transportarbeiter alles in einen mittelgroßen Umzugswagen. Die Größe war völlig ausreichend, denn es passte alles hinein.

Während sie ihren Umzug durchführten, stand plötzlich der Vermieter vor der Haustür und beobachtete mit finsterer Miene den Vorgang.

»Deute ich das hier richtig, Sie wollen heute ausziehen?«, und dabei baute er sich mit einer nahezu drohenden Gebärde vor Karl-Gustav auf.

»Also, das wäre mir nie in den Sinn gekommen, dass Sie ein dermaßen kluges Auffassungsvermögen haben. Ich habe gerade gedacht, Sie würden glauben, dass wir die Umzugskartons auf Ihren Privatparkplatz, ich meine die Seitenstreifen an der Straße, stellen wollen, damit wir Ihren Keller nicht verschandeln. Sie sind schon ein pfiffiges Kerlchen.«

Bevor nun der Hausbesitzer Karl-Gustav darauf antworten konnte, brachte sich Mathilda in die Unterhaltung ein.

»Aber mein Schätzchen, ich bitte dich! Wir wissen doch beide, wie intelligent unser Vermieter ist. Der ist immer überaus scharfsinnig, egal was er auch anstellt. Der erkennt mit einem Blick in die Mülltonne, dass da etwas nicht stimmt. Na ja, meistens. Manchmal muss er sich allerdings, um alles genau erfassen zu können, in die Mülltonne hineinsetzen und darin herumkramen. Schatz, das könntest du nicht, gib es zu.«

»Meine liebe Frau, da muss ich dir zustimmen. Allerdings wäre ich auch kaum so blöd, mich in diesen Gestank hineinzusetzen. Schatz, gegenwärtig fällt mir noch etwas ein. Hat das deshalb immer so fies gestunken, wenn Herr Hanken durch den Flur gegangen war? Da hatte er bestimmt wieder vorher in der Mülltonne gesessen.«

»Hören Sie mal, was erlauben Sie sich? Bin ich froh, dass Sie Flegel bald hier ausziehen.«

»Karl-Gustav, vielleicht war er vorher gar nicht in der Mülltonne und stinkt immer so. Riech doch mal, stinkt der nicht schon wieder? Sagen Sie mal ehrlich, Herr Hanken, waren Sie heute schon in der Mülltonne?«

»Was fällt Ihnen ein, so mit mir zu reden! Ich glaube, Sie sind kein bisschen besser als Ihr Mann. Wie konnte ich mich in Ihnen so täuschen?«

»Siehst du, du stinkender Großkotz, ganz im Gegensatz

zu mir. Ich wusste gleich, dass du ein Arschloch bist, meine Frau wollte das nur nicht sofort glauben.«

»Passen Sie jetzt mal auf, Sie Flegel! Das muss ich mir von Ihnen aber nicht bieten lassen. Ich hätte nie für möglich gehalten, dass es Menschen mit einem derartigen Benehmen ...«

»Karl-Gustav«, unterbrach Mathilda sofort wieder den Hausbesitzer, »dafür muss ich mich wirklich entschuldigen, dass ich erst nach zwei Tagen bemerkt habe, was für ein widerlicher Kerl dieser Herr Hanken in Wirklichkeit ist, entschuldige nochmals.«

»Nun reicht es mir aber. Sehen Sie bloß zu, dass Sie endlich aus Recklinghausen verschwinden, Sie unmögliches Pack, anders kann ich Sie nicht mehr bezeichnen.«

»Großmaul, halt die Klappe, du hast erst einmal Sendepause, jetzt unterhalten sich gerade nette Menschen. Meine Frau und ich sind uns in dieser Hinsicht völlig ähnlich, ganz anders als Sie. Und komm hier nicht auf die Idee, du könntest uns ungestraft beleidigen, das glaube ja nicht!

Übrigens, du riechst wieder dermaßen penetrant, oh nein. Komm mir hier bloß nicht zu nahe! Das ist ja nicht auszuhalten.«

»Jetzt reicht es mir aber wirklich, ich werde nun gehen. Außerdem erwarte ich von Ihnen morgen die Wohnungsschlüssel auf meinem Schreibtisch und keinen Tag später.

Noch etwas, was fällt Ihnen ein, mich hier ständig zu duzen, das verbitte ich mir aber!«

»Ach, halten Sie Ihren Mund! Hör mal Karl-Gustav, was sollte das denn gerade heißen. Wolltest du da etwa andeuten, dass ich genau so ein Typ bin wie du und dass das der Vermieter aber nicht sofort festgestellt hat. Hast du das so gemeint, wirklich? Dann muss ich aber mit dir ein ernstes

Wörtchen reden. Das kann ich so nicht hinnehmen. Jetzt pass mal auf, ich muss dir dazu offenbar etwas ...«

»Schatz stopp, sofort! Das ist die falsche Richtung. Nicht nur, dass du mich vollkommen falsch verstanden hast, denn ich habe diese Problematik völlig anders dargestellt, zumindest anders gemeint, haben wir doch wohl gerade diesen Scheißtyp hier in die Mangel genommen. Daher sollten wir jetzt nicht das Thema wechseln und so diesen Vorgang überhastet beenden. Insbesondere, weil wir freilich noch nicht fertig sind, diesem Scheißtyp einen Spiegel vorzuhalten. Das heißt nichts anderes, dass wir diesem Mistkäfer – oh, entschuldige kleines Tierchen – deutlich machen, was für ein unterbelichteter Kotzbrocken er ist oder nicht?«

»Oh, bitte entschuldige Karl-Gustav, du hast wirklich recht. Da bin ich jetzt mal ganz deiner Meinung.«

»Das ist gut. Nun wieder zu dir, du Scheißtyp. Das kannst du dir abschminken, dass du morgen die Wohnungsschlüssel ausgehändigt bekommst. Also, erstens ziehen wir schon heute aus und ...«

»Das ist ja noch besser, dann geben Sie mir die Schlüssel sofort. Und noch etwas. Wehe Ihnen, Sie beschädigen beim Heraustragen Ihres Gerümpels, anders kann ich diese Möbel nicht bezeichnen, meine Flurwände. Das würde Ihnen teuer zu stehen kommen, das kann ich Ihnen jetzt schon mitteilen. In diesem Fall werde ich alles auf Ihre Kosten erneuern lassen.«

»Ich glaube, du kannst nicht lesen oder? Der Mietvertrag ist fristgerecht zum einunddreißigsten Juli gekündigt worden. Und genau zu diesem Zeitpunkt müssen wir Ihnen die Schlüssel aushändigen. Sie bekommen die Schlüssel aber auch nicht einen Tag eher. Ach so, ehe ich es vergesse, Sie >Mülltonnenkontrollierer<, wenn Sie noch einmal unsere schicken Möbel als Gerümpel bezeichnen, ist hier aber was los.

Und noch etwas. Wehe dir, du unterbrichst noch einmal unsere präzisen, wahrheitsgemäßen Aussagen!«

»Schatz, warum einen Tag eher? Wir geben dem Typ die Schlüssel fristgerecht eine Minute vor Mitternacht, da haben wir immer noch den einunddreißigsten Juli.«

»Mein Schatz, manchmal hast du durchaus gute Ideen, wirklich. Das machen wir genau so. Darauf freue ich mich schon. Wir könnten auch noch aus Versehen bei der Mutter von diesem Clown anklingeln, die freut sich doch bestimmt, wenn wir ihr tschüss sagen. Was meinst du?«

»Karl-Gustav, die Diffamierung meinerseits mit dem Begriff >manchmal< überhöre ich jetzt einfach. Wir haben schließlich vorhin eine Vereinbarung getroffen, quasi einen Nichtangriffspakt beschlossen, daher sage ich ausnahmsweise nichts mehr dazu.

Aber glaubst du denn wirklich, wir würden die Mutter von Herrn Hanken um Mitternacht wecken? Ist die dann nicht gerade wieder unterwegs und überprüft die Staubschicht auf dem Treppengeländer?«

»Liebste Mathilda, du hast ja so was von Recht. Wie konnte ich die Kontrollzeiten von dieser Frau vergessen.«

»Ich muss mir dieses dumme Gequatsche nicht länger anhören. Eines will ich Ihnen Klugscheißern aber noch mit auf den Weg geben. Wehe, Sie vollziehen den Auszug aus der Wohnung nicht genauso, wie es in dem Vertrag steht! Ich meine damit, die Fußböden streichen und die Tapeten abreißen, ansonsten wird es teuer für Sie.«

»Dazu können wir jetzt schon Stellung beziehen, denn das wird so nicht erfolgen. Wir lassen am letzten Tag die Tapeten abreißen, aber nur deshalb, weil wir Ihnen nicht die schönen Tapeten in der Wohnung lassen wollen.«

»Mathilda, dieser Scheißtyp würde bestimmt sofort mehr Miete von den neuen Mietern verlangen, das traue ich dem zu.«

»Das stimmt, Karl-Gustav, ich auch. Um noch einmal auf den Vertrag zurückzukommen, wir erledigen ansonsten aber auch gar nichts, schon mal überhaupt nicht streichen wir die Fußböden. Wir werden gegebenenfalls die Sache einem Anwalt übergeben.«

»Das werden wir ja sehen. Wenn Sie Ihre Vertragspflicht nicht einhalten, beauftrage ich eine Firma und Sie zahlen die Rechnung.«

»Dir haben sie wohl dein Gehirn entfernt, oder? Mathilda, die Transportarbeiter haben unsere letzten Möbel eingepackt, wir müssen jetzt los! Da kommen sie mit dem letzten Schrank, unserem schönen Wohnzimmerschrank.

Hei, du Blödmann, gehe hier aus dem Weg, sonst packen wir dich gleich noch mit ein.«

»Schatz, das ist doch wohl nicht dein Ernst. Wenn ich diesen Scheißkerl immer in unserem Wohnzimmerschrank sehen würde, wäre mir unweigerlich ständig übel. Das willst du mir antun?«

»Keinesfalls mein Schatz, das war doch nur so eine Floskel. Komm, wir schließen die Wohnungstür ab und schalten die Alarmanlage ein, damit der Typ nicht in unsere Wohnung gehen kann.«

»Aber Schatz, die Wohnung ist leergeräumt, was soll das also?«

»Meine liebe Mathilda, das müssen wir so machen. Überleg mal, du weißt doch genau, um was für einen Scheißkerl es sich hier bei diesem Typ handelt. Der geht hinterher in unsere Wohnung, denn das ist sie selbstverständlich noch bis zum einunddreißigsten Juli, und demoliert irgendetwas, nur um uns zu provozieren. Anschließend behauptet er, das wären wir gewesen und schon haben wir den Schaden. Du weißt doch, kleine Reparaturen muss der Mieter selbst tragen.«

»Das stimmt, daran habe ich im Augenblick gar nicht gedacht. Das ist diesem Kotzbrocken durchaus zuzutrauen.«

Der Vermieter stand immer noch mit hochrotem Kopf, nun aber etwas abseits, weil er vermutlich nicht von den Transportarbeitern umgerannt werden wollte, und konnte sich seinem Gesichtsausdruck nach nur noch mühevoll beherrschen.

»Was bin ich froh, dass ich Sie beide unverschämten, außerordentlich gewöhnlichen Personen nicht mehr in meinem Haus habe.«

Karl-Gustav wollte gerade noch etwas darauf erwidern, da nahm Mathilda seinen Arm und zog ihn zum Auto.

»Komm Karl-Gustav, lass es gut sein! Der Typ ist es nicht wert, dass wir uns aufregen und dadurch weiter unsere Nerven strapazieren.«

»Du hast recht mein Schatz, gehen wir.«

Beide stiegen direkt ins Auto, wobei Mathilda sich hinters Lenkrad setzte, und fuhren los. Allerdings ließ es sich Mathilda nicht nehmen, noch einmal dem Vermieter lächelnd, wobei das Lächeln vermutlich eher ironisch zu interpretieren ist, zuzuwinken.

Vorher hatte Mathilda dem Fahrer des Umzugswagens noch die Strecke zu ihrer neuen Wohnung erklärt, für alle Fälle. Sie wollten zwar vorweg fahren, jedoch konnte man nie wissen. Es gab schon einige Ampeln auf der Strecke und so konnte auch schon mal etwas dazwischenkommen.

Sowohl Mathilda als auch Karl-Gustav würdigten nun

Herrn Hanken keines Blickes mehr und sie schauten auch keinesfalls mit Wehmut zu ihrer Wohnung zurück, nachdem sie den Seitenstreifen verlassen hatten. Na ja, ab dem ersten August ist es glücklicherweise ihre ehemalige Wohnung.

Während der Fahrt reifte bei beiden noch der Entschluss, die Tapeten in der Wohnung wenige Tage vor der fristgerechten Schlüsselabgabe von einer Firma abreißen zu lassen. Des Weiteren könnte diese Firma dann eventuell anfallende Arbeiten wie das Beseitigen von Löchern in den Wänden ebenfalls übernehmen. Sie wollten darüber hinaus der Firma während der Reparaturarbeiten den Schlüssel überlassen und daher nur noch einmal hier erscheinen, also am Abend des einunddreißigsten Juli zur Schlüsselübergabe.

Beiden wurde aber noch im Auto bewusst, dass sie die Schlüsselabgabe eher nicht um vierundzwanzig Uhr bewerkstelligen werden, das wollten sie nun völlig anders regeln. Sie nahmen sich vor, die Schlüssel nur in den Postkasten des dann ehemaligen Vermieters einzuwerfen und auf einen weiteren direkten Kontakt mit dem Typ zu verzichten.

Falls noch etwas Unangenehmes von dem Vermieter nachkommen sollte, würden sie das sofort einem Anwalt übergeben, schließlich hatte Karl-Gustav schon vor einigen Jahren voraussehend eine Versicherung mit Vollrechtsschutz abgeschlossen. Daher würde auch die Versicherung im Ernstfall Anwalts- und Gerichtskosten übernehmen.

Später wollten beide nicht mehr über den ehemaligen Vermieter und dessen Wohnung nachdenken, schon mal gar nicht über ihn reden und konzentrierten sich nun ganz auf ihre neue Wohnung in Haltern.

Einige Zeit später standen sie auf dem Parkplatz vor ihrer neuen Wohnung. Genauer gesagt ließ Mathilda das Auto auf der Straße stehen, während der Möbelwagen auf ihren Stellplatz vor dem fünfstöckigen Mehrfamilienhaus fuhr, in dem sie ab heute in der zweiten Etage links, von vorne gesehen, wohnen.

Karl-Gustav und Mathilda gingen sofort mit ein paar Kleinigkeiten in ihre neue Wohnung und öffneten alle Türen. Sie verkeilten diese, damit die Transportarbeiter ohne große Umstände ihre Möbel in die Wohnung transportieren können.

Sie freuten sich beide darüber, dass diese Wohnung – im Gegensatz zu der vorherigen – nahezu einzugsbereit war. Es müssen nur ein paar Kleinigkeiten erledigt werden, das heißt Gardinen aufgehängt und beispielsweise Lampen angebracht werden, das war es aber auch. Da die Wände mit weißem Rauputz versehen sind und die gesamte Wohnung, die Küche ausgenommen, mit Parkett ausgelegt ist, müssen sie weder tapezieren noch Teppiche legen. In der Küche gibt es einen weißen Marmorboden, daher wäre hier ein Teppich sowieso nicht sehr sinnvoll.

Plötzlich sieht Karl-Gustav, nachdem sie ihre Wohnung wieder verlassen hatten und sich am Möbelwagen aufhielten, dass die Nachbarn fast ausnahmslos an ihren Fenstern standen und ihnen beim Umzug zuschauten.

»Schatz, schau mal, die gucken so komisch! Die stehen alle vor ihren Fenstern und beobachten uns.«

»Die gucken nicht komisch, sie sind nur neugierig. So wie wir das auch wären, wenn wir hier schon wohnen und neue Mieter zu uns ins Haus ziehen würden.«

»Schatz, du meinst >du<, nicht >wir<. Du hast zwar >wir< gesagt, aber du meintest doch fraglos >du<. Denn ich bin nicht neugierig, nur du bist neugierig und willst immer alles wissen.«

»Gleich platz ich aber. Du willst doch immer alles von den Nachbarn wissen und beobachtest sie den ganzen Tag. Dazu warst du es doch, der immer gesehen hat, wenn die Mutter unseres ehemaligen Vermieters über das Treppengeländer gewischt hat, um die Staubpartikelschicht zu überprüfen. Mann, jetzt hast du mich wieder an diesen Typ erinnert, an diesen Scheißtyp. An den wollte ich eigentlich nie mehr denken.«

»Beruhige dich Mathilda!«

»Moment, ich bin noch nicht fertig! Und auch du, und zwar nur du, hast immer beobachtet, wenn dieser blöde Vermieter mal wieder in den Mülltonnen herumgesucht hatte. Gleich ist hier wirklich was los!«

»Schatz, ich weiß zurzeit nicht, was du mit diesen Worten bezweckst. Ich habe schließlich kürzlich gelesen, dass die Neugier einer Frau im Prinzip kaum zu bändigen ist. Da gibt es natürlich noch Unterschiede, aber du bist da schon ziemlich extrem.«

»Ich bändige dich gleich, und dabei werde ich auch ganz extrem zu Werke gehen! Hast du mich verstanden, du Blödmann? Rede hier nicht noch einmal so einen Unsinn!«

»Aber Mathilda, das kann ich so auf keinen Fall stehen lassen. Schatz, nun überlege doch einmal, was hast du immer ...«

»Schluss jetzt, Karl-Gustav! Sei doch bitte so nett und hilf mal den Möbelpackern. Der große Schreibtisch ist zu schwer für drei Personen. Die könnten einen vierten Mann gebrauchen.«

»Mathilda, die brauchen eine vierte Person, damit das Gewicht gleichmäßig stark jeden einzelnen Träger belastet und dazu muss das Gewicht des Schreibtisches auf vier Personen verteilt werden. Und das heißt, dass an jeder Ecke eine Person anfassen sollte.«

»Ach nee, du Schlaumeier, darauf wäre ich jetzt überhaupt nicht gekommen. Vielen Dank, dass du mir das so genau erklärt hast. Und jetzt geh bitte den Leuten helfen!«

»Schatz, du hast mich immer noch nicht richtig verstanden. Ich habe von vier Personen gesprochen. Verstehst du, Personen, das könnte auch eine Frau sein.

Was meinst du, fühlst du dich stark genug? Falls du dich erinnerst, ich habe es im Rücken und wir wollen hoffentlich beide nicht, dass da noch Schlimmeres passiert.«

»Ich gib dir gleich, du hast es im Rücken, nun komm mir nicht so! Karl-Gustav, wir wissen doch beide, dass du beim Sport nie Rückenprobleme hast. Sobald du dich aber irgendwie anders körperlich betätigen sollst, hast du immer Probleme mit deinem Rücken.

Schatz, jetzt stell dir einfach vor, der Schreibtisch ist eine große, viereckige Hantel. Du sollst mal sehen, dann klappt das alles wie am Schnürchen.«

»Weißt du was, du kannst ja richtig gemein sein. Jetzt muss ich den schweren Schreibtisch in die zweite Etage schleppen und das bei meinen Rückenproblemen. Das begeistert mich aber äußerst wenig. Na gut, dir zuliebe, aber auf deine Verantwortung. Mathilda, du darfst dich nachher aber nicht beschweren, wenn meine Beschwerden zunehmen. Dann werde ich dir leider demnächst im Haushalt kaum helfen können.«

»Karl-Gustav, was hat dich denn derart verblendet, dass du jetzt mit so einem Blödsinn ankommst? Seit wann hilfst du mir im Haushalt? Selbst wenn du keinen Rücken hättest, würde ich bei der Hausarbeit keinen Unterschied zur aktuellen Situation feststellen. So oder so muss ich alles allein bewerkstelligen.«

»Mann bist du gemein! Außerdem sehe ich das überhaupt nicht so. Aber meinetwegen, ich lass das heute ausnahmsweise einmal unkommentiert stehen.«

»Jetzt bin ich dir sehr dankbar.«

»Deine Ironie kannst du dir ruhig sparen! Übrigens, wenn ich jetzt auf deine Verantwortung den schweren Schreibtisch trage, dann habe ich doch zweifelsohne etwas gut bei dir. Ich nehme auch stark an, dass du das genauso siehst.«

»Warum hast du etwas gut bei mir, wenn du den Umzugsleuten hilfst, deinen Schreibtisch in die Wohnung zu tragen? Ich betone noch einmal, es ist dein Schreibtisch, hast du verstanden! Und dabei musst du das freundlicherweise noch nicht einmal allein ausführen, die drei netten Herren vom Umzugsunternehmen helfen dir dabei.«

Mathilda konnte sich nun ein süffisantes Lächeln nicht mehr verkneifen, während sie ihren Mann trotzdem nahezu herausfordernd ansah.

»Na gut, aber du weißt doch sicher, dass du außerordentlich gemein sein kannst«.

»Jetzt hör auf zu lamentieren und geh zum Möbelwagen. Siehst du nicht, wie die netten Herren sich dort abquälen. Los, nun spurte dich mal!«

Widerwillig ging nun Karl-Gustav zu dem Möbelwagen und half den Möbelpackern seinen Schreibtisch nach oben zu tragen. Vorsichtshalber blieb er danach in der Wohnung. Er vermutete ganz stark, dass Mathilda wieder einiges einfallen würde, was er noch erledigen könnte. Insbesondere Sachen nach oben tragen, falls er zum Möbelwagen zurückkehren würde.

Da hielt er sich klugerweise lieber in der Wohnung auf und konnte nun den jungen Leuten immer zeigen, wo sie die jeweiligen Möbel hinstellen sollten. Schließlich ist das ja wohl auch sehr hilfreich.

Drei Stunden später waren alle Sachen in der Wohnung und größtenteils schon an dem für sie vorgesehenen Platz untergebracht. Mittlerweile war auch Mathilda mit den Transportarbeitern nach oben gekommen und schaute Karl-Gustav noch einmal kurz böse an, aber der zeigte darauf keine Reaktion. Er kramte weiter in einer Kiste herum, in der ausschließlich Kabel enthalten waren. So konnte er nacheinander die Musikanlage und den Fernseher funktionsfähig machen und sich abschließend noch den Computer vornehmen.

Das, was er für besonders wichtig hält, wäre dann einsatzbereit. Aber er wollte nicht übertreiben und hörte, nachdem er sich eine kurze Zeit mit dem Heraussuchen der passenden Kabel beschäftigt hatte, erst einmal mit dieser nach seinem Empfinden wirklich anspruchsvollen Tätigkeit auf und war nun schon der Meinung, dass er sich umgehend eine Pause verdient habe.

Dazu nahm er sich eine Flasche Bier, netterweise hatten ihm die Transportarbeiter auch seine drei Kästen alkoholfreies Bier in die Wohnung getragen, und setzte sich auf den Balkon. Die Gartenmöbel hatten die Transportarbeiter schon vor einiger Zeit dort platziert.

Er machte es sich nun auf einem der Gartensessel bequem und trank in Ruhe seine Flasche Bier. Schließlich hatte er heute nicht mehr viel vor und daher war noch genügend Zeit, seine Pause ruhig und mit Genuss fortzuführen. Zumindest konnte er diese Gedanken nicht von sich weisen.

Aber nicht so Mathilda. Wutentbrannt kam sie nach einer Viertelstunde auf den Balkon gestürmt, nachdem sie Karl-Gustav in keinem Zimmer vorgefunden hatte. Dass er Sachen einräumte, wie sie auch schon kurz vermutet hatte, davon konnte man schon mal gar nicht reden.

»Sag mal, bist du eigentlich noch ganz frisch? Was soll das, wir sind doch noch nicht fertig mit dem Einräumen. Es stehen noch siebzehn Kartons im Flur. Was denkst du denn, wer die alle ausräumt?«

»Haha, das war aber eine witzige Frage. Mein Schatz, das ist doch wohl eindeutig. Du, wer denn sonst? Oder hast du dir schon Hilfe von den Nachbarn geholt? Also, zutrauen würde ich dir das, du möchtest einfach nichts allein machen. Du benötigst immer jemanden, der dir hilft und wenn möglich dich währenddessen noch unterhält.

Ist in Ordnung mein Schatz, weil du es bist. Ich verlasse nun kurzzeitig bei dem herrlichen Wetter den Balkon, was mir aber schwerfallen wird. Ich komme jetzt für eine halbe Stunde zu dir in das Zimmer, in dem du als Nächstes etwas einzuräumen gedenkst, und leiste dir Gesellschaft. Was meinst du, das ist doch ausgesprochen nett von mir?«

»Mach mich bloß nicht wütend! Du wirst dich doch wohl am Einräumen der vielen Sachen beteiligen?«

»Ich merke, das ist dein völliger Ernst. Gut, dann werde ich dir sofort helfen, wenn ich meine Flasche Bier ausgetrunken habe. Noch besser wäre allerdings, wenn ich vorher, also bevor ich zu dir komme, erst einmal im Wohnzimmer weitermachen könnte. Natürlich nur, wenn du nichts dagegen hast. Schließlich muss ich noch den Fernseher und die Musikanlage aufbauen. Es sei denn, du möchtest das nachher realisieren?«

»Ich gib dir gleich! Na ja, das muss selbstverständlich auch gemacht werden. Allerdings gehe ich einmal stark davon aus, zumindest erwarte ich das, dass du, wenn du die Musikanlage aufgebaut und den Fernseher angeschlossen hast, mir bei dem Einräumen der restlichen Sachen behilflich bist. Diese Arbeiten werden dich doch wohl nicht so lange beschäftigen, dass ich in der Zeit siebzehn Kartons ausgepackt habe.«

»Da stimme ich dir zu, mein Schatz. Ich helfe dir auf jeden Fall, wenn ich fertig bin. Meine Ruhezeit ist auch gleich beendet, immerhin ist meine Flasche Bier schon halb leer. Anschließend baue ich die Anlagen auf und direkt danach stehe ich dir mit Rat und Tat zur Verfügung.«

»Ich gib dir gleich mit Rat und Tat! Deine Ratschläge kannst du für dich behalten und nun mach voran!«

Während Karl-Gustav weiterhin seelenruhig sitzen blieb und noch mit seiner Flasche Bier zu tun hatte, ging Mathilda immer noch leicht erregt in die Küche und räumte Geschirr und Töpfe in die Schränke.

Irgendwann fiel Mathilda ein, dass sie die Nachbarn noch für das beabsichtigte >Kennenlern-Kaffeetrinken< morgen Nachmittag einladen wollte. Das tat sie dann umgehend. Wenn sie auch gedacht hatte, dieses würde sich lange hinziehen, war das zum Glück eine Fehleinschätzung. Nach nicht einmal zwanzig Minuten hatte sie bei allen Nachbarn geklingelt und sie für Samstag um fünfzehn Uhr für die sogenannte >Kennenlernfeier< eingeladen. Es waren erfreulicherweise alle Nachbarn, bis auf Ulrike Gröberlein aus der ersten Etage, die hatte abgesagt, bereit zu kommen. Zufrieden ging Mathilda wieder in die Küche und setzte ihre Tätigkeit, das Auspacken der Kartons, fort.

Als Karl-Gustav nach einer halben Stunde genüsslich sein Bier auf dem Balkon ausgetrunken hatte, er hoffte, dass Mathilda in der Zeit besonders fleißig war, ging er wieder ins Wohnzimmer und beschäftigte sich mit dem Aufbauen und Anschließen seiner Musikanlage.

Das war aber nicht so schnell von ihm zu meistern, da

waren schon viele Kabel, die richtig angeschlossen werden müssen. Dazu musste er noch den Fernseher anschließen, natürlich auch mit der Musikanlage und dem Computer verbinden.

Als Mathilda, nachdem sie alle Nachbarn für morgen zum Kaffeetrinken eingeladen, dazu drei Viertel der Kartons ausgepackt sowie die Teile in die entsprechenden Schränke einsortiert hatte, ins Wohnzimmer kam, traute sie ihren Augen nicht.

Da sitzt Karl-Gustav gemütlich auf einem Sessel und hantiert mit den Fernbedienungen seiner Musikanlage und dem Fernseher herum. Natürlich hatte er auch eine neue Flasche Bier vor sich auf dem Tisch stehen. Zwar alkoholfrei, aber trotzdem zum Ärgernis von Mathilda.

»Ich fass es nicht! Was machst du denn hier? Du sitzt hier gemütlich mit Bier vor dem Fernseher, während ich mir die Finger wund arbeite. Gleich werde ich sauer.«

»Schatz, das verstehe ich nicht. Ich habe das Gefühl, dass du in der letzten Zeit sehr schnell sauer wirst. Dazu bekommst du dauernd so eine grüne Gesichtsfarbe. Ist irgendetwas mit deinem Kreislauf nicht in Ordnung? Ist etwa dein Blutdruck zu hoch? Komm, ich fahre ich dich vorsichtshalber zum Arzt!«

»Ich fahre dich gleich zum Arzt, du Komiker! Aber zu einem, bei dem du nicht erscheinen möchtest. Nämlich zu einem Psychiater.«

»Aber Mathilda, was soll ich bei einem Psychiater, ich bin kerngesund. Körperlich sowieso und mental bin ich sensationell gut drauf. Und meine geistigen Fähigkeiten sind doch wahrlich weit jeglicher Diskussion, das weißt du genau.

Zu deinem Leidwesen glaube ich manchmal. Denn so

richtig kommst du damit nicht klar, also mit meiner überragenden Intelligenz und meinem vorzüglichen Auffassungsvermögen. Vor allen Dingen, weil das bei dir in diesen Punkten jawohl nicht so berauschend aussieht.«

»Du, jetzt bin ich aber richtig sauer! Wenn du so schlau bist, warum benötigst du dann mehrere Stunden, um so einen blöden Fernseher und eine Musikanlage anzuschließen? Kannst du mir das einmal sagen?«

»Aber Schätzchen, das ist doch ganz einfach zu verstehen. Wenn ich nicht so intelligent wäre, hätte ich wahrscheinlich die Anlagen in zwanzig Minuten aufgebaut und anschließend noch zehn Kartons auspacken müssen. Sieh doch mal, das geht wirklich nicht. Das wäre vielleicht an meine Substanz gegangen, das kann ich doch nicht machen.

Außerdem wäre ich dann vielleicht zu müde, um heute Abend mit dir zu schmusen. Das wäre doch ein unkalkulierbares Risiko für uns beide. Verstehst du jetzt meinen Weitblick?«

»Ich gib dir gleich Weitblick! Du hast aber nicht weit genug geblickt, denn den Schmuseabend habe ich soeben gestrichen, so! Außerdem, ich gehe dir gleich an die Substanz. Wehe dir, wenn du die Anlage nicht in zehn Minuten vollständig angeschlossen hast und anschließend bei mir in der Küche antanzt und mir hilfst.«

»Mathilda, ich glaube nun, wir sollten uns wieder beruhigen, sonst wird das nichts mehr mit einem gemütlichen Abend. Das mit deiner Androhung, den Schmuseabend heute Abend ausfallen zu lassen, nehme ich mal nicht besonders ernst. Übrigens, nebenbei bemerkt, da sehe ich gerade etwas ganz anderes auf dich zukommen.

Etwas, das dir überhaupt nicht gefallen wird, denn das könnte heute das Ausüben deiner Lieblingsbeschäftigung in

Frage stellen. Beachte bitte, dass wir noch keine Lampen angebracht haben. Das könnte heute Abend schwierig werden für dich.«

»Karl-Gustav, nun drücke dich einmal präziser aus. Was hast du denn entdeckt und was haben die Lampen mit meiner Lieblingsbeschäftigung zu tun? Übrigens, ich habe im Gegensatz zu dir überhaupt keine Lieblingsbeschäftigung. Deine Lieblingsbeschäftigungen sind zweifelsohne auf zwei begrenzt, nämlich Nachbarn beobachten und mich zu ärgern. Na ja, ab und zu schreibst du noch ein bisschen, aber das war es doch schon, ansonsten machst du wahrlich nichts.

Ich dagegen habe viele Beschäftigungen, denen ich nachgehe. Zum Beispiel lese ich gerne, ich handarbeite liebend gerne, außer für dich Socken stopfen, woran du jetzt vielleicht wieder denkst und weiterhin gibt es auch noch einige Beschäftigungen, denen ich ungern nachgehe. Ich denke da besonders an Hausarbeit und Essen kochen, aber das muss ja auch sein.«

»Ach, das ist mir alles noch gar nicht aufgefallen. Ab und zu kochst du mal, putzen sehe ich dich fast nie und ansonsten hängst du doch den ganzen Tag vor der Flimmerkiste. Obwohl, es flimmert allerdings heutzutage nichts mehr, ich meine seit dem >Diodenzeitalter<. Ich dagegen bin jawohl total mit nützlichen Dingen ausgelastet, die du überhaupt nicht ausführen könntest.«

»Wie bitte? Was erzählst du hier wieder für einen Blödsinn, ich würde keine Hausarbeit machen. Jetzt hör einmal zu, du scheinst anscheinend von alledem nichts mitzubekommen, was ich hier den ganzen Tag leisten muss.

Wenn du denkst, ich koche nur ab und zu, dann möchte ich dich nicht enttäuschen. Demnächst mache ich das tatsächlich so und du bekommst nur noch einmal in der Woche etwas zu essen. Na, freust du dich schon darauf? Folglich siehst du bestimmt in vier Wochen ganz anders aus, ich meine, was deine Körperfülle betrifft. Dann musst du auch nicht immer während des Treppensteigens so schwer atmen. Das hört sich wirklich ganz seltsam an. Dazu schnappst du ständig nach Luft. Na ja, bei deiner Figur vielleicht auch normal.«

»Warum sprichst du so negativ von meiner Figur. Die ist doch wohl sagenhaft, ich bestehe doch fast nur aus Muskeln. Wenn ich mehr Zeit hätte und hier bei dir nicht so ausgelastet wäre, könnte ich nahezu jede Sportart betreiben. Im Gegensatz zu dir übrigens, denn du bist ja eindeutig zu dick.«

»Was redest du da für einen Blödsinn, du bestehst nur aus Muskeln. Ich kann gar nicht glauben, dass du überhaupt Muskeln besitzt. Und noch etwas gebe ich dir mit auf den Weg, sage bloß nie wieder etwas gegen meine Figur, ansonsten wird das Schmusen für ein Jahr gestrichen. Außerdem ist jetzt Schluss, das mache ich nun nicht mehr weiter. Sonst geht das noch den ganzen Abend so und ich weiß dann immer noch nicht, was du mir sagen wolltest. Fasse dich nun kurz, ausnahmsweise einmal!«

»Ich versuche es doch. Schön wäre es, wenn ich mal ausreden dürfte, dann könnte ich dir auch mitteilen, was mir aufgefallen ist. Ich habe nämlich etwas Wichtiges entdeckt, das dir übrigens noch nicht aufgefallen ist. Obwohl mich das natürlich auch nicht wundert, ich meine ...«

»Du, lass das!«

»Was soll ich lassen? Möchtest du nicht wissen, was mir aufgefallen ist?«

»Natürlich möchte ich das wissen, aber du sollst mich nicht immer so ärgern und provozieren. Hör auf damit und komm endlich mit der Sprache heraus!«

»Sehr gerne, liebste Mathilda, das mache ich doch sofort, wenn ich mal ausreden darf.«

»Notgedrungen, nur fasse dich jetzt kurz, hast du mich verstanden! Also höchstens zwei präzise Sätze, das muss reichen.«

»Aber Mathilda, ich bin immer präzise mit meinen Ausführungen. Manchmal muss ich nur etwas genauer sein, weil du mich sonst nicht verstehst.«

»Jetzt komm nicht wieder mit dieser Tour, ansonsten werde ich gleich richtig sauer. Und nun mach schon!«

»Ich sehe, du wirst langsam wieder grün im Gesicht. Es ist wohl wirklich besser, ich komme nun ganz schnell zu meiner Kernaussage.

Also, ich habe festgestellt, dass noch keine Lampen angeschlossen sind und wir daher heute Abend kein Licht haben. Das wäre aber äußerst ungünstig, im Dunkeln auf den Fernseher zu starren. Das birgt Gesundheitsgefahren für die Augen, das weißt du doch.

Ich denke, das muss gleich noch erledigt werden, ansonsten kannst du heute Abend deiner Lieblingsbeschäftigung nicht nachgehen, also kein Fernsehen schauen.«

»Wenn du mich noch einmal provozierst, insbesondere mit meiner sogenannten Lieblingsbeschäftigung, ist hier gleich was los. Das ist absolut nicht meine Lieblingsbeschäftigung. Ausnahmsweise lass ich dich jetzt davonkommen und wir beschäftigen uns mal mit den Lampen. Obwohl, ich meine damit genau genommen dich. Das wirst du doch aller Voraussicht nach hinbekommen oder etwa nicht?«

»Also ehrlich, vielleicht sollten wir in diesem Fall besser deinen Vater beauftragen, der kann das bestimmt besser.«

»Jetzt sag mir bitte einmal, was man an dieser Arbeit falsch machen könnte, das ist doch eine ganz simple Tätigkeit. Kannst du noch nicht einmal Lampen aufhängen?«

»Mathilda, bitte sei nicht so gemein! Du weißt doch, dass ich von der denkenden Zunft komme. Ich bin ein Denker, kein Handwerker!«

»Das ist doch unglaublich. Du brauchst doch nur zwei Drähte miteinander verbinden und eventuell die jeweilige Lampe an einem Haken aufhängen. Sag mir doch, was daran so kompliziert ist? Kannst du noch nicht einmal diese winzige Kleinigkeit ausführen?«

»Siehst du Mathilda, weshalb es besser ist, wenn das ein Fachmann macht. Du hast nämlich mal wieder keinen Durchblick.«

»Was soll ich denn da nicht durchblickt haben? Dazu ist das noch Wechselstrom, also völlig egal, wie du die beiden Drähte anschließt. Karl-Gustav, du bist wirklich zu gar nichts zu gebrauchen.«

»Jetzt wirst du aber richtig gemein zu mir, das finde ich gar nicht nett. Dazu ist es sachlich gesehen sogar falsch, was du gerade gesagt hast. Du kannst einfach die kleinsten Dinge nicht erfassen, das fehlt dir irgendwie. Tut mir wirklich leid für dich, aber ich bin dir nicht böse.«

»Du, was meinst du mit >Erfassen<? Ich erfasse dich gleich, aber anders, als du dir das wünscht!«

»Aber Schatz, schau noch mal an die Decke! Siehst du dort etwas?«

»Natürlich sehe ich da was, Karl-Gustav, nämlich einen Haken in der Decke und drei Kabelenden hängen da zehn Zentimeter herunter. Was soll ich denn sonst noch sehen? Ach so, eine weiß gestrichene Decke. Meinst du die?«

»Werde doch zu deiner Unwissenheit und unzureichenden Beobachtungsgabe nicht auch noch ironisch. Ich muss doch bitten!«

»Du, jetzt sei wirklich vorsichtig, du bewegst dich schon wieder auf dünnem Eis. Mach mich nicht richtig wütend!«

»Meine liebste Mathilda, schau bitte noch einmal an die Decke. Es könnte doch sein, dass dann selbst du etwas Wichtiges erkennst! Und zwar das, was ich natürlich mit einem Blick gesehen habe, auch ohne genau hinzuschauen. Du hast das zwar gerade auch gesehen bei deinem erneuten Blick an die Decke, konntest diesen Anblick aber wohl nicht in deinen Arbeitsspeicher übertragen. Na gut, ich nimm es dir nicht übel.«

»Ich gib dir gleich Arbeitsspeicher, was auch immer du damit ausdrücken wolltest. Außerdem, wenn du noch einmal >liebste Mathilda< zu mir sagst, hänge ich dich gleich an den Haken. Allerdings glaube ich nicht, dass du so schön leuchten kannst wie unsere Wohnzimmerlampe. Du bist nämlich keine Leuchte, höchstens ein Armleuchter. So, jetzt habe ich das ein für alle Mal geklärt!«

»Liebste Mathilda, mein Schatz, reg dich nicht so auf, ich habe doch wohl recht. Das könnte ich dir alles in Ruhe erläutern, wenn du mich lassen würdest.«

»Sag nicht immer, dass du recht hast, wenn das noch gar nicht bewiesen ist. Und wehe, du sagst noch einmal liebste Mathilda zu mir. Du hast sowieso Glück gehabt, weil du den >Schatz< noch schnell nachgelegt hast, ansonsten hätte ich augenblicklich energisch werden müssen.

Und jetzt hör endlich auf hier herumzureden und sag schon, was du vorbringen willst. Wenn ich sofort meinen Vater angerufen hätte, wären die Lampen schon alle angeschlossen und dein Gelaber wäre mir erspart geblieben.

Mann, ich falle auch immer wieder darauf herein und

höre dir so lange zu. Meistens lasse ich mich sogar noch auf eine Diskussion mit dir ein, das gibt es doch gar nicht. Lern ich denn nie dazu, was dich betrifft?«

»Leider nicht Liebes, mit dem Lernen hast du es wirklich nicht so drauf, das stimmt. Daher möchte ich dir auch immer behilflich sein. Ehrlich mein Schatz, das mache ich doch gerne, wenn es auch eine ständige Herausforderung für mich ist, dir alles so mundgerecht zu servieren, damit du wenigstens die Kernaussagen verstehst.«

»Gleich ist hier aber was los. Willst du damit schon wieder andeuten, dass ich eine schlechte Auffassungsgabe habe? Ja, meinst du das? Pass aber nun mal auf, was du sagst! Außerdem war das nur auf dich bezogen, aber auf gar keinen Fall eine allgemeine Aussage. Denn du bist doch buchstäblich eine Wundertüte, man weiß nie, was noch alles kommt! Natürlich habe ich im Allgemeinen eine gute Auffassungsgabe und sprich hier nicht von >mundgerecht servieren<, sonst serviere ich dich gleich mal ab, hast du ...«

»Schatz, entschuldige, wenn ich dich unterbreche, aber wir sollten jetzt wirklich aufhören uns zu streiten, denk an deine Lieblingsbeschäftigung. Wenn du nicht bald deinen Vater anrufst, fällt deine Lieblingsbeschäftigung ins Wasser.«

»Du solltest mich nicht erzürnen! Aber gut, jetzt liegst du möglicherweise einmal richtig. Heute Abend kommt wirklich eine schöne Quizsendung, die würde ich mir ausnahmsweise gerne ansehen. Deshalb, und nur deshalb, lass ich das, was du gerade gesagt hast, auf sich beruhen und rufe jetzt meinen Vater an. Ich habe eingesehen, dass du nicht in der Lage bist, diese Tätigkeit mit deinen zwei linken Händen auszuführen. Und wehe dir, du sagst dazu noch etwas!«

Da Mathilda ihre grüne Gesichtsfarbe, die zwischendurch

wieder stark ausgeprägt war, noch nicht ganz abgelegt hatte, war Karl-Gustav jetzt ruhig. Er nahm sich aber vor, dieses Thema später noch einmal anzusprechen. Und zwar dann, wenn Mathildas Gesichtsfarbe sich wieder normalisiert hat. Obwohl, was heißt hier normal. Wenn er ihr das noch sagt zu der Thematik, was er ihr noch unbedingt erläutern möchte, ist sie wieder ruckzuck grün im Gesicht.

Mathilda achtete nun nicht mehr auf Karl-Gustav, nahm das Telefon und wählte die Nummer ihrer Eltern.

»Kurt Krämich.«

»Hallo Papa! Könntest du mal kurz vorbeikommen, ich hätte eine Aufgabe für dich? Natürlich nur, wenn du Zeit hast. Ich würde sagen, das dauert ungefähr zwanzig Minuten, länger eher nicht.«

»Ach, länger darf ich nicht bleiben, nur zwanzig Minuten? Na schön, wenn du das möchtest, komme ich für zwanzig Minuten vorbei.«

»Papa, jetzt beruhige dich! So meine ich das doch nicht. Natürlich kannst du so lange bleiben, wie du möchtest. Das mit den zwanzig Minuten habe ich nur gesagt, falls du nicht viel Zeit hast und in diesem Fall möchte ich dich auch nicht länger als notwendig belästigen. Also nicht länger, als es unbedingt sein muss.«

»Du belästigst mich doch nicht, du bist meine Tochter!«

»Stimmt Papa, das habe ich noch so schwach in Erinnerung. Wobei ich mich darüber sogar wundern muss.«

»Wieso musst du dich darüber wundern, wenn dir noch einfällt, dass ich dein Vater bin. Sag mal, magst du mich nicht mehr? Jetzt bin ich aber fertig!«

»Papa, natürlich liebe ich dich. Aber ich habe hier eine Person bei mir, die mich so nach und nach um den Verstand bringt.«

»Welche Person meinst du denn? Etwa Karl-Gustav?«

»Perfekt getroffen Papa, es ist Karl-Gustav. Der kann noch nicht einmal die Lampen anbringen. Wenn ich dich nicht darum bitten könnte, müsste ich tatsächlich einen Handwerker kommen lassen. Das ist doch wirklich absurd!«

»Aber Schatz, du weißt doch, Karl-Gustav ist ein Denker, kein Handwerker. Für solche Tätigkeiten hat er zwei linke Hände.«

»Das kannst du wohl laut sagen. Der kann auch noch nicht einmal die zwei Kabel anschließen, eigentlich unfassbar.«

»Schatz, das sind doch bestimmt drei Kabel und folglich musst du schon aufpassen, je nachdem um was für eine Lampe es sich da handelt. Das dritte Kabel ist somit ein Schutzleiter. Das ist zwar nicht immer so, kommt aber häufig vor.«

»Stimmt Papa, ich habe ja auch drei Kabel an der Decke gesehen, hatte ich jetzt vergessen. Ach, dann hat Karl-Gustav doch recht gehabt? Er behauptet, das kann man nicht einfach blindlings anschließen. Das ist mir aber nun peinlich. Jetzt hat der Typ ausnahmsweise einmal richtig gelegen. Na ja, du kommst ja gleich und ich versuche inzwischen, wieder aus der Nummer herauszukommen. Bis später.«

»Ja, bis gleich.«

Karl-Gustav hatte zwar nicht gehört, was Mathildas Vater am Telefon gesagt hatte, das war für ihn aber auch nicht zwingend notwendig. Er konnte es sich anhand der Aussagen von Mathilda einigermaßen vorstellen. Dementsprechend war auch seine Reaktion.

»Jetzt erwarte ich als Wiedergutmachung heute Abend

einen extrem guten Einsatz beim Schmusen. Damit hast du doch sicherlich auch gerechnet. So ist es doch oder? Ich freue mich auf jeden Fall darauf.«

»Spinnst du? Mein Einsatz beim Schmusen ist doch fürwahr meistens sensationell. Besonders, wenn ich es mal wieder schaffe mir beim Schmusen vorzustellen, dass du Brad Pitt bist. Dann bin ich doch wohl wirklich sensationell.«

»Das stimmt zwar mein Schatz, besonders glücklich macht mich das dennoch nicht, wenn ich mir vorstellen muss, dass du dabei nicht an mich denkst und ich nur ein Lückenbüßer bin.«

»Mann, du bist aber auch nie zufrieden. Es müsste für dich doch dabei das Resultat zählen, ich meine, dass ich beim Schmusen so toll zu dir bin. Warum ich das mache, ist doch wohl in dieser Situation zweitrangig. Körperlich bist du doch in greifbarer Nähe, wenn ich mir auch in Gedanken vorstelle, dass du Brad Pitt wärest. Ich glaube, ich ...«

Mathilda kam aber nicht mehr dazu, ihre Ausführungen über das tolle Schmusen bis zum Ende zu folgern. Auf einmal schellte es, aber auch nicht völlig unerwartet. Karl-Gustav stand sofort auf und ging zur Tür. Er ahnte natürlich, wer da geklingelt haben könnte. Der Besuch kam ihm jetzt nicht ungelegen, denn Mathildas Ausführungen über ein gemeinsames Schmusen fand er nicht so prickelnd.

»Hallo Kurt, freut mich, dich zu sehen.«

»Hallo Karl-Gustav, ganz meinerseits. Wo brennt denn der Schuh?«

»Ach, weißt du, Mathilda schafft es einfach nicht, die paar Lampen anzuschließen. Sie sieht statt drei immer nur zwei Kabel aus der Decke herauskommen.«

»Da sagst du was, Karl-Gustav. Frauen und Technik, das

kennen wir doch. Besonders wir beide sind da arg gebeutelt mit unseren Frauen. Aber sonst ist alles in Ordnung?«

»Selbstverständlich Kurt, ansonsten klappt alles bestens.«

»Prima, da bin ich immerhin beruhigt. Schön, dann schauen wir mal, was wir so schaffen können. Vielleicht kann meine Tochter uns einen Kaffee kochen, während wir das Problem mit den Lampen lösen.«

»Das ist eine gute Idee, Kurt, das kann sie gut. Ich frage sie einfach mal.«

»Mach das, ich schaue mir derweil schon einmal die Lampen an. Ist doch optimal Karl-Gustav, dass wir so genügsam sind mit unseren Ansprüchen und besonders, was Frauen betrifft. Meinst du nicht auch?«

»Da muss ich dir voll zustimmen, liebster Schwiegervater. Aber sie sehen wirklich beide süß aus, unsere Frauen meine ich!«

»Das stimmt natürlich, da kann ich dir mit Freude voll beipflichten.«

Als Kurt mit seinem Werkzeugkoffer, den er vorsorglich mitgebracht hatte, ins Wohnzimmer ging, aber natürlich nicht, bevor er seine Tochter umarmt hatte, die am anderen Ende des Flurs stand, bekam Karl-Gustav nun einen ordentlichen Schreck.

Ihm war sofort klar, dass Mathilda das gesamte Gespräch zwischen ihm und ihrem Vater hat verfolgen können. Dementsprechend sah sie auch aus, äußerst grün im Gesicht.

»Das wird Konsequenzen haben, hörst du! Darüber unterhalten wir uns noch einmal, aber später.«

»Schatz, ich verstehe deine Erregung nicht, schon mal gar nicht deinen Gesichtsausdruck. Es war doch alles im grünen Bereich, was dein Vater und ich gesagt haben. Ich weiß auch wirklich nicht, was du gegenwärtig im Sinn hast?

Na ja, vielleicht hast du das mit dem grünen Bereich wörtlich genommen und deshalb auch so eine starke grünliche Färbung im Gesicht.«

»Wenn du jetzt noch ein Wort sagst, hast du gleich überhaupt keine Farbe mehr im Gesicht. Also halte dich gefälligst zurück!«

»Das war aber eine Drohung, das verstehe ich nun überhaupt nicht. Du und deine Mama, ihr seht wirklich süß aus und mehr wollen wir doch gar nicht, schließlich sind wir sehr genügsam.«

»Noch ein Wort und ich mach dich rund! Halte jetzt deine Klappe und geh meinem Vater helfen! Vielleicht schaffst du es immerhin, Papa ab und zu einen Schraubenzieher anzureichen. Ich hoffe, du bist wenigstens dafür nicht zu blöd. Dumme Sprüche von dir geben, dazu bist du in der Lage, mehr ist von dir aber wirklich nicht zu erwarten.«

Karl-Gustav wusste genau, wann es so weit war, besser den Mund zu halten und deshalb trollte er sich nun von dannen, gleichwohl etwas angefressen aufgrund der Worte von Mathilda. Das waren nicht gerade Liebkosungen gewesen und von einem ehrfürchtigen Anpreisen hatte er auch nichts bemerkt. Wobei er der Meinung war, dass das angemessen wäre.

Nach einer halben Stunde war Kurt mit der Tätigkeit, alle Lampen in der Wohnung anzuschließen, fertig. Die Hilfe von Karl-Gustav war, trotzdem er sich unter der Beobachtung von Mathilda eifrig bemühte, überschaubar gewesen.

Nachdem sie anschließend im Wohnzimmer zusammengesessen und Kaffee getrunken hatten, wollte Kurt wieder nach Hause fahren. Er sah natürlich auch, dass die beiden noch viel zu erledigen hatten, da noch etliche Kartons in der Wohnung herumstanden, die noch nicht ausgepackt waren.

»Ich werde jetzt fahren, weil ich mir gut vorstellen kann, dass ihr noch viel zu erledigen habt. Vielleicht sollten wir uns nächste Woche treffen, was meint ihr?«

»Gerne Kurt, darüber würde ich mich freuen.«

»Ja, das wäre herrlich«, war auch Mathilda einverstanden.

»Ihr könntet doch zu uns kommen, bis dahin ist Mathilda bestimmt mit der Wohnung so weit fertig.«

»Das ist eine sehr gute Idee, Karl-Gustav, ich spreche mal mit Hannelore. Ich bin mir sicher, dass sie das auch möchte.«

»Dann telefoniere ich nächste Woche noch einmal mit Mama und vereinbare mit ihr einen Termin.«

»Einverstanden, dann noch einen schönen Abend und macht euch nicht zu viel Stress.«

»Auf gar keinen Fall Kurt. Stress macht höchstens Mathilda, aber damit komme ich schon klar.«

»Das denke ich auch, bis nächste Woche.«

»Ja Papa, bis nächste Woche und vielen Dank noch einmal, dass du sofort gekommen bist.«

»Das ist doch selbstverständlich, tschüss.«

Mathildas Vater war noch nicht ganz aus der Tür heraus, da legte Mathilda sofort wieder los.

»Hör mal, was sollte das mit dem Stress? Wieso verursache ich immer Stress und musstest du das zu meinem Vater sagen. Du machst mich schon wieder richtig sauer!«

»Natürlich, so kenne ich dich. Du erzeugst doch ständig Stress, übrigens im Moment auch. Ebenso vorhin, da hatte es dir sogar nicht gepasst, dass ich mir mal eine kurze Verschnaufpause gegönnt habe nach der anstrengenden Arbeit mit dem Aufbauen der Fernseh- und Musikanlage.«

»Wo war das denn anstrengend? Du hast die ganze Zeit nur gesessen oder herumgestanden und dabei gewartet, bis der Senderdurchlauf fertig war. Da brauchtest du doch nichts tun.«

»Das stimmt, aber du glaubst nicht, wie anstrengend das vorher war. Ich meine, alles auszutüfteln und dazu noch die vielen Kabel herauszusuchen, die da angeschlossen werden mussten. Wenn das so einfach ist, kannst du das ja beim nächsten Mal machen.«

»Also, ich hoffe nicht, dass es so schnell ein nächstes Mal geben wird. Es sei denn, du verärgerst wieder einen Hausbesitzer oder die Nachbarn.«

»Jetzt ist es aber gut. Du bist doch mit den ehemaligen Nachbarn, ich meine damit insbesondere mit dem Nachbarn als Hausbesitzer, ebenfalls nicht klargekommen. Was redest du hier für einen Blödsinn? Also, das finde ich wirklich ungerecht.«

»Entschuldigung, das stimmt wirklich. Dieses Mal wenigstens, deshalb entschuldige ich mich. Trotzdem lenkst du wieder ab. Sag mir doch mal wirklich, hast du dich vorhin überanstrengt bei dem Anschließen von unserer Musikanlage und dem Fernseher?«

»Nein, habe ich nicht. Komm, lass uns nicht mehr streiten und lieber etwas entspannen. Den Rest können wir morgen erledigen. Schau mal, in einer Viertelstunde fängt deine Quizsendung an. Vielleicht können wir anschließend noch eine Weile schmusen.

Ich meine ja nur, weil du nun nicht mehr arbeiten musst und doch auch keine schweren Möbel hast tragen müssen, besitzt du bestimmt genug Energie, dass du mich nach der Quizsendung noch ausgiebig verwöhnen kannst. Was meinst du?«

»Spinnst du, ich habe den ganzen Tag schwer gearbeitet. Ich habe die vielen Kisten ausgepackt und du hast hier nur herumgesessen. Was hältst du davon, wenn du mich stattdessen nach der Quizsendung etwas verwöhnst. Aber nicht lange, denn ich bin schon ordentlich müde.«

»Das gibt es doch gar nicht! Na schön, ich liebe dich schließlich, also verwöhn ich dich gleich. Aber wirklich nur ein bisschen, denn die gesamte Anlage aufzubauen war wirklich sehr anstrengend.«

»Dazu sage ich jetzt nichts mehr, das wäre mir auf jeden Fall zu blöd. Und du sagst gefälligst auch nichts mehr, denn meine Quizsendung fängt jeden Moment an. Ruhe jetzt!«

Dann verhielten sich beide ruhig und sahen sich gemeinsam die Quizsendung an. Obwohl, Mathilda schaute interessiert zu und Karl-Gustav schlief nach ein paar Minuten auf der Couch ein.

Das führte wiederum dazu, dass er nach der Quizsendung richtig in Form war und Mathilda noch ausgiebig verwöhnen konnte. So lange, bis irgendwann beide einschliefen.

Erste Annäherung mit den Nachbarn

Am Samstag war es so weit. Karl-Gustav und Mathilda wollen heute zum Einkaufen in die Stadt fahren. Da sie aufgrund der geplanten Kennenlernfeier mit den Nachbarn noch einiges vorzubereiten hatten, es war ja schließlich ein Kennenlern-Kaffeetrinken beabsichtigt, gingen sie um kurz nach zwölf aus der Wohnung.

Als Mathilda und Karl-Gustav auf dem Weg zu ihrem Auto aus dem Hausflur kommen, steht der Nachbar aus dem Erdgeschoss neben der Haustür und hatte anscheinend gerade die heutige Post seinem Briefkasten entnommen.

»Hallo Herr Nachbar«, warf ihm Mathilda gekonnt freundlich entgegen, als dieser ziemlich muffig, wie Karl-Gustav glaubte, beide begrüßt hatte. Sofort danach ging der Nachbar an Mathilda und Karl-Gustav vorbei auf die Haustür zu.

»Hast du bemerkt Schatz, wie unfreundlich der Nachbar aus dem Erdgeschoss zu uns war?«

»Nein, das habe ich nicht so wahrgenommen. Also mich hat er, wenn auch nur kurz, angelächelt. Dich etwa nicht?«

»Ich bitte dich, du hast doch genau gesehen, dass er so seltsam geguckt hatte.«

»Karl-Gustav, das bildest du dir bestimmt nur ein.«

»Das sehe ich aber nicht so! Dieser Nachbar hat mich im Grunde genommen vom ersten Tag an genervt!«

»Karl-Gustav, wir sind gerade erst hier eingezogen. Hattest du denn schon vorher einmal Kontakt zu ihm?«

»Aus der Nähe noch nicht. Dafür schon zweimal von

Weitem, als ich jeweils zufällig am Fenster stand. Und jedes Mal hatte ich diesen unangenehmen Geruch, sowie auch jetzt, in der Nase.«

»Was, über diese Entfernung hinweg hast du etwas gerochen? Schatz, das glaube ich aber nicht. Hat der so ein schlechtes Deo benutzt oder verwendet der etwa gar keines? Schatz, ich könnte mal mit ihm reden, wenn dich das stört.«

»Nein lass mal, nicht notwendig.«

»Aber sag mir bitte, wie konntest du denn etwas Unangenehmes riechen, wenn ich nichts dergleichen bemerkt habe? Also ich habe gerade nichts gerochen, als der Nachbar hier an uns vorbeigegangen war.«

»Ich weiß wirklich nicht, was du willst. Ich rede doch nicht nur von heute, wenngleich der Nachbar gerade auch seinen üblichen Geruch an sich hatte. Nein wahrlich nicht, ich rede hier von etwas Grundsätzlichem. Damit will ich sagen, dass er diesen Geruch bisher immer verbreitet hatte, wenn ich mit ihm in Berührung gekommen bin. Selbst in unserer Wohnung habe ich diesen Geruch schon in der Nase gehabt.«

»Moment, du willst doch jetzt nicht behaupten, dass du diesen Geruch von unserem Nachbar aus dem Erdgeschoss wahrnehmen kannst, wenn alle Türen und Fenster zu sind. Ich bitte dich! Wir wohnen immerhin im zweiten Stockwerk.«

»Aber Mathilda, nun komm mir doch nicht so! Natürlich kann ich von den Nachbarn in unserer Wohnung nur dann so Verschiedenes riechen, wenn sie ihre Fenster geöffnet haben. Also alles, was die Nachbarn so am Tag produzieren.

Mathilda, weil du das gerade ansprichst, es haben hier alle Nachbarn überwiegend den ganzen Tag ihre Fenster geöffnet und daher kann ich, sollte ich einmal zufällig am

Wohnzimmerfenster oder auf dem Balkon stehen, wirklich nur rein zufällig, ständig ihren Mief riechen. Insbesondere natürlich von den Nachbarn, die unter uns wohnen und dabei meine ich ganz besonders einen bestimmten Geruch.«

»Wie, so sehr stinken die Nachbarn? Ich meine jetzt die unter uns wohnen. Oder meinst du etwa auch den Nachbar aus dem rechten Erdgeschoss oder vielleicht gar dessen Frau. Diese kleine süße Schwarzhaarige, wie du diese Tusse zu meinem Leidwesen immer nennst?«

»Aber Schatz, sie doch nicht! Die riecht erstklassig, richtig angenehm, daran könnte ich mich gewöhnen.«

»Ich gib dir gleich! Du kannst dich gleich mal an eine Abreibung gewöhnen.«

»Aber Schätzchen, ich bitte dich, ich denke nur an dich. Na ja, fast immer. Nur manchmal denke ich auch an unsere Nachbarn und da ist es doch normal, dass ich dabei auch an unsere Nachbarinnen denken muss. Schließlich gehören die ebenfalls zu unseren Nachbarn! Oder etwa nicht?«

»Hör auf damit Karl-Gustav! Komm, wir müssen jetzt los, sonst schaffen wir die ganze Vorbereitung für heute Nachmittag nicht mehr. Was sage ich da eigentlich? Ich meine natürlich, dann schaffe ich das nicht. Du hast doch wie immer keine Zeit mir zu helfen, weil du doch fast ausschließlich damit beschäftigt bist, mich und die Nachbarn zu nerven.«

»Das ist mir aber jetzt zu blöd, darauf antworte ich nicht. Aber ich habe dir noch gar nicht gesagt, wonach der immer stinkt. Der stinkt nach kalter Asche, und zwar enorm. Das ist bestimmt ein Kettenraucher, da bin ich mir sicher. Es ist ja bekannt, dass der Qualm in den Kleidern hängen bleibt. Als Nichtraucher ist dieser Geruch einfach kaum zu ertragen. Wahrscheinlich ist dazu noch seine Waschmaschine ständig defekt und so stinkt der eben dauernd intensiv nach Zigarettenqualm, streng genommen nach kalter Asche.«

»Ach so, na ja, damit muss man leben. Aber mein Schatz, du sitzt doch nicht von morgens bis abends neben ihm auf der Couch, deswegen kannst du ganz beruhigt sein.«

»Da muss ich dir zustimmen, meine liebe Mathilda, das mache ich auf keinen Fall. Ich sitze doch lieber den ganzen Tag mit dir auf der Couch, das reicht mir vollkommen.«

»Wie bitte, das reicht dir vollkommen? Willst du mich etwa wieder wütend machen?«

»Mathilda, dich doch nicht. Obwohl man sich dafür wahrlich nicht anstrengen muss. Aber nein, ich sehe das eher positiv. Ich bin total glücklich, wenn ich neben dir sitzen darf. Und zwar ausschließlich neben dir, wie jetzt gerade hier in unserem Auto. Na ja, die kleine Schwarzhaarige aus dem Untergeschoss dürfte sich natürlich auch zu mir setzen, ehrlich.«

»Du, jetzt erzürne mich nicht wieder! Ausnahmsweise will ich mal darüber hinwegsehen, denn wir müssen nun losfahren. Außerdem hast du gesagt, zu deinem Glück übrigens, dass du glücklich bist, wenn du den ganzen Tag neben mir sitzen darfst. Wahrscheinlich, weil du dich sowieso kaum bewegst am Tag. Ich denke, so wird es sein.«

»Mathilda, was soll das denn jetzt? Ich habe doch gesagt, dass ich glücklich bin, wenn ich neben dir sitze und nicht, wenn ich allein auf der Couch sitze. Wenn die süße Schwarzhaarige mit den großen dunklen Augen aus dem Erdgeschoss ...«

»Schluss jetzt, wir müssen los, sonst schaffen wir die Vorbereitung nicht mehr rechtzeitig. Ich möchte von dir nun kein Wort mehr hören, hast du mich verstanden! Ich muss mich nun auf den Straßenverkehr konzentrieren.«

Karl-Gustav war daraufhin sofort ruhig und im gleichen Moment fuhr Mathilda los. Sie müssen schon einiges für den Nachmittag besorgen, weil alle Nachbarn, außer Ulrike Gröberlein, gleich zum Kaffeetrinken kommen werden.

Na ja, ganz so unglücklich war Karl-Gustav darüber nicht, dass diese Nachbarin aus dem ersten Obergeschoss keine Zeit hatte, denn mit dieser Gröberlein hatte er bereits eine unangenehme Begegnung, Mathilda aber davon noch nichts erzählt.

Als Karl-Gustav und Mathilda eine Stunde später vom Einkaufen zurückkommen, schafft es Mathilda nur mit Mühe und Not auf ihren Stellplatz zu fahren. Problematisch wurde es deshalb, weil ein Auto zur Hälfte auch auf ihrem Platz stand. Natürlich gehörte dieses Auto ausgerechnet Ulrike Gröberlein.

Sie stiegen aus, holten die Taschen aus dem Kofferraum und stellten diese auf dem Boden ab. Danach konnte sich Karl-Gustav allerdings nicht mehr beherrschen.

»Schatz, muss die eigentlich immer so bescheuert parken? Die benötigt ständig zwei Stellplätze, das gibt es doch gar nicht. Ich bin kaum aus meiner Tür herausgekommen.«

»Beruhige dich Karl-Gustav, es kann eben nicht jeder so grandios parken wie du, habe mal ein bisschen Verständnis für unsere Mitmenschen. Und sprich bitte etwas gesitteter über unsere liebe Nachbarin Ulrike.«

»Also meine liebe Nachbarin ist sie nicht. Und was ich noch sagen wollte, das hörte sich gerade sehr ironisch an. Ich bin doch wohl wirklich grandios im Einparken.«

»Natürlich mein Schatz, du bist schließlich ein Mann, und die haben das ja bekanntlich im Blut. Sozusagen mit der Muttermilch aufgesaugt. Obwohl, mir fällt gerade auf, die Muttermilch gibt es doch nur von der Mutter, also von einer

Frau.

Aber lassen wir das jetzt. Der Nachbar da vorne schaut schon so sonderbar, der versteht bestimmt jedes Wort.«

»Meinetwegen, aber bleiben wir bei unserer Nachbarin, also bei der, die immer so toll parkt. Wir waren eben beim Verständnis. Also, grundsätzlich bin ich sehr verständnisvoll, besonders bei einer Nachbarin. Aber diese Gröberlein ist irgendwie eigenartig, sie hat mich bei unserer letzten Begegnung nicht gegrüßt.«

»Karl-Gustav, ich bitte dich! Hast du sie denn gegrüßt?«

»Nein, und das hatte auch einen triftigen Grund. Die kommt doch tatsächlich gestern die Treppe heruntergelaufen und rennt mich fast um. Da habe ich aber ...«

»Oh nein, lieber Karl-Gustav!«

»Mathilda, nun werde bitte nicht ironisch. Auf jeden Fall nicht, bevor ich mit meiner Erzählung fertig bin. Und unterbreche mich bitte nicht ständig, hast du gehört! Also, dann kommt jetzt meine Kernaussage, die dich bestimmt ...«

»Karl-Gustav, ich will ja nicht auf mein Recht beharren, aber du hast mich auch gerade unterbrochen.«

»Pass doch auf Mathilda, jetzt kommt es, denn im gleichen Augenblick brüllte sie auch noch >passen Sie doch auf, Sie Blödmann!<, und das ist doch wohl eine Unverschämtheit, anders kann ich mich da auch jetzt nicht artikulieren.«

»Karl-Gustav, wie bist du denn die Treppe hinaufgegangen? Etwa so, wie du das immer machst?«

»Wie meinst du das denn?«

»Ich bin mir eigentlich sicher, dass du das genauso getan hast, wie du das ständig praktizierst. Du gehst mitten auf der Treppe und selbstverständlich bist du auch der Meinung, dass die anderen für dich Platz machen müssen.«

»Ich bitte dich, ich hatte schließlich eine Tasche zu tragen, insofern konnte ich doch nicht an der Wand entlangtaumeln.«

»Du musst auch nicht taumeln, sondern einfach nur die Treppe normal hochgehen. Aber das kannst du natürlich nicht, so unbeweglich, wie du nun mal bist.

Was hattest du ihr denn übrigens geantwortet? Ungeachtet dessen, ob du mir antwortest oder nicht, kann ich sie morgen einmal fragen. Sie möchte uns kennenlernen und hat mich für morgen Nachmittag zum Kaffee eingeladen, da sie heute Nachmittag leider keine Zeit hat. Sie muss gleich noch einmal zur Arbeit. Sie ist schließlich eine wichtige Person auf ihrer Arbeitsstelle, sogar eine äußerst wichtige. Das kann man von dir ja nicht gerade behaupten.«

»Was soll das nun wieder heißen? Darauf komme ich aber später noch einmal zurück. Also, ich habe ihr sofort >du blöde Ziege, pass doch auf, wo du hergehst!< entgegengeschleudert. Das war schlagfertig von mir oder was meinst du Mathilda?«

»Das war unheimlich schlagfertig und auch so nett und höflich Karl-Gustav, wie du eben bist. Du kannst einfach nicht aus deiner Haut.«

»Ich kann nicht >aus meine Haut<. Wie meinst du das?«

»Das heißt nicht >aus meine Haut<, das heißt >aus meiner Haut<! Lernst du denn nie mehr vernünftig deutsch zu sprechen. Und so was ist ein Schriftsteller!«

»Nun beleidige mich nicht schon wieder! Außerdem werde ich nicht meine Muttersprache verleugnen, ich bin schließlich ein waschechter Ruhrgebietsler.«

»Mann oh Mann, das heißt nicht >Ruhrgebietsler<. Hör endlich auf damit! Manchmal kostet es mich schon eine große Überwindung, dir überhaupt zuzuhören.«

»Wieso manchmal, du hörst mir fast nie zu, du hörst dich immer nur selbst gerne reden.«

»Jetzt ist hier aber gleich was los! Das ist doch unglaublich, ich fasse es nicht. Der Kerl meckert von morgens bis abends über die Nachbarn und ich soll mich gerne selbst reden hören. Mach mich nicht zornig und komm jetzt! Ich habe schließlich keine Zeit, hier eine Stunde mit dir auf dem Parkplatz zu verbringen.«

»Sekunde Mathilda, ich habe es gleich! Na gut mein Schatz, lassen wir das. Im Übrigen glaube ich, dass wir vom Thema abgekommen sind. Gerade ist mir auch noch etwas anderes eingefallen. Wieso hat die Nachbarin, ich meine unsere Parkkünstlerin, nur dich zum Kaffeetrinken eingeladen. Ich bin doch ebenso ein neuer Nachbar für sie und will sie mich nicht auch kennenlernen?«

»Karl-Gustav, das ist ganz einfach zu erklären, denk doch mal nach! Noch besser wäre es hingegen, du würdest sie morgen selbst fragen.«

»Nein danke, darauf kann ich verzichten.«

»Übrigens, da kommt sie gerade. Sie war bestimmt spazieren gegangen. Du kannst sie ja fragen, warum sie dich nicht eingeladen hat. Bei eurem guten Verhältnis wird sie dir bestimmt sofort Rede und Antwort stehen. Vor allen Dingen, weil du sie zurzeit nicht umrennen kannst.«

»Oh nein, ich sehe sie nun auch. Du, was sollte das gerade? Bitte keine Ironie!«

»Hallo Mathilda, super Wetter heute, nicht wahr?«

»Ja, stimmt Ulrike, wirklich schön.«

»Bleibt es bei morgen? Ich freue mich schon darauf.«

»Das ist schön, ich freue mich ebenfalls.«

»Ist auch vernünftig Mathilda, dass du ohne deinen Möchtegern-Adonis kommen möchtest. Auf eine nähere

Bekanntschaft mit diesem Flegel kann ich gut verzichten.«

»Das kann ich verstehen, liebste Ulrike, ich manchmal auch, in der letzten Zeit sogar immer öfter. Aber darüber können wir uns morgen noch ausgiebig austauschen, bis morgen um fünfzehn Uhr.«

»Genau, das deichseln wir. Bis morgen liebe Mathilda.«

Dann ging Ulrike, die nur noch kurz einen giftigen, vielleicht sogar verächtlichen Blick auf Karl-Gustav warf, mit federnden Schritten, dabei von Karl-Gustav argwöhnisch beobachtet, zur Haustür.

Na ja, was man bei ihr so federnd nennen kann, korrigierte Karl-Gustav seine Gedanken gleich wieder selbst. Während Mathilda die letzten Tragetaschen aus dem Auto holte und das Auto abschloss, schaute Karl-Gustav derweil noch interessiert zu, was Ulrike an der Tür veranstaltete.

Ulrike war mittlerweile schon seit zwei Minuten dabei, den passenden Schlüssel in das Schloss der Haustür zu stecken, nur passte keiner. Aber irgendwann, nach nahezu fünf Minuten, schaffte sie es doch die Haustür aufzuschließen. Nachdem Ulrike im Hausflur verschwunden war, konnte sich Karl-Gustav nicht mehr zusammenreißen.

»Hast du gesehen Mathilda, wie lange deine neue Freundin gebraucht hatte, bis sie den richtigen Schlüssel für die Haustür gefunden hat. Was sagtest du, die wohnt schon zehn Jahre hier und trotzdem weiß sie immer noch nicht, welcher von ihren Schlüsseln der Haustürschlüssel ist. Das gibt es doch gar nicht.«

»Hör sofort auf über die Ulrike herzuziehen, die ist total nett! Außerdem hat sie bestimmt gerade viel Stress auf der Arbeit und ist daher etwas in Hektik, sie muss auch gleich noch einmal zur Arbeitsstelle fahren. Dann kann das doch mal passieren. Karl-Gustav, ich lass es aber nicht zu, dass du die Ulrike dermaßen verunglimpfst!«

»Ich habe gerade keinesfalls wörtlich gesagt, dass die nicht nett ist, obwohl ich schon dieser Meinung bin. Ich habe nur ausdrücken wollen, dass sie etwas unbeholfen ist. Ich glaube aber trotzdem, dass deine Ulrike alles andere als nett ist, besonders wenn ich an unsere gestrige Begegnung denke.«

»Jetzt hör aber auf! Ulrike war bestimmt nervös, weil du sie neulich auf >einhundertachtzig< gebracht hattest. Und heute muss sie dich schon wieder sehen, das ist nicht so einfach zu verkraften. Selbst ich habe damit manchmal ein Problem, obwohl ich dich schon einige Zeit ertragen musste. Ich wäre bestimmt genauso unsicher gewesen wie Ulrike, du kannst einen wirklich nervös machen!«

»Aber Mathilda, was ...«

»Karl-Gustav, nun unterbreche mich nicht schon wieder! So, und jetzt komm endlich! Langsam wird es mir hier auf dem Parkplatz zu ungemütlich. Ich wollte gerade nur einen Moment warten, bis die liebe Ulrike die Haustür aufgeschlossen hat. Ansonsten wäre sie zusätzlich irritiert gewesen, wenn wir die ganze Zeit hinter ihr gestanden hätten, während sie den passenden Haustürschlüssel sucht.

Außerdem, das habe ich vergessen zu sagen, sie ist nicht dumm, falls du das gerade denkst. Ulrike ist Chefsekretärin und was bist du? Ein >Herumlungerer< und >Nachbarschlechtmacher<, auf so was kann die Welt gut und gerne verzichten.«

»So, jetzt bin ich aber dran und ich hoffe doch stark, dass ich auch einmal ausreden darf. Nun ja, was sage ich denn da, Höflichkeit ist nun mal nicht deine Stärke. Deshalb ...«

»Jetzt ist hier aber gleich was los! Ausgerechnet so ein Rüpel wie du, der beispielsweise eine Nachbarin im Flur anrempelt und sie dazu noch beleidigt, so einer muss hier behaupten, ich sei unhöflich. Das ist doch wohl eine Unverschämtheit!«

»Ich denke, wir lassen das jetzt. Darauf komme ich gleich noch einmal zurück, im Moment liegt mir etwas anderes auf der Zunge. Mir ist nämlich das Ganze eben so richtig bewusst geworden, dieses Verhalten von deiner neuen Freundin Ulrike, das konnte ja auch gar nicht anders sein. Das ist für mich aber nun so was von sonnenklar, das glaubst du wahrscheinlich nicht.«

»Was soll das, du willst doch wohl mein tadelloses Benehmen nicht an den Pranger stellen. Das lass ich überhaupt nicht zu. Überlege dir genau, was du jetzt sagen willst!

Außerdem, für dich ist sie nicht Ulrike, sondern Frau Chefsekretärin Gröberlein, hast du verstanden!«

»Mathilda, was soll das denn? Bist du jetzt völlig aus der Spur? Ich sage zu dieser unhöflichen Person doch nicht >Frau Chefsekretärin<, außerdem ist sie nicht meine Chefsekretärin. Mathilda, ich habe dich natürlich auf keinen Fall gemeint, um wieder darauf zurückzukommen, noch nicht einmal ansatzweise. Aber das kannst du nicht wissen, da du mich unwiderlegbar nie ausreden lässt.

Hättest du das ausnahmsweise einmal getan, wärest du auch schon wieder ein bisschen schlauer und Nachholbedarf hast du darin neben deinem unhöflichen Benehmen mir gegenüber freilich genug. So, jetzt habe ich dir es wenigstens auch einmal gegeben!«

»Nun pass aber auf! Was soll das, warum habe ich deiner Meinung nach Nachholbedarf? Sei augenblicklich ganz vorsichtig! Leider kann ich mit dir darüber jetzt nicht reden, dazu haben wir wahrlich keine Zeit. Ansonsten würde ich dich jetzt langmachen.

Außerdem, ich lasse dich immer ausreden, nur manchmal ist das eben nicht möglich. Denn sonst würdest du ununterbrochen reden und dann könnte ich auch das Radio einschalten. Da hätte ich auch niemanden zum Diskutieren und müsste ausschließlich zuhören.«

»Wie bitte? Ich kann bei dir doch nicht ununterbrochen reden, du unterbrichst mich doch ständig. Ich habe heute noch nicht einmal meine Ausführungen zu Ende bringen können, ohne dass du mich dabei unterbrochen hast, das muss ich aber mal herausstellen. So kann ...«

»Jetzt ist aber Schluss! Hör nun auf, mir ständig Vorwürfe zu machen! Außerdem muss ich noch bemerken, dass manchmal mein Temperament mit mir durchgeht, das wirst du doch mal entschuldigen können oder etwa nicht? Hast du denn überhaupt kein Verständnis für deine Frau?«

»Aber Mathilda, mein Schatz. Ich habe natürlich absolut Verständnis für dich, natürlich immer und überall mein Schatz. Aber da fällt mir gerade etwas ein. Wie wäre es denn, wenn du dein zügelloses Temperament insbesondere beim Schmusen einsetzen würdest?

Was meinst du? Da würde ich dich auf keinen Fall unterbrechen wollen.«

»Ich gib dir gleich, beim Schmusen! Das musst du dir erst einmal verdienen.«

»Aha, und wie? Muss ich mich nun besonders nett zu deiner Ulrike verhalten?«

»Weißt du Karl-Gustav, da hätte ich nichts dagegen. Aber vielleicht fängst du damit bei mir an, das wäre sehr hilfreich für ein eventuell leidenschaftliches Schmusen. Na, was meinst du? Ist das kein Anreiz für dich?«

»Na ja, ich werde es mal versuchen.«

»Hoffentlich bist du dann ausdauernder als sonst, wo du

alles angefangen aber leider nie hast zu Ende bringen können.«

»Deine Wahrnehmung verstehe ich jetzt überhaupt nicht.
Ich denke, darüber müssen wir wohl noch einmal reden.
Aber gut, wenn meinst du, ich soll zu deiner Ulrike nett sein,
so versuche ich das.«

»Also, erstens ist das nicht meine Ulrike, sondern eine
nette Nachbarin, übrigens auch deine, und zweitens würde
>höflich sein< schon reichen.«

»Meinetwegen, aber damit fange ich vielleicht doch erst
morgen an, denn ich ...«

»Wie, warum erst morgen? Was soll das denn heißen?«

»Meine Teuerste, das werde ich dir sofort sagen. Ich
kann damit erst morgen anfangen, weil ich jetzt noch etwas
auf dem Herzen habe.«

»Du hast etwas auf dem Herzen? Das erstaunt mich
aber!«

»Lass das gefälligst! Reiz mich nicht und lenk mich bitte
nicht ab, mir ist nämlich etwas Wichtiges aufgefallen. Ich
erkenne nun ganz deutlich, warum diese Nachbarin Ulrike,
diese überhebliche Person, so überheblich und arrogant ist.«

»Ach nee, das erkennst du plötzlich? Also mir gegenüber
ist sie nicht arrogant und überheblich, im Gegenteil. Sie ist
eine überaus zuvorkommende, bescheidende und nette Person. Dir ist doch kaum jemand sympathisch, aber nahezu
jeder überheblich. Außer wenn es um dich geht, für dich
treffen natürlich nur positive Eigenschaften zu. Du solltest
dich auch mal fragen, weshalb du der einzige Mensch bist,
der dich so positiv sieht.

Außerdem, was ich noch sagen wollte, aber danach gehen
wir in unsere Wohnung, sind für dich doch andere sofort
arrogant, wenn sie dich deiner Meinung nach nicht richtig

würdigen. Wenn die Hunde von unseren Nachbarn aus der dritten Etage links dich nicht grüßen, sind sie auch arrogant, stimmt es?«

»Nun mach aber halblang! Darauf werde ich keineswegs antworten, das ist mir zu blöd. Du hast mich schon wieder nicht ausreden lassen. Ich wollte dir eigentlich noch erklären, woher mein Eindruck kommt, dass diese Ulrike arrogant ist. Obwohl es jetzt gewissermaßen eine sichere Erkenntnis ist.«

»Ach, da bin ich aber gespannt.«

»Gut, nun probiere ich es zum gefühlten zehnten Mal, dir den Sachverhalt zu erklären. Du hattest vorhin gesagt, dass diese Ulrike von Beruf Chefsekretärin ist. Das ist einwandfrei der Kasus ...«

»Was ist denn daran schlimm? Ich wäre froh, wenn ich Chefsekretärin wäre, dann müsste ich mich nicht mit einem Typ wie dir abgeben, so!«

»Ach, jetzt tönst du wieder groß auf, nachdem du dir so eine arrogante Verbündete zugelegt hast.«

»Willst du damit andeuten, ich hätte keinen Mut, dir Paroli zu bieten. Du, erzürn mich nicht, sonst mach ich dich gleich aber lang. Übrigens, ich habe mir keine Verbündete zugelegt, tickst du noch richtig? Ich kann mir einen Mantel oder einen Hamster zulegen, aber keine Verbündete.«

»Entschuldige Mathilda, das war blöd von mir, einfach im Übereifer so herausgerutscht und auch die Wortwahl bitte ich zu entschuldigen. Ich weiß das natürlich besser. Ebenso weiß ich, dass du auch ohne diese Ulrike ein großes Mundwerk hast, entschuldige bitte.«

»Was! Willst du damit sagen, ich habe eine große Klappe? Du! Jetzt sei bloß vorsichtig! Ich bin einfach nur eine clevere, intelligente Frau, die sich außerdem noch zu wehren weiß. Das muss man bei dir auch, ansonsten wird man untergebuttert. Und jetzt komm endlich, wir müssen hoch!«

»Moment mein Schatz, ist dir gerade aufgefallen, dass du wie ein Ruhrgebietsler gesprochen hast, ich meine mit den Wörtern >Klappe< und >untergebuttert<?«

»Nein, das ist mir nicht aufgefallen. Aber wenn man schon so lange mit einem Typ zusammengelebt hat, der nicht richtig deutsch sprechen kann, dann ist es doch ganz normal, dass sich irgendwann auch etwas auf die intelligenteste Frau überträgt.

Und das, obwohl ihr das wie gerade in meinem Fall überhaupt nicht recht ist. Denn genau genommen möchte ich mich nicht dermaßen ausdrücken, wie du das so gerne machst.«

»Deine Aussage, dass ich die deutsche Sprache nicht beherrsche, habe ich jetzt so was von überhört, das glaubst du gar nicht. Aber etwas will ich dir trotzdem noch mit auf den Weg geben. Du findest das immer toll, wenn jemand mit seinem Hamburger Dialekt daherredet, aber bei einem Ruhrgebietsler sprichst du von schlechtem Deutsch, sehr seltsam.«

»Das ist doch keineswegs miteinander vergleichbar, was soll das jetzt? Hamburger Dialekt ist Kultur, das willst du doch wohl nicht mit deinem Ruhrgebietsdeutsch vergleichen.«

»Jetzt reicht es mir langsam. Ich glaube, ich muss dich mal auf etwas aufmerksam machen, was dir offenbar gerade entfällt. In Hamburg leben nicht einmal zwei Millionen Menschen, im Ruhrgebiet dagegen mehr als zehn Millionen. Du hast recht, das kann man wirklich nicht miteinander vergleichen. Aber anders, als du vielleicht denkst. Obwohl mir das Hamburger Platt gut gefällt, stehe ich natürlich auch zu meiner Heimatsprache.«

»Du Dusel, das ist keine Heimatsprache. Die Sprache ist deutsch, das andere ist nur ein Dialekt. Damit meine ich aber nur den Hamburger Dialekt, das im Ruhrgebiet ist einfach nur eine schlechte Aussprache.

Halt, ich muss mich korrigieren. Das echte Ruhrgebietsdeutsch ist allerdings auch ein Dialekt. Nur sprichst du diesen Dialekt nicht, du sprichst streng genommen nur schlechtes Deutsch.«

»Was soll denn das nun wieder, wieso spreche ich kein Ruhrgebietslerdeutsch.«

»Du hast mich falsch verstanden, du sprichst schon >Ruhrgebietslerdeutsch<, nur das ist eher deine Interpretation des Ruhrgebietsdeutsch. Das hat nur nichts mit diesem Dialekt zu tun.

Allerdings spricht man hier definitiv von Regiolekt, denn die Aussprache innerhalb des Ruhrgebietsdeutsch unterscheidet sich noch je nach Region im Ruhrgebiet.

So, nun habe ich das Mal so gemacht wie du sonst immer, weit vom Thema abgewichen, denn eigentlich haben wir über etwas Anderes gesprochen.«

»Jetzt bist du aber richtig gemein zu mir, das hätte ich wirklich nicht von dir gedacht.«

»Wieso, du willst dich doch immer korrekt und logisch ausdrücken, also mach ich das für dich einmal. Ich gebe dir jetzt noch ein Beispiel, aber dann reicht es. Danach will ich nichts mehr davon hören. Also pass auf!

Du würdest beispielsweise sagen: >Mathilda, meine Süße, sei ruhig und hol mir mal 'nen Kaffee!<. Jemand aus dem Ruhrgebiet, der diesen Dialekt aber im Gegensatz zu dir aussprechen kann, würde sagen: >Eh, Rotzige, halt die

Klappe und hol mich ma' 'nen Kaffee!<. Verstehst du nun den Unterschied?

Obwohl, wenn du dir erlaubst, so mit mir zu sprechen, dann mach ich dich aber lang!

So, jetzt ist wirklich Schluss. Entweder sagst du mir nun, was du mir schon seit einer Viertelstunde erläutern willst oder ich gehe sofort ins Haus. Du kannst ruhig derweil den Nachbarn ein bisschen zuwinken.«

»Aha, reden wir dann im Hausflur weiter? Deine bestimmt scherzhaft gemeinte Aufforderung, den Nachbarn zuwinken, habe ich einfach mal überhört!«

»Du, jetzt höre aber auf! Und nun komm endlich heraus mit der Sprache.«

»Ja, das mache ich jetzt. Auf hamburgerisch oder auf Ruhrgebietslerdeutsch, wie hättest du es denn gerne?«

»Mann, hörst du damit auf! Das heißt nicht >auf hamburgerisch<, in diesem Fall spricht man von einem Hamburger Dialekt und >Ruhrgebietsler< gibt es auch nicht im Duden. In diesem Fall heißt das Ruhrgebietsdeutsch. Außerdem, nun sei nicht so großspurig, als ob du irgendeinen der beiden Dialekte beherrschen würdest.«

»Aber Mathilda, ich muss doch bitten! Das kannst du doch ...«

»Schluss jetzt Karl-Gustav, nun beginn augenblicklich! Das ist die letzte Aufforderung. Oh nein, schau mal die Hausfront empor! In drei Wohnungen stehen schon die Nachbarn am Fenster und beobachten uns. Jetzt leg endlich los!«

»Gut, ich fasse mich auch kurz. Ich wollte dir eigentlich nur sagen, dass ...«

»Karl-Gustav, dann wäre es sicherlich das erste Mal in deinem Leben. Ich meine, dass du dich kurzfassen kannst.«

»Du, lass das! Nun möchte ich endlich zu Ende folgern, sonst wird das heute nichts mehr. Also noch einmal, ich wollte dir etwas über den Beruf der Chefsekretärin erzählen, insbesondere denke ich dabei natürlich an deine liebe Ulrike, denn es sind zum Glück nicht alle Chefsekretärinnen so wie Ulrike. Also, nun pass einmal gut auf, denn derartige kniffflige Erkenntnisse kannst du nur von mir erfahren.«

»Karl-Gustav, hast du in deinem Leben schon einmal den Beruf einer Chefsekretärin ausgeübt oder weshalb glaubst du, dass du dich da auskennst? Ich meine, das wäre dir natürlich zuzutrauen, denn du scheinst ja alles schon einmal in deinem Leben gemacht zu haben oder täusche ich mich da?«

»Deine Ironie überhöre ich einfach und kläre dich auf. Natürlich kann bei dir der Eindruck entstehen, dass ich alles schon irgendwann einmal gemacht habe, weil ich wirklich schon eine Menge geleistet habe. Und in eine Thematik, mit der ich bisher nicht in Berührung gekommen bin, kann ich mich natürlich dank meiner hervorragenden Intelligenz und meines ausgesprochen guten Einfühlungsvermögens blitzschnell hineindenken.

Aber das hast du dir doch bestimmt insgeheim auch gedacht, da bin ich mir ganz sicher. Du wolltest das bestimmt nicht so deutlich sagen, da verstehe ich dich vollkommen. Das ist ja auch für andere deprimierend. Insbesondere natürlich für dich, das kann ich wirklich verstehen.«

»Nein, drehst du jetzt völlig am Rad? Komm wieder zurück auf den Boden der Tatsachen. Du hast doch bisher in deinem Leben hundert Sachen angefangen und nichts Gescheites vollbracht, geschweige denn zu Ende gedacht oder getan.«

»Nun bist du wieder hundsgemein zu mir. Das kann ich aber nicht annähernd so stehen lassen. Jetzt muss ich doch mal Tacheles reden! So geht das doch wirklich nicht, denn da ...«

»Karl-Gustav, da muss ich mal kurz dazwischen gehen, ausnahmsweise einmal. Zumal ich dich gewiss nicht wie einen Hund behandelt habe oder siehst ...«

»Ach, ausnahmsweise? Du gehst doch immer dazwischen, zumindest wenn ich rede. Und das mit dem Hund ...«

»Du! Pass nun gut auf! Aber lassen wir diese Diskussion jetzt, dafür haben wir keine Zeit mehr. Obwohl, nur ganz kurz und unterbreche mich bloß nicht! Also, ich möchte dir noch schnell nahelegen, dass du die Sache mit dem Hund anders verstehen musst. Ich muss dir gestehen, dass ich zu einem Hund nie gemein sein könnte, bei dir ist das selbstverständlich etwas anderes, da hätte ich kaum so viel Hemmungen.«

»Was? Das kann ich aber jetzt nicht glauben! Außerdem, das war nicht ernst gemeint. Ich könnte doch zu einem Hund nicht gemein sein, aber im Gegensatz zu dir auch zu keinem Menschen. Es sei denn, sowohl ein Hund als auch ein Mensch wollen mir etwas ganz Böses antun, aber davon gehe ich gegenwärtig nicht aus.«

»Ach, warum nicht? Du bringst doch buchstäblich jeden auf die Palme, wenn du länger als zehn Minuten mit ihm zusammen warst. Da verstehe ich deine Zweifel aber nicht. Weshalb kommst du auf die Schnapsidee, dass dir keiner etwas Böses antun könnte? Zumindest in Gedanken, das wäre doch nicht unwahrscheinlich.«

»Nun hör aber mal auf! Ich bin doch wohl so was von einfühlsam meinen Mitmenschen gegenüber, das findest du doch ansonsten bei keinem Menschen.«

»Du hast recht, du bist in dieser Kategorie einzigartig.

Aber anders, als du denkst. Im Moment denke ich aber, das sollten wir später diskutieren. Wir müssen nun unsere Lebensmittel in die Wohnung tragen.

Obwohl, einen Moment, was heißt hier diskutieren, genau genommen ist das doch von vorne bis hinten eine Lobhudelei auf deine Person und deine Eigenschaften, zudem noch von dir höchstpersönlich ausgeführt.

Frei nach dem Motto, schließlich weißt du doch über dich am genauesten Bescheid. Aber wehe, du antwortest mir wieder darauf! Ich will endlich wissen, was du mir noch bezüglich Ulrike und deren Stellung als Chefsekretärin zu sagen hast. Und wehe dir, du weichst mir wieder aus!«

»Ich versuche es, wenn es mir nun auch schwerfällt, nichts mehr zu deinen Anschuldigungen zu sagen. Doch glaube mir, ich werde auf dieses Thema noch einmal zurückkommen. Ich kann das nicht so einfach hinnehmen.«

»Davon bin ich absolut überzeugt. Aber jetzt mach voran, ich werde langsam ungeduldig!«

»Na gut, dann komme ich jetzt umgehend zum Kern meiner überragenden logischen Gedanken und werde dich großzügigerweise daran teilhaben lassen. Ich werde dir nun klipp und klar, natürlich ganz kurz, mit einer präzisen Aussage alles erläutern. Ich fange auch am besten sofort an und ...«

»Das wird nun auch langsam Zeit. Jetzt stehen schon Nachbarn in fünf Wohnungen am Fenster und beobachten uns. Und noch etwas, lass dieses ewige Angeben!«

»Gut, ich beeile mich und fasse mich einmal ausnahmsweise kurz. Wie du weißt, besteht der Begriff Chefsekretärin aus dem Wort Chef und dem Wort Sekretärin. Also auf eine Formel gebracht ist das ...«

»Vielen Dank Karl-Gustav, dass du mir heute hier auf

dem Parkplatz noch eine Nachhilfestunde aus der vierten Schulklasse spendierst. Wirklich, vielen Dank.«

»Meine liebe Mathilda, lass mich doch einmal aussprechen! Manchmal muss man etwas mit den Erklärungen ausholen. Und zwar deshalb, damit die erläuterte Thematik hinterher jeder verstanden hat. Besonders bei dir ist das doch meistens angebracht. Es wird ...«

»Wie bitte, was soll das denn heißen? Willst du damit andeuten, dass ich geistig nicht so richtig auf der Höhe bin? Erklärst du mir noch die Funktion einer Dampfmaschine, bevor du mir sagen kannst, dass wir morgen mit dem Intercity nach Hamburg fahren? Ja, ist das so?«

»Mathilda, ganz ruhig! Übrigens, wenn ich an unserem Haus hochschaue, zähle ich schon sechs Familien, die an den Fenstern stehen und uns beobachten.«

»Meinetwegen! Sagst du mir denn Bescheid, wenn gleich alle Nachbarn an ihren Fenstern stehen?«

»Aber natürlich Mathilda.«

»Pass auf!«

»Na gut, dann führe ich jetzt umgehend meine angedachten Erläuterungen weiter fort. Dass der Begriff Chefsekretärin aus den Wörtern Chef und Sekretärin zusammengesetzt ist, weißt du hoffentlich mittlerweile.«

»Du! Karl-Gustav, lass das!«

»Warte doch, ich mache nun weiter. Das impliziert eindeutig, dass es sich hier um eine Sekretärin handelt, die für ihren Chef zuständig ist. Es bleibt aber von der Berufsbezeichnung eine Sekretärin.«

»Mann oh Mann, Karl-Gustav, hoffentlich legst du bald einen Zahn zu.«

»Geduld liebste Mathilda, schließlich musst du das auch verstehen. Nur damit es da keine Missverständnisse gibt und besonders, damit du das auch verstehst, werde ich so deutlich.«

»Ich werde dir gleich deutlich, aber anders, als du dir das vorzustellen vermagst. Nein, nun stehen schon sieben Nachbarn mit ihren Familien vor dem Fenster und schauen auf uns. Jetzt mach bloß voran!

Ansonsten gehe ich ins Haus und du kannst unserem Auto einen Vortrag halten. Möglicherweise macht dir das aber gar nichts aus, wahrscheinlich würdest du das noch nicht einmal bemerken, wenn ich hier nicht mehr bei dir stehen würde.«

»Mathilda, jetzt reicht es aber. Nun, nachdem ich das schon ansatzweise für dich begreiflich dargestellt habe, kann ich jetzt zu dem Kern meiner fundamentalen Erkenntnis kommen. Ich hoffe mal, du verstehst das auch?«

»Du, noch so eine Bemerkung und ich würge dich hier vor den Nachbarn!«

»Ist schon gut. Ich verstehe aber gar nicht, warum du auf einmal so gereizt bist. Ich versuche dir hier schonungsvoll und einfühlsam wichtige Erkenntnisse näherzubringen, trotzdem bist du so grantig. Das kann ich nicht nachvollziehen.«

»Du, was meinst du denn hier mit >auf einmal<? Du stammelst hier schon eine halbe Stunde herum und glaubst, du müsstest einem Analphabeten das ABC erklären. Gleich werde ich aber ungemütlich.«

»Schatz, da staune ich aber, dass du dich auch selbst so einstufst. Wirklich, das ist schon bemerkenswert.«

»Sag mal, bist du eigentlich total bekloppt? Mach mich nicht vollends sauer und komm endlich >zu Potte<.«

»Schatz, das war gut. Hast du bemerkt, dass du wieder wie ein Ruhrgebietsler gesprochen hast.«

»Wenn du jetzt nicht voranmachst, ertränke ich dich

gleich in der Ruhr. Hör auf damit, ich warne dich! Nein, nun stehen schon acht Familien vor den Fenstern. Ach du meine Güte, nun fehlt nur noch eine Familie und dann stehen alle an ihren Fenstern und schauen uns zu.«

»Schatz, jetzt hast du dich aber verzählt. Es wohnen zehn Familien in diesem Haus. Das hätte ich aber nicht gedacht, dass du zusätzlich zu deinen grammatikalischen Schwächen auch mit dem Zählen solche Probleme hast.«

»Was? Gleich raste ich völlig aus! Wie blöd bist du denn? Die zehnte Familie sind doch unweigerlich wir. Und der Kerl meint, er kann logisch denken. Das ist doch wohl ein Witz!«

»Oh Schatz, du hast mich jetzt auf dem falschen Fuß erwischt. Aber ich hoffe doch stark, dass du daraus keine falschen Schlüsse ziehst. Auch so ein Genie wie ich kann doch mal einen Gedankenfehler erzeugen oder etwa nicht?«

»Hör zu, du Genie, ich erzeuge dich gleich! Das ist jetzt wirklich die allerletzte Aufforderung, deinen Satz nun zu Ende zu bringen. Los jetzt!«

»Ganz ruhig, nicht gleich wieder grantig werden, ich bin empfindlich. Dann mach ich mal weiter. Das heißt, wenn ich darf? Nachdem du verstanden hast, ich hoffe es zumindest, dass eine Chefsekretärin eine Sekretärin des Chefs ist, haben manche Sekretärinnen, insbesondere deine liebe Ulrike, zumindest sehe ich das so, Schwierigkeiten mit der Reihenfolge der Wörter. Da das erste Teilwort >Chef< ist, nehmen diese Personen wie Ulrike das wörtlich und führen sich auf wie Chefs.

Damit will ich nicht behaupten, dass alle Chefs sich so großkotzig und überheblich aufführen wie Ulrike, aber manche Sekretärinnen vergessen oft, dass auch eine Chefsekretärin in erster Linie eine Sekretärin ist.

Meine Erfahrung sagt mir, je weniger die sogenannten Chefs zustande bringen und je geringer ihre Persönlichkeit entwickelt ist, umso mehr lassen sie den Schlips heraushängen, wie man so schön sagt. Und das passt jetzt analog zu einer Chefsekretärin. Das heißt natürlich, nur für solch einen Typus wie Ulrike.«

»Ich bitte dich, so eine ist doch meine liebe Ulrike nicht. Dafür ist sie viel zu bescheiden und zurückhaltend. Nein, das siehst du aber völlig falsch. Sie sieht diese Aufgabe wie die alten Latiner, das heißt als Diener. Sekretär kommt von Dienen, also quasi eine Chefdienerin. Das ist das Credo von Ulrike, ganz bestimmt.

Sie sieht sich als eine Person, die wichtige Aufgaben für ihren Chef übernimmt und somit seine rechte Hand, natürlich nur, was die Organisation betrifft, darstellt. Nein Karl-Gustav, da muss ich dir voll und ganz widersprechen. So einen Typus, den du ihr zugedacht hast, verkörpert meine Ulrike nicht.«

»Mein Schatz, das ist wirklich ehrenwert, dass du dich so für diese Ulrike einsetzt und ihr einen dermaßen untadeligen Charakter zusprichst. Aber glaube mir, ich habe da meine Erfahrungen.«

»Ich verstehe dich nicht so richtig. Im Moment frage ich mich, woher du diese Erfahrungen haben könntest. Auf jeden Fall wohl kaum durch deinen Beobachterstatus, aber das lass ich mal dahingestellt.

Abgesehen davon liegst du bei Ulrike völlig falsch und ich finde das auch unverschämt von dir, so etwas über Ulrike zu äußern. Du hast sie erst zwei Mal gesehen, davon einmal auf dem Flur, wobei du sie fast umgerannt hast, und nun tätigst du diese Aussage. Das macht mich ehrlich gesagt wütend. Ich will auch nun nichts mehr von dir hören, für heute hast du mich genug genervt.«

»Wenn du meinst! Hören wir mal damit auf und gehen ins Haus. Ich brauche auch sofort eine Flasche Bier. Nach den vielen Erklärungen, die ich heute tätigen musste, habe ich einen ganz trockenen Hals.«

»Weißt du was, ich bekomme gleich einen dicken Hals, wenn ich mir dein Gequatsche noch länger anhören muss. Schluss jetzt, wir nehmen nun die Einkaufstaschen und gehen in unsere Wohnung.«

»Au Schatz, wenn ich hier so in die Taschen schaue, da fällt mir etwas auf, aber etwas Unangenehmes.«

»Wieso, was denn?«

»Schatz, wir müssen noch einmal in die Stadt fahren und etwas einkaufen. Und nur deshalb, weil das bei dir immer so lange dauert, bis du mich endlich verstanden hast. Von deinen ständigen Unterbrechungen will ich gar nicht mehr reden. Das haben wir nun davon!«

»Reiß dich zusammen und komm mir nicht so blöd! Und jetzt sag mir sofort, warum wir noch einmal einkaufen müssen. Ist dir noch etwas Wichtiges eingefallen? Haben wir etwa nicht mehr genug Bier im Haus?«

»Ich weiß nicht, ob es noch genug Bier im Haus gibt. Da du so einen guten Draht zu den Nachbarn hast, könntest du bei ihnen einmal nachfragen. Ich habe auf jeden Fall noch genug Bier in unserer Wohnung, falls du das meinst.«

»Du, nun spiele hier nicht den Überschlauen und Pinge- ligen. Nun sag schon, warum müssen wir noch einmal einkaufen fahren?«

»Das muss ich dir auch sagen, liebste Mathilda, denn durch dein stundenlanges Gequatsche, und dabei hast du mich leider nie ausreden lassen, aber das sagte ich bereits, ist jetzt der Fisch aufgetaut und wir können ihn nicht wieder einfrieren.«

»Dann lassen wir das eben. Folglich isst du einfach heute den ganzen Tag Fisch, so! Außerdem, was soll das? Wieso habe ich lange gequatscht? Du willst mir doch dauernd etwas über Ulrike erzählen und kommst einfach nicht weiter. Fängst auch immer wieder an und hörst mitten im Satz auf.

Ehrlich, das ist für mich unverständlich. Du erzählst nun schon eine halbe Stunde hier auf dem Parkplatz etwas über unsere liebe Nachbarin Ulrike und findest kein Ende.

Du hast mir eigentlich noch nichts Wesentliches über unsere außerordentlich nette Nachbarin Ulrike erzählt, außer dass sie arrogant sein soll. Aber so bist du eben. Du redest eine halbe Stunde und hast dabei gewissermaßen nichts gesagt. Und noch etwas, sage bloß nicht noch einmal >liebste Mathilda< zu mir, sonst ist aber was los!

Eine Frage habe ich doch noch. Warum bist du eigentlich kein Politiker geworden? Du bist auf jeden Fall schon auf einem guten Weg dorthin. Nur mit dem Unterschied, dass die noch länger reden können und am Ende ebenfalls nichts Wesentliches gesagt haben.«

»Du, erreg mich nicht, sonst muss ich ...«

»Karl-Gustav, das mach ich wirklich nicht hier auf dem Hof, auf keinen Fall. Sieh mal, fast jeder Nachbar aus unserem Haus steht immer noch vor dem Fenster und schaut auf uns. Was die sich jetzt wohl alle denken?«

»Das ist mir genau genommen egal, aber um noch einmal auf mein angeblich langatmiges Erzählen zurückzukommen, dazu muss ich dir etwas erklären.«

»Nein Karl-Gustav, das reicht nun! Ach, schau mal da oben rechts. Da steht nun auch unsere liebe Ulrike am Fenster. Da winke ich doch schnell, das ist aber schön.«

»Das reicht mir jetzt, ich gehe ins Haus. Viel Spaß noch

mit deiner Ulrike.«

Karl-Gustav hatte nun wirklich genug und ging auf die Haustür zu. Allerdings versäumte er es geflissentlich, auch nur eine Einkaufstasche mitzunehmen. Das konnte natürlich seine liebe Frau so nicht durchgehen lassen.

»Eh, du Rüpel, komm sofort wieder zurück! Soll ich etwa allein die vielen Taschen in unsere Wohnung tragen?«

»Warum nicht, dabei könntest du dich abreagieren und vielleicht kommst du dann auch wieder zur Besinnung.«

»Wie, zur Besinnung? Was meinst du denn damit? Willst du damit andeuten, dass ich nicht bei Sinnen bin?«

»Mathilda, ich bitte dich! Ich wollte dich nur zum Nachdenken animieren. Vielleicht begreifst du dann, wie wichtig ich für dich bin.«

»Ach nee, warum solltest du für mich wichtig sein? Was habe ich denn streng genommen an dir? Einen ständigen Nörgler, der immer über die Nachbarn quatscht und sie teilweise im Flur anrempelt. Dazu lässt du dich den ganzen Tag von mir bedienen und spielst den Beobachter, das heißt den Nachbarbeobachter. Obendrein lässt du mich auch noch die schweren Einkaufstaschen in die Wohnung schleppen.

So, nun reicht es mir endgültig. Jetzt kannst du aber alle Einkaufstaschen allein hochtragen oder die bleiben hier auf dem Parkplatz stehen, so! Ich gehe augenblicklich nach oben und ruhe mich ein bisschen aus.«

Das machte Mathilda auch. Sie nahm ihre Handtasche und ging mit zornigem Blick, allerdings ohne Karl-Gustav noch einmal anzusehen, zur Haustür. Sie brauchte allerdings fast genauso lange wie vorher Ulrike, um den richtigen Schlüssel zu finden und die Tür aufzuschließen.

Weil ihr Zorn auf Karl-Gustav augenscheinlich nicht gänzlich verflogen war, ließ sie, als sei die Missachtung noch nicht genug, auch noch die Haustür direkt vor die Nase Karl-Gustavs, der sich inzwischen mit fünf Einkaufstaschen mühsam dorthin geschleppt hatte, wieder zufallen.

Nun kam allerdings auch Karl-Gustav leicht in Rage. Jetzt durfte er die Taschen wieder auf den Boden stellen, mühsam seinen Haustürschlüssel aus der Hosentasche kramen und zu guter Letzt die Tür aufschließen. Obwohl er zum Aufschließen nicht so lange benötigte wie Mathilda oder gar Ulrike, er hatte allerdings nur zwei Schlüssel an seinem Schlüsselbund, war er trotzdem stark genervt.

Mit Mühe und Not schaffte er es die fünf Taschen auf einmal in die Wohnung zu tragen, die er dann alle in der Küche abstellte. Anschließend nahm er sich eine Flasche alkoholfreies Bier aus dem Kühlschrank und setzte sich auf den Balkon.

Ob Mathilda noch die Sachen einräumte, das kümmerte ihn nicht. Die nächste Stunde war folglich erst einmal Eiszeit zwischen Mathilda und Karl-Gustav.

Irgendwann kam sie aber doch auf Karl-Gustav zu.

»Wirst du dich denn heute noch einmal nützlich machen. Ja, Karl-Gustav, wäre das möglich? Allerdings, was heißt denn hier >noch einmal<, du hast dich doch noch nie nützlich gemacht. Solltest du das aber ausnahmsweise einmal vorhaben, wäre jetzt ein guter Zeitpunkt, denn jeden Moment kommen die Nachbarn zum Kaffeetrinken und der Tisch muss noch gedeckt werden.«

»Aber natürlich, meine Liebste,« und brachte sich sofort in Deckung, weil Mathilda nach etwas gesucht hatte, womit sie nach ihrem Mann werfen kann.

Aber das verstand Karl-Gustav nun gar nicht.

»Das ist mir aber jetzt rätselhaft, mein Schatz, dass du so überreagierst. Ich habe schließlich nicht >meine liebste Mathilda< gesagt, was du so gerne hörst.«

»Du, gleich bin ich wieder sauer! Bereite lieber den Kaffeetisch vor, sonst wird es nachher schwierig, wenn alle Nachbarn schon am Tisch sitzen.«

»Ist ja gut, wird prompt erledigt.«

Karl-Gustav ging nun tatsächlich in die Küche und half Mathilda das notwendige Geschirr für den Kaffeetisch ins Wohnzimmer zu tragen und bereitete alles für den Nachmittag mit den Nachbarn vor.

Karl-Gustav war gerade mit den Vorbereitungen fertig, da klingelte es. Mathilda ging sofort zur Tür und öffnete sie.

»Hallo ihr beiden, ihr seid aber pünktlich«, empfing Mathilda lächelnd das Ehepaar Clara und Fritz Krimer aus der dritten Etage.

»Sind wir die Ersten?«, wollte da fast ein bisschen schüchtern Clara Krimer wissen.

»Ja schon, aber kommt doch herein! Die anderen werden bestimmt auch jeden Moment kommen.«

Sie hatte das noch nicht ganz ausgesprochen, da kamen schon die Nachbarn aus dem Erdgeschoss die Treppe hoch. Während Mathilda mit der Familie Krimer ins Wohnzimmer ging, empfing Karl-Gustav den mürrischen >Stinkefritze-Otto<, so wie Karl-Gustav Herrn Otto Schmidtts, den Bewohner aus dem Erdgeschoss unten links, immer nennt, und die Nachbarn aus dem Erdgeschoss rechts, Familie Wolland. Hier handelte es sich um Sarah und Friedrich Wolland mit ihren vier Kindern.

»Kommt herein! Schön, dass ihr es einrichten konntet.« Während Karl-Gustav Familie Wolland begrüßte, ließ er die hübsche, schwarzhaarige Nachbarin, Sarah Wolland, nicht aus den Augen und strahlte sie an. Das bemerkte auch ihr

Mann Friedrich, der daraufhin überhaupt nicht strahlte. Karl-Gustav gab ungeachtet dessen ihm sowie den anderen die Hand und führte sie ins Wohnzimmer.

Hier gab es noch einmal ein großes >Hallo<, sowohl von Mathilda an Familie Wolland als auch von diesen zu den Nachbarn, die schon am Tisch saßen.

Mathilda und Karl-Gustav hatten einen Tisch für sechzehn Personen vorbereitet, hier sollten die Erwachsenen sitzen. Weil die Kinder normalerweise gerne unter sich sein möchten, wurde zusätzlich noch ein Tisch etwas abseits von dem großen Tisch für sechs Kinder vorbereitet.

Familie Wolland und Herr Schmidtts hatten sich noch nicht ganz gesetzt, da schellte es erneut. Nun ging wieder Mathilda zur Tür und nahm die nächsten Gäste in Empfang. Karl-Gustav stellte währenddessen schon mehrere Kuchen, die hatte Mathilda heute Morgen noch gebacken, und vier Kaffeekannen auf den Tisch.

Als Mathilda die Tür öffnete, standen da etwas schüchtern die Nachbarin von nebenan und ihre zwei Mädchen Veronika und Sabine, elf und vierzehn Jahre alt, vor der Tür. Die Kinder waren allerdings nicht so schüchtern wie ihre Mama und stürmten nach einem freundlichen >Hallo< sofort an Mathilda vorbei in die Wohnung.

»Veronika, Sabine, was soll das denn? Könnt ihr nicht warten?«

»Ach, ist schon gut. Übrigens, ich bin die Mathilda.«

»Hallo, ich bin die Margarethe.«

»Hallo Margarethe, komm herein, es sind schon fast alle da.«

Mathilda und Margarethe waren noch nicht ganz im Wohnzimmer angelangt, da klingelte es wieder. Karl-Gustav ging zur Tür und Mathilda begleitete währenddessen Margarethe ins Wohnzimmer. Veronika und Sabine brauchte sie nicht zu zeigen, wo sie sich hinsetzen können, die saßen schon bei den vier Kindern von Familie Wolland und unterhielten sich sofort angeregt.

Die vier Kinder von Clara und Fritz Wolland waren zwischen neun und fünfzehn Jahre alt und passten somit gut zu den Kindern von Margarethe. Da auch die beiden Mädchen Judith und Susanne mit zwölf und fünfzehn Jahren ziemlich mit dem Alter von Veronika und Sabine übereinstimmten und dazu alle vier sehr umgängliche Kinder waren, machten sie sich für die Erwachsenen kaum bemerkbar. Die beiden Jungen der Familie Wolland, also Jonas und Mark, neun und zehn Jahre alt, waren altersbedingt auch nicht so weit weg, auf jeden Fall nicht von Veronika, sodass alle sechs Kinder gut harmonierten.

Im Gegensatz zu den Erwachsenen, denn hier harmonierte es nicht so vortrefflich wie bei den Kindern. Gravierend sollte sich das aber erst etwas später herausstellen.

Nachdem Karl-Gustav inzwischen die Wohnungstür geöffnet hatte, sah er mit einem Blick, dass nun auch die restlichen Nachbarn – außer Ulrike, die hatte zum Glück heute keine Zeit – vor der Tür standen.

Er begrüßte mit freundlicher Miene nacheinander das Ehepaar Hans und Lucia Fitzen aus der ersten Etage, beides starke Raucher, was Karl-Gustav schon am ersten Tag leidvoll erfahren musste, danach das Ehepaar aus der dritten Etage, Familie Kallin, die leicht schwerhörig waren und direkt über ihnen wohnten sowie das Ehepaar Cornelius aus der vierten Etage, so um die siebzig Jahre alt und noch sehr rüstig. Familie Kallin hatte erfreulicherweise, anders als Karl-Gustav gestern noch befürchtete, ihre Hunde in ihrer Wohnung im dritten Obergeschoss gelassen.

Nachdem Karl-Gustav die Ehepaare Cornelius, Kallin und Fitzen – Letztere konnte man aber an ihrer Kleidung im Gegensatz zu dem >Stinkefritze< aus dem Erdgeschoss nicht anmerken, dass sie starke Raucher waren – begrüßt und die Nachbarn ins Wohnzimmer geleitet hatte, wollte er sich sofort an den Tisch setzen.

»Wir sind vollzählig Mathilda, es sind alle hier, außer deine Ulrike.«

»Karl-Gustav, lass das! Sie ist nicht meine Ulrike und außerdem sind wir noch nicht vollzählig.«

Karl-Gustav wollte gerade etwas erwidern, da schellte es tatsächlich noch einmal und Mathilda, die wieder zur Tür ging, kam kurz darauf mit den beiden Homosexuellen aus der vierten Etage, Herrn Martin Kugler und Herrn Wolfgang Wilken, wieder ins Wohnzimmer zurück.

»Stimmt, die beiden habe ich ganz vergessen«, murmelte Karl-Gustav vor sich hin. Dieses aber nicht, weil er sie nicht mochte oder etwas gegen Homosexuelle hatte. Nein, er hatte sie einfach nur vergessen. Er fand sie zudem sehr sympathisch, da beide Karl-Gustav immer überaus freundlich grüßten und ihm auch sehr hilfsbereit schienen.

Nun ja, was man nach so kurzer Zeit alles feststellen kann. Andererseits musste er sich sagen, dass er schließlich ebenfalls sehr schnell, in diesem Fall genau nach zwei Begegnungen, sofort erkannt hatte, was für eine unmögliche Person diese Ulrike Gröberlein ist.

Nun hielt Mathilda eine kurze Ansprache.

»Liebe Nachbarn, wir freuen uns sehr, dass ihr wirklich alle, bis auf Ulrike, unserer Einladung zum Kennenlern-Kaffeetrinken habt folgen können. Ich möchte keine große Rede halten, wir werden uns bestimmt noch im Laufe des Nachmittags kennenlernen. Ich bin übrigens die Mathilda und mein Mann ist der Karl-Gustav. Ich hoffe mal, dass für jeden der Kuchen dabei ist, der ihm auch schmeckt. Guten Appetit.«

Nun begann eine zwanglose Unterhaltung, währenddessen alle Gäste sich eifrig an verschiedenen Kuchen bedienten, es schmeckte anscheinend auch allen Gästen. Auch die Kinder hatten viel Spaß, denn man hörte sie beim Kuchenessen oft lachen. Zwischendurch wurde auch über das Parkplatzproblem geredet, was alle Hausbewohner betraf. Insbesondere darüber, dass diese Parkplätze vor dem Haus für die einzelnen Autos einfach viel zu eng geschnitten sind.

Es wären viele große Autos in diesem Haus im Umlauf und so würde es manchmal schon ganz schön knapp. Besonders, wenn weitere Nachbarn so parken wie Ulrike. Aber das dachte sich Karl-Gustav nur, er sagte es nicht laut. Daher blieb es noch bei einer ziemlich gelösten Stimmung.

Diese lockere und herzliche Stimmung schien Friedrich plötzlich nicht mehr zu gefallen, denn auf einmal wurde er etwas lauter.

»Hör mal! Eh, du, guck mich an, wenn ich mit dir spreche! Kannst du nicht woanders hingucken, hier sind doch wohl genug Personen im Raum. Du musst doch nicht immer auf ein und dieselbe Person starren, hast du gehört. Ansonsten werde ich gleich ungemütlich!«

»Was hast du denn vor, frage ich dich mal vorsichtig? Ich mach eigentlich gar nichts, ich gucke nur. Außerdem schaue ich zu jedem Einzelnen, schließlich muss ich mir alle Gesichter einprägen. Nicht, dass ich in der Stadt an allen Nachbarn vorbeigehe, weil ich niemanden erkannt habe. Das ist doch wohl logisch oder nicht? Ich weiß nicht, was dich nun bedrückt?

Ich muss dich aber ansonsten darauf aufmerksam machen, dass es dich einen feuchten Kehricht angeht, wo ich hinschaue. Oder gibt es hier in diesem Haus eine Hausordnung, die das verbietet? Doch wohl eher nicht.

Ich muss dich auch noch auf etwas anderes aufmerksam machen. Drohe mir nicht, darauf reagiere ich im Allgemeinen allergisch. Ich will da jetzt mal >Gnade vor Unrecht< ergehen lassen, schließlich soll das eine gemütliche und angenehme Kennenlernfeier sein, aber bitte rede nicht noch einmal in diesem Ton mit mir.«

»Hör zu, du Typ, wenn du nicht gleich woanders hinschaust, drohe ich dir wirklich nicht mehr, denn dann gibt es was auf die Nuss. Hast du mich jetzt verstanden?«

»Aber Friedrich, was machst du denn da? Wieso drohst du Karl-Gustav so primitiv?«

»Ja siehst du denn nicht, wie der dich die ganze Zeit anstarrt? Der ist scharf auf dich!«

»Friedrich, wie redest du denn hier vor den Kindern? Bitte, lass das!«

»Außerdem, wenn ich mal etwas einwerfen darf. Sarah sieht nun mal hinreißend aus, mit ihrer tadellosen fraulichen Figur, den schönen, langen, schwarzen Haaren und ihrem hübschen Gesicht. Und dazu noch diese großen, dunklen Augen, sie ist fürwahr ein Blickfang hier in diesem Raum.«

»Was? Karl-Gustav, was soll das? Du hast natürlich recht, Sarah sieht wirklich sehr gut aus. Aber ich dachte, ich würde für dich auch gut aussehen. Ich habe doch auch schwarze Haare und große, dunkle Augen und eine frauliche Figur.«

»Da hast du recht, liebste Mathilda, ich habe aber auch nicht das Gegenteil behauptet, da ich ja von Sarah gesprochen habe. Andererseits, wenn du dich schon ins

Gespräch bringen musst, hast du aber keine langen Haare mehr, seitdem du sie vor drei Monaten abgeschnitten hast. Und das, obwohl du doch genau wusstest, dass ich eine Vorliebe für lange Haare habe.«

»Na schön, aber das lässt sich doch wieder ändern. Ich wusste wirklich nicht, dass das für dich dermaßen wichtig ist. Und ein hübsches Gesicht und eine gute frauliche Figur habe ich doch wohl auch?«

»Schatz, du hast wirklich ein hübsches Gesicht, ob deine frauliche Figur aber noch der Weisheit letzter Schluss ist, zumindest für mich, sei mal dahingestellt. Da könnten doch gut und gerne zehn Kilogramm abgespeckt werden. Sieh mal, du hast dir auch schon wieder vier Stückchen Kuchen gegönnt.

Na ja, aus deiner Sichtweise kannst du natürlich ruhig sagen, >man gönnt sich ja sonst nichts<.«

»Pass mal auf, du Blödmann, gleich ist hier aber was los! Und jetzt muss ich Friedrich aber mal unterstützen. Wehe, du guckst den Nachmittag weiterhin dauernd Sarah an, dann werde ich ungemütlich, hörst du!«

»Mann oh Mann, was habt ihr beiden denn, ich schaue doch nur. Und das ist laut Gesetz nicht verboten und verstößt auch nicht gegen ein Gebot in der Bibel, wenn ich mich da richtig erinnere. Vielleicht beruhigt ihr euch einfach mal.«

»Also, ich möchte eure Streitigkeiten ungern unterbrechen, aber sag mir mal Karl-Gustav, ist denn Schönheit wirklich so wichtig?«

»Lieber Martin, du hast gut reden, du stehst buchstäblich auf der anderen Seite und liebst einen Mann. Und Männer sind ja wohl von Natur aus schön, dagegen können sie sich gar nicht wehren.«

»Da hast du natürlich recht, Karl-Gustav, aber trotzdem missfällt mir, wie du meine Frau hier immer anstarrst.«

»Aber Friedrich, ich bitte dich. Sei doch froh, dass deine Frau so hübsch ist und zwischendurch von anderen Männern angeschaut wird. Das sagt dir doch, dass du alles richtig gemacht hast mit deiner Entscheidung für Sarah. Oder möchtest du lieber eine Frau haben, die völlig unattraktiv herüberkommt und nicht wie deine, also im Moment noch deine Frau, also wie Sarah.«

»Wie bitte? Was soll dieser Ausspruch >im Moment noch<? Du, gleich werde ich doch ungemütlich.«

»Ich bitte dich, das habe ich doch nur aufgrund meiner Beobachtungen gesagt, wenn ich das Verhalten von Sarah auf dein Verhalten richtig interpretiere. Ich glaube, wie lange eure Beziehung noch hält, daran bist du maßgebend beteiligt, ich doch nicht.«

»Das wollte ich dir aber auch geraten haben und hör auf zu interpretieren!«

»Mal sachte, ich war gerade noch nicht fertig mit meiner Ausführung. Das möchtest du doch auch nicht, ich meine, dass deine Frau unattraktiv ist und daher solltest du das einfach in Kauf nehmen, dass andere Männer deine Frau anstarren. Früher war das bei meiner Frau noch genauso, wirklich. Das habe ich aber ganz locker gesehen.«

»Jetzt muss ich aber einmal dazwischen gehen. Was heißt hier früher? Willst du damit sagen, dass ich gegenwärtig nicht mehr attraktiv bin und kein Mann nach mir schauen möchte?

Mach mich bloß nicht wütend! Ich könnte hundert Männer haben und nicht nur einen. Wieso ich mich ausgerechnet auf dich Ignorant festgelegt habe, ist mir zurzeit unverständlich.

Obwohl, was heißt hier festgelegt, nur der Tod ist unwiderruflich. Jetzt sei bloß vorsichtig mit deinen weiteren Äußerungen, sonst werde ich aber unfreundlich und überdenke noch einmal unsere Beziehung!«

»Oh, ich muss doch feststellen, wenn ich das einmal sagen darf, ihr geht schon ganz schön rabiat miteinander um, zumindest Mathilda mit Karl-Gustav und Friedrich mit seiner Frau Sarah. Ich bin da wirklich froh, dass ich eine andere Wahl getroffen habe.«

»Ich gib dir gleich, du schwuler Heini, wieso gehe ich mit meiner Frau grob um?«

»Doch, das machst du Friedrich, leider. Froh macht mich das bestimmt nicht. Karl-Gustav wiederum hat Mathilda nett behandelt, er hat nur seine Einstellung zur Schönheit einer Frau geschildert, so wie er das eben sieht. Gedroht hat ihm hingegen Mathilda.«

»Da hast du recht, liebe Sarah. Karl-Gustav werde ich von der Liste wieder streichen und übrig bleiben somit Friedrich und Mathilda, denn alle anderen gehen hier freundlich miteinander um. Den muffligen Herrn Schmidtts spare ich hierbei mal völlig aus, der behandelt anscheinend alle Nachbarn so unfreundlich.«

»Pass auf, du Scheiß-Schwuler, ich behandle dich gleich. Ich haue dir Blödmann gleich eins auf die Mütze. Mich hier so darzustellen, als sei ich unfreundlich, das gibt es doch gar nicht.«

»Ja aber, ich bitte Sie Herr Schmidtts, Sie sind doch schon wieder unfreundlich, zumindest zu mir.«

»Noch was Otto Schmidtts, das muss ich eben noch vorbringen. Martin hat recht, du bist wirklich der unfreundlichste Zeitgenosse auf diesem Planeten. Na ja, nach unserem letzten Hausbesitzer. Und beleidige hier nicht einen meiner Gäste derart, das verbitte ich mir. Außerdem ist Martin einer von der angenehmen Sorte Mensch, mit denen man sich gerne unterhält. Im Gegensatz zu dir!«

»Pass gut auf, du Karl-Gustav! Du Arsch mit Ohren, dich mach ich auch gleich rund.«

»Pass du mal lieber auf, dass ich dich nicht eckig mache. Dann eckst du noch mehr an als zurzeit. Natürlich mache ich das nicht jetzt, denn heute haben wir selbstverständlich eine freundliche und friedliche Kennenlernfeier! Oder vielleicht doch nicht?«

»Du hast ausnahmsweise einmal recht, Karl-Gustav, das sollte ein freundliches und harmonisches Kennenlern-Kaffeetrinken werden und war es auch am Anfang.

Entschuldige, dass ich dich vorhin so angemacht habe. Ich war wohl ein bisschen enttäuscht, wie du mich gegenwärtig wahrnimmst. Aber darüber können wir uns auch später noch einmal unterhalten.«

»Das machen wir, meine liebe Mathilda. Außerdem war das nicht böse gemeint, nur eine sachliche Feststellung. Zudem finde ich dich trotz deiner paar Pfunde, die du meiner Meinung nach zu viel hast, attraktiv und liebe dich auch.«

»Oh, ich danke dir, dann ist wieder alles gut. Das heißt, über die Pfunde müssen wir aber noch einmal reden.«

»Das finde ich großartig, dass ihr schon mal wieder nett zueinander seid und hoffentlich wird das jetzt wieder so harmonisch wie am Anfang.«

»Natürlich liebe Lisbeth Cornelius, das wird es bestimmt. Ich glaube auch, dass mein Mann jetzt noch eine Kanne Kaffee aufsetzt.«

»Aber selbstverständlich Mathilda, bin schon unterwegs.«

Dann war, während Karl-Gustav sich in der Küche aufhielt, tatsächlich für zehn Minuten eine angenehme Stimmung vorhanden, die Streithähne hatten sich vorerst beruhigt. Na ja, Karl-Gustav war auch nicht mehr in Gesprächsnähe. Als er mit zwei Kannen Kaffee wieder im Wohnzimmer erschien, glaubte Martin sich etwas von der Seele reden zu müssen.

»Vielen Dank noch mal, Karl-Gustav. Das war sehr nett, dass du uns vor diesem Grobian aus dem Untergeschoss so vehement verteidigt hast, vielen Dank. Wolfgang und ich wussten sofort nach unserer ersten Begegnung, dass du in Ordnung bist.«

»Du, das ist aber jetzt die allerletzte Warnung! Sag nicht noch einmal Grobian zu mir, sonst mache ich dich rund.«

»Sie sind wirklich ein unfreundlicher Mensch, dazu noch so ein Grobian, wirklich. Entschuldige Mathilda, wenn ich mich hier so einmische. Ich glaube, du wolltest gerade etwas sagen.«

»Das ist doch nicht schlimm, wenn du mich mal unterbrichst, liebe Lisbeth. Außerdem hatte ich noch gar nicht richtig angefangen. Karl-Gustav unterbricht mich immer, wenn ich schon tief in meinem Satzgefüge bin, leider. Da verliert man schnell den Faden.«

»Aber liebste Mathilda, du doch nicht. Wenn man dich nachts um drei Uhr wecken würde, könntest du sofort zwei Stunden ohne Punkt und Komma erzählen.«

»Karl-Gustav, normalerweise wäre ich jetzt grantig! Du hast Glück, dass wir heute so eine freundliche und harmonische Kennenlernfeier haben. Na ja, zumindest hatte ich das gedacht. Eigentlich wollte ich vorhin etwas anderes sagen, auch auf die Gefahr hin, dass dann unser unfreundlicher Nachbar aus dem Untergeschoss wieder wütend wird.

Liebe Lisbeth, du hast vollkommen recht, der Typ ist

wirklich sehr unfreundlich und jetzt droht er auch noch jedem, der seine Unfreundlichkeit bestätigt, also wirklich.«

»Hör mal zu, du blöde Schnepfe! Ich gib dir gleich, ich bin unfreundlich. Ihr seid das alle hier und ich reagiere nur auf euer plumpes Verhalten. Warum soll ich freundlich sein, wenn ihr immer so blöd zu mir seid.«

»Sag mal Schmidtts, du musst doch selbst merken, dass deine Wahrnehmung sehr seltsam ist. Gehe einmal in dich und du wirst sehr schnell auf dem Weg der Besserung sein. Das wünsche ich dir auf jeden Fall.«

»Ach, Wolfgang, hast du auch schon mitbekommen, dass dieser unfreundliche Geselle aus dem Erdgeschoss immer so stark muffelt. Siehst du Mathilda, sag ich doch und du wolltest mir nicht glauben.«

»Hört mal, ihr Scheißtypen! Ihr Vollidioten, was zieht ihr hier ab? Habt ihr mich auserkoren und wollt ihr mich nun erledigen? Da solltet ihr einmal aufpassen, dass ich euch gleich nicht erledige!«

»Aber Herr Schmidtts, hier will Sie niemand erledigen, wir sind doch alle friedliebend. Na ja, vielleicht bis auf Sie und Friedrich Wolland aus dem Erdgeschoss.«

»Das stimmt, liebe Maria. Sagt mal ihr anderen, hat das etwas mit dem Erdgeschoss zu tun? Hat der Hausverwalter die unfreundlichen Menschen alle, natürlich bis auf die liebe Sarah und ihre überaus netten Kinder, ins Erdgeschoss verfrachtet? Also, ich muss schon sagen, das war im Grunde genommen klug gedacht.«

»Ja wirklich, lieber Martin, da haben Sie recht. Das habe ich so noch gar nicht bedacht. Das war wirklich eine glückliche Fügung, diese beiden Grobiane da unten ins Erdgeschoss zu verfrachten. Sarah tut mir wirklich leid.«

»Hört mal zu, ihr schwulen Komiker, gleich mach ich

euch beide rund. Und auch du, du komische Maria, halte dich zurück! Haltet bloß euer Maul und das sage ich nicht noch einmal. Beim nächsten Mal rappelt es aber hier!«

»Du hast es heute mit dem Rundmachen, lieber Otto, dennoch muss ich dir natürlich recht geben. Wie können diese beiden unterbelichteten Typen es wagen, uns so anzugehen. Da müssen wir mal etwas dagegensetzen.«

»Genau Friedrich, das müssen wir offenbar.«

»Was habt ihr immer gegen Martin und Wolfgang. Die sind doch ausgesprochen zuvorkommend und hilfsbereit, das findet man in diesem Haus nicht noch einmal. Bis auf dich natürlich, liebste Sarah. Obwohl ich sagen muss, die anderen sind auch ganz in Ordnung, was mir bisher so aufgefallen ist. Ausgenommen natürlich dieser unfreundliche und stän- dig muffelnde Patron aus dem Untergeschoss.«

»Was? Jetzt sei aber mal ganz vorsichtig!«

»Aber Friedrich, dich habe ich nicht gemeint! Du bist doch nicht unfreundlich, du bist nur gewalttätig. Ich spreche gerade ausschließlich von unfreundlichen Personen, wie das beispielsweise der Stinkefritze-Otto nun einmal ist. Hm, >nur< ist gut. Eigentlich ist es letzten Endes wesentlich schlimmer.«

»Pass auf, ich gib dir gleich, gewalttätig! Ich kann dir gleich mal zeigen, was ich unter gewalttätig verstehe. Doch wohl nicht diese kleinen Reibereien mit Sarah.«

»Kleine Reibereien nennst du das, Papa? Du hast neulich Mama ganz schön eine geknallt. Das finde ich nicht gut.«

»Hältst du wohl jetzt deine Klappe! Na warte mal, bis wir in unserer Wohnung sind, dann setzt es aber was!«

»Was? Und du willst nicht gewalttätig sein? Da bin ich doch froh, dass ich dich geheiratet habe, mein lieber Franz, und nicht so einen gewöhnlichen Menschen wie den Herrn

Wolland.«

»Ja, wahrlich liebe Lisbeth. Mit mir hast du eine gute Wahl getroffen.«

»Jetzt fangt ihr Alten hier nicht auch noch an. Ihr lebt doch wohl in einer völlig anderen Zeit. Nun ist aber Schluss! Los Sarah, wir gehen sofort, bevor ich mich hier vergesse. Was haben wir doch für Scheiß-Nachbarn.

Hallo, gerade fällt mir auf, das lief doch bisher alles so harmonisch. Erst seit dem die beiden unterbelichteten Quengler und Nörgler hier in unserem Haus wohnen, also die Kirchhaffs, geht das so richtig los.

Obwohl, Mathilda scheint mir noch ganz in Ordnung zu sein. Du hingegen, Karl-Gustav, bist doch wirklich der Allerletzte. Das hat mir schon die Ulrike gesagt, was für ein unmöglicher Kerl du bist.«

»Sei bloß vorsichtig, du Komiker! Kannst du mir einmal erklären, was das soll? Könnte es sein, dass hier in diesem Haus eine gewisse Spannung herrscht?«

»Das stimmt, aber erst, seitdem du Blödmann hier wohnst.«

»Was soll das denn bitte? Du und der unausstehliche Typ aus dem Erdgeschoss, also der Stinkefritze-Otto, ihr habt doch schon in diesem Haus gewohnt, bevor wir hier eingezogen sind. Also, was soll das?«

»Karl-Gustav, ich bitte dich, hör nun auf damit! Das sollte hier eine Kennenlernfeier werden, eher keine >Anmachfeier<.«

»Um euch kennen zu lernen, wäre diese auch nicht notwendig gewesen. Euch kennen wir schon zur Genüge, die Ulrike hat uns alles erzählt.«

»Wie bitte, was hat die Ulrike denn gesagt?«

»Dass dein Mann ein ganz überheblicher Typ ist, dazu

auch noch rabiat. So jemanden können wir in unserer freundlichen Atmosphäre überhaupt nicht gebrauchen.«

»Das stimmt aber nicht, da habe ich ganz andere Erfahrungen gemacht. Außerdem bist du ja wohl aller Voraussicht nach der einzige rabiate Typ hier in diesem Haus. Soll ich einmal den Nachbarn meine blauen Flecken auf meinem Rücken und an meinem Busen zeigen? Ja, soll ich das einmal?«

»Pass nun auf, was du sagst und wage es nicht, dich hier auszuziehen! Und noch etwas ist mir gerade aufgefallen. Hattest du etwa gerade Erfahrungen mit diesem Typ erwähnt?«

»Ach nee, welche Erfahrungen hast du denn da gemacht?«, wollte nun auch Mathilda mit einer leicht grünlichen Gesichtsfärbung wissen.

»Das ist schnell gesagt. Höflich, zuvorkommend, nicht was ihr vielleicht gerade denkt. Obwohl, abgeneigt wäre ich da nicht.«

»Was? Gleich setzt es hier aber was, komm du mal mit den Kindern in unsere Wohnung!«

»Ach nee, brauchst du schon die Kinder, um mit mir fertig zu werden? Bisher hast du das doch lieber heimlich gemacht.«

»Moment mal, was hast du gesagt? Du willst es gerne mit meinem Mann versuchen. Untersteh dich! Ich hatte doch vorhin angedeutet, dass ich Bescheid sage, wenn ich ihn nicht mehr will.«

»Aber Mathilda, was soll das nun?«

»Karl-Gustav, du bist jetzt ruhig! Und jetzt hört mal bitte! Lasst uns doch wieder eine friedliche und freundliche Kennenlernfeier praktizieren. Vergesst das Gesagte, wahrscheinlich waren das auch alles nur Missverständnisse. Was ist, wollt ihr nicht noch Kuchen, es ist noch so viel da.«

»Ja liebe Mathilda, das ist ein gutes Wort. Das finde ich eine gute Idee, das sollten wir unbedingt machen.«

»Danke für deine Unterstützung, liebe Lisbeth. Ich muss dir unbedingt etwas gestehen. Ich finde gut, dass du dir heute dein Hörgerät ans Ohr gesteckt hast und alles mitbekommst. Allerdings wäre es heute vielleicht nicht schlecht gewesen, wenn man nichts verstanden hätte.«

»Da muss ich dir recht geben, Mathilda, leider. Lasst es uns doch trotzdem noch einmal versuchen. Kannst du mir bitte ein Stückchen Apfelkuchen auf meinen Teller legen, der schmeckt vorzüglich. Man merkt sofort, dass du noch etwas vom Backen verstehst.«

»Oh, vielen Dank Lisbeth, gerne reiche ich dir noch ein Stück Apfelkuchen.«

Anschließend wurde tatsächlich fast eine halbe Stunde in ruhigen Bahnen die Unterhaltung fortgeführt. Auf einmal ging es doch wieder los.

»Mann, Sie Flegel, was soll das? Ich wollte das letzte Stück Apfelkuchen haben. Ich hatte meine Hand schon ausgestreckt und das Stück Kuchen schon fast auf der Kuchengabel. Da greifen Sie einfach mit der Hand nach dem Apfelkuchen und nehmen mir das Stück weg.

Sie sind wirklich ein Grobian und außerdem ein unfreundlicher Typ. Wahrscheinlich noch unfreundlicher als Ihr Nachbar, der Herr Schmidtts.«

»Äh, du Scheißkerl, geh von meinem Teller weg! Was kann ich dafür, dass du so langsam bist. Jetzt ist das Stückchen Apfelkuchen auf meinem Teller und da bleibt es auch. Zumindest so lange, bis ich es aufgegessen habe, hast du mich verstanden!

Und sag nicht noch einmal, dass ich ein Grobian bin,

sonst vergesse ich aber mal meine gute Erziehung.«

»Friedrich, was soll das? Drohe hier nicht einem älteren Mann! Übrigens, von welcher Erziehung redest du da gerade? Abgesehen davon, wir waren doch gerade alle wieder so harmonisch während unserer freundlichen Kennenlernfeier. Muss das sein, konntest du dem älteren Herrn nicht das letzte Stückchen Apfelkuchen lassen? Es sind doch noch genug andere Kuchensorten da.«

»Halte dich da heraus Sarah! Der Typ kann seine Köter essen, wenn er noch Hunger hat.«

»Hören Sie mal, Sie ungeheurer Flegel, wir sind hier nicht in China. Bei uns werden keine Hunde gegessen. Sie sind nicht nur ein Grobian und unfreundlicher Mensch, Sie sind dazu noch ein richtiger Scheißtyp.«

»Das stimmt, der ist wirklich ein Scheißtyp. Mathilda und Karl-Gustav, ich bin euch so dankbar für die Einladung zu eurer Kennenlernfeier, denn dadurch haben wir erfahren, was für abartige Typen der Stinkefritze-Otto und der Friedrich Wolland in Wirklichkeit sind. Das wäre uns sonst überhaupt nicht aufgefallen.«

»Pass auf, Hans Cornelius und auch ihr, Martin oder Wolfgang, euch kann man kaum auseinanderhalten. Gleich hat aber euer letztes Stündchen geschlagen.«

»Du kannst das nicht, uns auseinanderhalten, weil dein Intelligenzquotient augenscheinlich unter sechzig liegt.«

»Aber Martin, bei diesem Intelligenzquotienten, den du dem Friedrich gerade zugewiesen hast, würde ihm nach der Einteilung der WHO eine leichte geistige Behinderung attestiert werden. Ich bitte dich!«

»Aber liebste Mathilda, das trifft bei diesem Typ doch zweifelsohne zu.«

»Pass auf, dich mach ich gleich fertig! Und wenn ich

deiner Meinung nach geistig behindert bin, würde ich sogar straffrei davonkommen. Weißt du, das wäre doch eine Überlegung wert.«

»Da liegst du aber so was von falsch Friedrich, falscher geht es nicht. Du würdest in diesem Fall in ein Heim kommen, natürlich mit Sicherheitsverwahrung, und dort auch bleiben. Wenn ich ehrlich zu mir selbst bin, gehörst du dorthin.«

»Was? Sarah, warum fällst du mir hier buchstäblich in den Rücken? Gleich nehme ich aber auf dich auch keine Rücksicht mehr und nimm dich mal ordentlich in die Mangel.«

»Genau das traue ich unfreundlichen Gewalttätern zu. Du bist echt widerlich.«

»Pass auf Fritz, ich mach aus dir gleich ein Fritzchen. Du kannst dir gar nicht vorstellen, wie klein ich dich gleich zurechtzimmern werde! Als wenn ich ein Gewalttäter wäre. Und noch etwas, deine Clara soll mich nicht immer so blöd anschauen.«

»Aber Papa, du neigst wirklich zur Gewalttätigkeit, wir haben alle Angst vor dir.«

»Das gibt es doch wohl gar nicht. Du bist ja ein Schweinehund und dazu noch ein >Kinderverprügler<, zumindest Kinder-Angstmacher. Ich bin nur unfreundlich, aber du bist ja echt abartig.«

»Was, nun auch noch du Scheißkerl von Otto. Ich dachte, wir hätten hier in diesem Haufen von Verrückten eine Sonderstellung und müssten zusammenhalten. Gleich mach ich dich auch rund.«

»Ich bitte dich, das mach ich schon. Du darfst eckig machen.«

»Das muss ich mir aber verbitten, das ist mein Privileg!«

»Stimmt Karl-Gustav, hatte ich vergessen.«

»Ich bitte euch, nun kommt wieder herunter. Ich mache euch einmal einen Vorschlag zur Güte. Was hältst du davon, Friedrich, wenn du dem Hubert die Hälfte von dem Stückchen Apfelkuchen übergibst.«

»Spinnst du Mathilda? Pass mal genau auf, was ich jetzt mache!«

Umgehend nahm Friedrich das Stück Kuchen in die Hand und stopfte es auf einmal in seinen doch recht großen Mund. Na ja, er musste noch ein bisschen nachschieben, doch es ging.

»Tja, war ein Versuch. Lieber Hubert, bitte, probiere einmal den Schokoladenkuchen, den habe ich auch selbst gebacken. Der Apfelkuchen ist nun zweifelsohne weg.«

»Ja gut Mathilda, ich probiere ihn mal.«

Danach war wieder eine Zeit lang Ruhe eingekehrt und es konnten sich alle wieder etwas gemäßigter unterhalten. Wenn man auch festhalten muss, eine gewisse Anspannung blieb bei allen vorhanden. Die vorige Schärfe in den Diskussionen war allerdings glücklicherweise, wie Mathilda fand, abhandengekommen, bis sich auf einmal Hubert Kallin zu Wort meldete.

»Liebste Maria, ich glaube, wir müssen mit unseren beiden Kleinen Gassi gehen, sonst könnte es gleich problematisch werden.«

»Ja liebster Hubert, das sollten wir machen.«

»Besonders mein Wölfi, der hält es nicht lange aus.«

»Ach, die zwei Hunde gehören zu dir Hubert? Zumindest einen habe ich gestern im Flur herumlaufen sehen.«

Das war schon etwas scheinheilig von Karl-Gustav, denn er wusste genau, wem die beiden Hunde gehörten. Da fragte sich Mathilda im ersten Moment, was ihr Mann nun wieder mit dieser Aussage bezweckte.

»Zu uns, meine Frau und ich haben jeder einen Hund.«

»Ach! Kann das sein, dass die immer in den Flur pinkeln? Das vermute ich aber jetzt ganz stark.«

»Karl-Gustav, was soll das denn?« Nun dämmerte es Mathilda langsam, was da ihr Göttergatte, na ja, oder auch nicht, jetzt bezweckte. Er wollte vermutlich seinen aufgestauten Unmut loswerden.

»Aber Mathilda, das stinkt immer so, wenn man durch den Hausflur geht.«

»Mein Hund macht so etwas nicht.«

»Werte Frau Kallin, natürlich nicht. Ich denke auch, dass ihr Mann Hubert so ein oberflächlicher Flegel ist und den Hund da immer hinmachen lässt. Er hat ihn beispielsweise gestern mutmaßlich allein im Flur herumlaufen lassen. Wer weiß, was dann noch passierte. Wahrscheinlich ist Hubert auch zu faul mit dem kleinen, armen Hund Gassi zu gehen. Ich will mal nicht hoffen, dass er selbst da hinmacht.«

Alle mussten umgehend lachen, außer Hubert Kallin, der fand das nicht so lustig.

»Ich geh gleich mit dir Gassi, du Blödmann, pass bloß auf!«

»Also, jetzt muss ich aber auch mal etwas sagen. Karl-Gustav, du könntest recht haben, das habe ich auch schon einmal bemerkt. Das ist ...«

»Pass auf Franz, ich haue dir und dem Scheißtyp von Karl-Gustav gleich eins aufs Maul!«

»Aber Hubert, nicht doch, lass diese Ausdrucksweise! Wir sind hier zu Besuch.«

»Ich bin ja schon ruhig Maria.«

»Und außerdem ist das ein Kennenlern-Kaffeetrinken, gleichwohl auch eine harmonische Kennenlernfeier. Na ja, so hatte ich mir das ursächlich gedacht. Die Harmonie ist leider irgendwie auf der Strecke geblieben.«

»Mathilda, was willst du denn? Wir lernen uns nun erst recht so richtig kennen. Also ich finde das super, denn nach unserer harmonischen Kennenlernfeier weiß jeder Bescheid, was hier so abgeht. Wir haben die Kennenlernphase gerade um mindestens fünf Jahre beschleunigt.«

»Nein Karl-Gustav! So war das absolut nicht geplant, es sollte eine harmonische Feier werden. Jetzt stellt sich die Frage, was ist das nun für eine Feier? Auf jeden Fall ist sie nicht harmonisch.«

»Das alleinige Problem ist doch, dass hier im Hause mit Friedrich Wolland und Otto Schmidtts zwei Fieslinge wohnen. Außerdem muss man zu diesen Typen noch diese Ulrike hinzuzählen, die heute zum Glück nicht anwesend ist. Alle anderen sind doch mehr oder weniger in Ordnung. Einige weniger, die meisten jedoch mehr. Auf jeden Fall mehr als ich erwartet hatte.«

»Hör sofort auf so über die Nachbarn zu reden, Karl-Gustav, während sie noch hier am Tisch sitzen.«

»Ach, aber sonst darf ich das?«

»Hör sofort auf!«

»Am schlimmsten ist allerdings diese Ulrike, dieses penetrante Weib. Streng genommen sind allerdings die beiden anderen Fieslinge hier in diesem Haus, also Otto Schmidtts und Friedrich, mindestens ebenbürtig.«

»Ich gib dir gleich, Fiesling. Gleich mache ich dich aber fertig.«

»Ich helfe dir Friedrich, man weiß ja nie. Wir sollten auf Nummer sicher gehen.«

»Da hast du recht Otto, man kann nie wissen.«

»Ich bitte euch, wir unterhalten uns doch nur und tauschen unsere Meinungen und Standpunkte aus. Ansonsten solltet ihr euch das aber überlegen, euch beide verputze ich noch vor dem Frühstück.«

»Schatz, was soll das? Hörst du mal damit auf und drohe hier nicht dem Otto und dem Friedrich. Obwohl, du hast natürlich recht. Das sind Scheißtypen und sie haben dir immerhin zuerst gedroht. Bei der Ulrike sehe ich das jedoch anders. Die ist total in Ordnung, nett und zuvorkommend.«

»Diese Meinung hast du bestimmt exklusiv, ich habe doch wohl auch bei der Ulrike recht. Erinnere dich an unsere Begegnung, bei der sie mich, schwer beladen mit einer Einkaufstasche, fast umrennt. Die Krönung war, dass sie mich anschließend noch ganz fies angemacht hatte. Und aktuell, das hast du ja gerade gehört, macht sie mich schlecht im Haus, dabei kennt sie mich erst zwei Tage und hat mich erst zweimal gesehen.«

»Manche schalten eben schnell, und bei dir ist das noch nicht einmal notwendig.«

»Du scheinst mir ein abartiger Typ zu sein. Wie kommst du eigentlich mit dem zurecht, meine liebe Sarah?«

»Meine Liebe? Ich gib dir gleich, >meine Liebe<! Ich bin deine Liebe und sonst niemand, hast du gehört!«

»Ach, lieber Karl-Gustav, manchmal ist es schwierig, aber schließlich haben wir vier Kinder. Ich benötige doch einen Ernährer.«

»Was, nur deshalb bist du mit mir zusammen? Das glaube ich aber jetzt nicht. Ich kann mich doch nur verhört haben oder?«

»Ich könnte mir schon etwas anderes vorstellen, zum Beispiel dich Karl-Gustav. Das würde mir sehr gut gefallen.«

»Hör mal zu, du aufgeblasene Tussi, gleich ist hier aber

was los! Karl-Gustav ist mein Mann und das bleibt er auch. Zumindest vorerst, bis ich mich anderweitig entschieden habe, so!

Wenn ich ihn nicht mehr will, kannst du dich ja noch mal melden.«

»Ach, stehe ich hier quasi auf Abruf bei euch beiden, das gefällt mir gar nicht.«

»Du bist eben ein Scheißtyp, keiner will dich so richtig, du >Scheiß-Karl-Gustav<.«

»Pass bloß auf, du blöder Otto! Ich zeig dir gleich einmal, was ein Kui-matsui ist, du mit deiner großen Klappe!«

»Karl-Gustav, nun reicht es! Jetzt halte dich aber mal zurück! Das sind unsere Gäste. Da kannst du dich doch fürwahr einmal benehmen.«

»Aber Mathilda, ich bitte dich. Der Typ hat mich zuerst bedroht, da habe ich mich nur kurz revanchiert. Aber doch nur ganz vorsichtig, wenn du verstehst, was ich meine. Na schön, an sich sind hier alle mehr oder weniger in Ordnung. Teilweise auch der Friedrich, denn der ist nur gewalttätig, obwohl ich das natürlich nicht gut heißen kann. Bei uns bist immer nur du gewalttätig.«

»Du, was soll das? Überlege dir nun genau, was du heute noch sagen möchtest. Noch ein bisschen in diese Richtung und du schläfst heute im Keller.«

»Liebste Mathilda, da wäre es mir aber zu kalt und zu feucht.«

»Karl-Gustav, ich komm dich dann wärmen, keine Angst.«

»Sarah, was soll das? Meinst du nicht, du gehst nun zu weit. Eigentlich würde ich jetzt noch etwas ganz anderes sagen, aber nachher heißt es wieder, ich sei gewalttätig.«

»Das bist du doch auch. Ich glaube, ich gehe nicht mit dir

in die Wohnung, sondern sofort mit Karl-Gustav in den Keller. Was meinst du Karl-Gustav?«

»Allerliebste Sarah, das hört sich sehr verlockend an, aber könnten wir den Ort nicht verlegen, ich meine nur.«

»Aber natürlich, liebster Karl-Gustav, wo immer du mit mir hingehen möchtest.«

»Sagt mal, habe ich hier irgendetwas verpasst? Seid ihr beiden denn total bescheuert? Ihr wollt euch hier vor allen Nachbarn zu einem Treffen, was immer ihr da treiben wollt, verabreden. Sagt mal, seid ihr nicht mehr ganz bei Sinnen? Ich glaube, ich nehme euch beiden gleich mal in die Mangel.«

»Liebe Mathilda, lass mal. Meine Frau werde ich gleich, wenn wir wieder in unserer Wohnung sind, schon entsprechend einnorden, hab da mal keine Angst.«

»Danke Friedrich, das ist nett von dir, ich kann mich fürwahr nicht um alles kümmern. Mit diesem Komiker hier bin ich doch wirklich voll ausgelastet.«

»Warum habt ihr denn geheiratet? Da verstehe ich euch aber nicht.«

»Liebe Maria, das frage ich mich manchmal auch. Aber nun bin ich mit diesem Nörgler und Nachbarbeobachter einmal zusammen und warte mal ab, was die Zeit so bringt. Wie lange das gut geht, weiß ich allerdings nicht.«

»Ich bitte dich, Mathilda, so ganz ohne bist du doch auch nicht, dazu kann ich deine Anschuldigungen überhaupt nicht nachvollziehen. Beispielsweise habe ich dir noch nie gedroht, so verhältst du dich aber oft zu mir. Ich denke, wenn das einmal nicht mehr mit uns funktioniert, wärest du nicht ganz schuldlos. Außerdem habe ich ständig Zweifel, ob du wirklich noch mit mir zusammenbleiben möchtest, so wie du dich zwischendurch verhältst.«

»Hört mal, Karl-Gustav und Mathilda, sollen wir nicht wieder eine harmonische Kennenlernfeier aus unserem Zusammentreffen zaubern? Was haltet ihr davon?«

»Natürlich Wolfgang, da liegst du aber so was von richtig, das sollten wir unbedingt machen. Vielleicht geht das sogar ohne zaubern, denn das kann selbst ich nicht. Und weißt du, Mathilda hat sich manchmal nicht unter Kontrolle, aber ich denke, sie wird sich nun zusammenreißen. Eigentlich sind doch hier alle nett, aber das sagte ich bereits. Das rabiate Verhalten von Friedrich lasse ich mal außer Acht.

Na ja, so richtig blöd sind doch nur der Stinkemuffel aus dem Erdgeschoss, also der Stinkefritze-Otto, dazu diese unmögliche Ulrike und noch dieser Blödmann, der immer seinen Hund in den Flur pinkeln lässt. Die anderen sind mehr oder weniger alle in Ordnung. Nicht ideal ist allerdings, dass die Margarethe immer nachts um ein Uhr wäscht, aber sie ist eine nette Person.

Und die Tatsache, dass Hans und Lucia den ganzen Tag bei offenem Fenster paffen und der ganze Qualm in unsere Wohnung zieht, ist auch nicht so berauschend. Ansonsten sind die beiden sehr nett. Mathilda, habe ich jetzt alle durch?«

»Karl-Gustav, ich glaube, du hast alle aufgezählt. Über die >Kontrolle< reden wir noch einmal und auch über Sarah und dich. Aber du hast recht, wir müssen augenblicklich wieder harmonisch werden.«

»Nun muss ich aber noch einmal dazwischen gehen. Pass auf, du Arsch, ich gib dir gleich >Stinkemuffel<. Ich stinke nicht, damit du das weißt. Das ist mir wichtig, das hier noch einmal klarzustellen.«

»Und ich lass meinen Hund nicht im Flur hinmachen, ich bin doch nicht blöd. Sag so etwas nicht noch einmal!«

»Und ich bin nicht gewalttätig zu meiner Frau, du aufgeblasener Frosch. Halte bloß deinen Rand!«

»Ja, dann ist doch alles bestens und das war trotz allem eine schöne Kennenlernfeier, oder nicht?«

»Etwas muss ich aber noch zu den Kindern sagen. Ich kann nur feststellen, sie sind alle ausnahmslos sehr liebenswert. Und wie sie sich hier die ganze Zeit verhalten haben, einfach toll. Ehrlich, das war sagenhaft. Das lässt auf eine gute Erziehung schließen, liebe Sarah und Margarethe.«

»Oh, vielen Dank Karl-Gustav, das finde ich sehr nett von dir.«

»Genau, und ich muss nicht viel sagen. Du weißt ja, wie ich zu dir stehe.«

»Was soll das denn wieder Sarah? Ich werde dich gleich doch mal in die Mangel nehmen müssen, das geht nicht so weiter.«

»Pass bloß auf, du armer Wicht! Wenn du ihr etwas antust, werfe ich dich den beiden Hunden von Maria und Hubert zum Fraß vor.«

»Was? Halt du dich da bloß heraus, du aufgeblasener Hornochse. Ich mach mit meiner Frau, was ich will.«

»Also hör mal, so geht das aber auf keinen Fall. Ich bin zwar nicht die beste Freundin von deiner Frau, bestimmt nicht, wenn sie mir meinen Mann abspenstig machen will, aber das geht überhaupt nicht.«

»Das geht wirklich nicht, diese Gewalttätigkeit. Nein, igittigitt, einfach unmöglich, dieser Grobian.«

»Pass auf Schwuler, du kannst da gar nicht mitreden, du hast keine Frau. Sei bloß ruhig, sonst bringe ich dir mal die Flötentöne bei.«

»Jetzt ist aber Schluss, drohe hier nicht dem Martin, das ist ein sehr angenehmer Zeitgenosse und er hat selbstverständlich recht, so geht das nicht.«

»Das finde ich aber auch, das ist doch unmöglich oder was meinst du, meine liebe Lisbeth?«

»Natürlich, liebster Franz. Seiner Frau Schläge androhen, das gibt es doch wohl nicht.«

»Hört mal, was spielt ihr euch alle hier so dermaßen auf? Das möchte ich mir nicht mehr zumuten, nun ist aber Schluss. Kinder, Sarah, nun mal dalli, wir gehen jetzt!«

Auf einmal wollten alle gehen, irgendwie waren sich jetzt zu viele nicht mehr grün, wie man so sagt.

Karl-Gustav nahm es gelassen und verabschiedete sich von allen. Na ja, aber nicht von allen in derselben Harmonie. Das heißt, ganz oben stand für ihn natürlich die hübsche Sarah, die er noch einmal besonders umarmt hatte, ihr Typ Friedrich war da schon die Treppe hinunter verschwunden. Auch von den anderen verabschiedete er sich herzlich, diesmal aber nur mit Händedruck. Außer von Otto und Hubert, dem Hundebesitzer, die wollten ihm nicht die Hand geben. Karl-Gustav fiel freilich nicht sofort ein, warum sie ihm den Handschlag verweigerten. Er war heute doch ausnahmsweise zuvorkommend zu allen. Na ja, vielleicht doch nicht zu allen gleich nett.

Nachdem auch Mathilda sich von den Nachbarn verabschiedet hatte, kam sie zu Karl-Gustav ins Wohnzimmer zurück. Der war gerade dabei ein bisschen aufzuräumen. Er hatte schon mal das Geschirr in die Küche gebracht und sofort in die Spülmaschine einsortiert. Mathilda stellte noch den übrig gebliebenen Kuchen in den Kühlschrank und half Karl-Gustav die restlichen Sachen von den beiden Tischen abzuräumen. Nachdem im Wohnzimmer soweit alles wiederhergestellt war und beide auf der Couch Platz genommen hatten, wollte Mathilda noch einmal zu dem Kaffeetrinken Stellung beziehen.

»Karl-Gustav, nun sag mir mal bitte, was war das vorhin? Etwa eine Kennenlernfeier?«

»Selbstverständlich Mathilda, oder kennst du unsere Nachbarn immer noch nicht?«

»Doch, ich glaube schon. Allerdings nicht so, wie ich das gerne hätte.«

»Ja weißt du, man kann sich die Nachbarn eben nicht aussuchen, leider. Wir müssen mit dem leben, was uns hier buchstäblich serviert wurde.«

»Karl-Gustav, hier wurde uns kein Nachbar serviert. Was redest du da wieder für einen Blödsinn?«

»Doch Mathilda, sie wurden uns präsentiert, und zwar wie auf dem Präsentierteller. Besser geht es nicht. Sieh mal, die Nachbarn haben sich für uns, ebenso untereinander, mal positiv oder mal negativ geoutet. Wir haben sie jetzt alle kennengelernt. Um diese Erkenntnisse zu erlangen, hättest du viele Jahre hier mit ihnen zusammenleben müssen und wärest dann auf einmal total überrascht gewesen, wie sich plötzlich verschiedene Personen in bestimmten Situationen verhalten. Vor allen Dingen hätten wir einiges nicht erfahren.«

»Was meinst du da im Speziellen? Vielleicht, dass die Tante da aus dem Erdgeschoss nur auf dich wartet. Ja, hattest du gerade daran gedacht?« Nun nahm Mathildas Gesichtsfarbe wieder eine gefährliche Grünfärbung an, wobei Karl-Gustav das natürlich nicht verborgen blieb.

»Zum Beispiel, aber noch einiges mehr. Beispielsweise, dass der Friedrich derart gewalttätig ...«

»Jetzt pass aber auf! Hast du etwa was vor mit dieser Tusse von da unten?«

»Aber liebste Mathilda, das hatte ich nur gesagt, weil du mir andauernd gedroht hast und da bin ich natürlich sofort auf den Zug gesprungen, den mir meine bildhübsche, allerliebste Sarah da geschickt hatte. Ehrlich, nur deshalb.«

»Was, ich gib dir gleich >Allerliebste<. Das mit dem bildhübsch lasse ich mal durchgehen, denn sie ist wirklich sehr hübsch, aber sie ist doch wohl nicht deine Allerliebste! Wenn doch, kannst du sofort deine Koffer packen. Ich bestelle dir auch ein Taxi zur nächsten Brücke. Jedoch glaube ich, dorthin wird dir deine allerliebste Sarah nicht folgen. Das ist aber Pech für dich.«

»Aber Schatz, du weißt, heute ist sehr viel aus dem Ruder gelaufen, so war das nicht gemeint. Natürlich bist du meine Allerallerliebste, ist jetzt wieder alles gut? Komm wir schmusen, verwöhn mich ein bisschen.«

»Was, ich soll dich verwöhnen? Nachdem, was du heute alles von dir gegeben hast, erwarte ich von dir eine sensationelle Schmuse- und Verwöhneinheit. Anders kommst du aus dieser Nummer nicht mehr heraus.

Versuche mal für mich so zu tun, als wärest du Brad. Ich mache dann die Augen zu und stelle mir vor, du wärst wirklich er. Damit könntest du vielleicht wieder einiges gutmachen.«

»Schatz, das ist aber gemein, mir wieder den Brad Pitt vorzuziehen. Na gut, ich versuche es, allerdings nur noch einmal.«

Karl-Gustav gab sich im Folgenden außerordentlich viel Mühe. Er öffnete eine Flasche Wein und schüttete für beide ein Glas halbvoll. Sie nahmen, nachdem sie sich zugeprostet hatten, auch erst einmal einen gehörigen Schluck von dem köstlich schmeckenden Wein zu sich, bevor sie ihre Gläser wegstellten. Dann verlor Karl-Gustav keine Zeit mehr und fing sofort an Mathilda zu verwöhnen.

Mathilda war ganz hingerissen, schloss die Augen und genoss einfach nur. Ob sie jedoch mit Brad den Abend zusammen war, wollte sie spät in der Nacht nicht preisgeben. Sie war aber zufrieden und schlief mit einem breiten Lächeln in den Armen von Karl-Gustav ein.

Ein Computer lenkt ab

Heute Morgen ist Karl-Gustav recht früh wach geworden, schon um Punkt sechs Uhr dreißig. Anschließend konnte er nicht wieder einschlafen, obwohl er es anfangs versuchte. Normalerweise steht er morgens, wenn es sich wie heute um einen normalen Arbeitstag handelt, pünktlich um sieben Uhr auf, ansonsten kommt er in Hektik.

Die Gründe dafür sind leicht nachzuvollziehen. Er muss spätestens um sieben Uhr dreißig in seinem Büro sein, wie er sein Arbeitszimmer in dieser Wohnung gerne bezeichnet, damit er seinen Tagesaufgaben gerecht werden kann. Sollte er diese Zeitvorgabe nicht erfüllen können, droht ihm ein kapitaler Informationsverlust. Das wiederum würde seine Position hier in diesem Haus zumindest nachträglich schwächen.

Die Ursache dafür ist leicht nachvollziehbar. Zwischen sieben Uhr dreißig und acht Uhr dreißig verlassen nahezu alle Nachbarn, das heißt diejenigen, die zur Arbeit müssen oder die Schule besuchen, das Haus. Kann er den Termin nicht einhalten, sei es, er hat verschlafen oder aus anderen unsäglichen Gründen, verliert er die völlige Kontrolle über die Hausbewohner. Karl-Gustav war sich darüber im Klaren, dass das schwerwiegende Folgen für die Aufrechterhaltung der Hausgemeinschaft haben würde, aber auch für jeden Einzelnen. Die Kontrolle darüber, ob wirklich jeder Nachbar pünktlich das Haus verlässt, ist daher unabdingbar zum Erreichen seiner hochgesteckten Ziele.

Das galt trotzdem nicht für alle Nachbarn, zumindest am

frühen Morgen. Bei Friedrich zog Karl-Gustav es vor, von seinen Prinzipien abzuweichen und bei ihm eine Ausnahmeregel anzuwenden. Das heißt, Friedrich wollte er morgens nicht überprüfen. Daher musste er sich darauf verlassen, dass Friedrich morgens um sechs Uhr pünktlich zur Arbeit geht. Um diese Uhrzeit aufzustehen, das war für Karl-Gustav einfach zu früh.

Da Friedrich eine große Familie mit vier Kindern zu versorgen hatte, ging Karl-Gustav davon aus, dass Friedrich so viel Pflichtbewusstsein besitzt, dass er auch ohne die moralische Unterstützung seitens Karl-Gustavs, natürlich auch ohne sich dessen Kontrolle bewusst zu sein, pünktlich zur Arbeit geht. Friedrich blieb allerdings ein Sonderfall. Noch eine Person außerhalb seines Kontrollmechanismus, und wenn es auch nur den Morgen betraf, wäre für Karl-Gustav kaum zu tolerieren.

Vorteilhaft war nun, dass sich in seinem Büro ein Fenster mit Ausblick auf den Hausparkplatz befindet. Weiterhin gestattet ihm das Fenster einen Blick auf die Straße, die an ihrem Haus in fünfundzwanzig Meter Abstand vorbeiführt. Dieser glückliche Umstand sorgt dafür, dass Karl-Gustav wirklich optimale Arbeitsbedingungen vorfand. Das heißt, wenn es gilt, schon am frühen Morgen die Ordnung in diesem Haus aufrechtzuerhalten.

Natürlich steht er nicht ununterbrochen eine Stunde vor dem Fenster, schließlich ist er in seinem Nebenberuf noch Autor. Daher macht er auch jeden Morgen nach dem Duschen seinen Computer an, um zu arbeiten. Aber ab und zu einen Blick auf den Parkplatz vor dem Haus werfen, der ja zum Glück von seinem Bürofenster schön einzusehen ist, muss erlaubt sein. Na gut, manchmal muss er situationsbedingt die direkte Umgebung vor dem Haus beobachten und sich dazu ans Fenster stellen. Besonders morgens in der Drangzeit, das geht dann nicht anders. Nebenbei möchte er natürlich auch seine zweite Arbeit bewerkstelligen, also an seiner neuen Geschichte schreiben, das versteht sich für Karl-Gustav von selbst.

Heute war dagegen alles anders. Da Karl-Gustav schon so früh aus dem Bett fiel – dieses unerwartete und um diese Uhrzeit auch ungewollte Aufstehen wollte er nicht anders zuordnen – konnte er sich sogar erlauben, erst einmal auf dem Balkon zu frühstücken, ganz in Ruhe. Er versäumte allerdings nicht, seinen Laptop betriebsbereit vor sich auf den Tisch zu stellen.

Kurze Zeit später war er so vertieft in die Formulierung eines Satzes, dass ihm fast ein Wortgefecht entgangen wäre, das vermutlich schon einige Zeit im Garten stattfand. Die Parteien im Haus besaßen ab dem ersten Stockwerk aufwärts einen großen Balkon, zu den Wohnungen im Erdgeschoss gehörte wiederum ein vortrefflich angelegter und dazu großer Garten.

Als das Wortgefecht immer intensiver wurde, bekam er es auch mit. Fast wäre er durch seine Nebentätigkeit abgelenkt worden und hätte ein Vorkommnis mit den Nachbarn verpasst. Das wäre ja unverzeihlich gewesen und daher musste sich Karl-Gustav eingestehen, dass er noch einmal so gerade an einem katastrophalen Informationsverlust vorbeigekommen war.

Er beugte sich über das Balkongeländer und sah nach unten. Nun konnte er auch viel besser an dem Streitgespräch teilhaben, allerdings erst einmal passiv. So hörte er auch, dass der Stinkefritze-Otto aus dem Erdgeschoss unten links sich über Sarahs Kinder aufregte, weil sie seiner Meinung nach etwas zu laut gespielt hätten.

Sarahs Mann Friedrich war um diese Uhrzeit nicht mehr im Haus, seine Schicht beginnt bekanntermaßen schon um sechs Uhr, und so musste sich Sarah nun gegen Otto allein wehren. Das konnte der Samurai Karl-Gustav natürlich nicht zulassen, zunächst einmal tat er aber völlig ahnungslos.

Allerdings gelang es ihm nicht länger ruhig zu bleiben und so beteiligte er sich nun aktiv an dem Gespräch.

»Hallo Sarah, Süße, was will der Typ von dir? Wieso macht der dich so an?«

»Oh, Karl-Gustav. Gut, dass du da bist, vielleicht redest du mal mit dem Herrn Schmidtts. Dieser unfreundliche Nachbar hat sich schon wieder über das Tischtennisspielen meiner Kinder beschwert, dabei ist das doch gar nicht laut. Susanne und Judith müssen heute erst um zehn Uhr zur Schule und haben daher noch ein bisschen Zeit.«

»Otto, lass die Kinder in Ruhe spielen und halt bloß deinen Mund! Steck dir Watte in die Ohren, dann hörst du nichts mehr!«

»Halt du dich da raus, du Volldämlack, das geht dich überhaupt nichts an, sonst komm ich dir gleich mal da hoch.«

»Ach nee, wenn du hier im zweiten Stock angelangt bist, muss ich bestimmt die Sanitäter rufen, damit sie dir Sauerstoff verabreichen können. Wahrscheinlich schon nach der halben Strecke, soviel wie du rauchst.«

»Das geht dich einen Scheißdreck an, du blöder Gustav.«

»Ich heiße Karl-Gustav, du ausgemachter Trottel! Ist es möglich, dass du dir das einmal merkst? Aber offenbar ist das zu schwierig für dich. Wahrscheinlich ist außer deiner Lunge auch dein Gehirn schon stark angegriffen. Na ja, der Intelligenteste warst du bestimmt noch nie.«

»Das stimmt, lieber Karl-Gustav. Der war schon von

Anfang an ziemlich blöd in seinem Benehmen und auch so unfreundlich, jetzt schon über zehn Jahre. Der Typ, also der >Stinke-Otto<, so nennst du ihn doch immer, ist wirklich kein umgänglicher Mensch.«

»Liebste Sarah, da muss ich dir voll zustimmen. Ich verwende aber eine etwas andere Formulierung, meine Liebe, und zwar entweder Stinkefritze oder Stinkefritze-Otto. Ab und zu auch >Scheiß-Stinkefritze<, das kommt bestimmt auch gut an. Vielleicht nutze ich aber deinen Vorschlag zur Namensgebung demnächst auch ein paar Mal. Das hört sich doch gewissermaßen nicht schlecht an. Obwohl es bei dem Typ bestimmt sowieso egal ist, wie wir den bezeichnen, er ist und bleibt einfach abartig.«

»Hört zu, du elender Gustav und auch du, du miese kleine Sarah, ich mach euch beiden gleich fertig. Ich glaube, ich erzähl dem Friedrich, dass ihr beiden schon am frühen Morgen turtelt. Ich denke nicht, dass ihn das erfreuen wird. Wahrscheinlich bekommt ihr dann beide von ihm eine Tracht Prügel.«

»Pass auf, du Scheiß-Stinkefritze, ich komm gleich zu dir herunter. Und wenn du so einen Spaß an einer Tracht Prügel hast, kann ich dir gerne eine verpassen. Und drohe nicht noch einmal meiner süßen Sarah, dann setzt es was!«

»Danke Karl-Gustav, ich bin ja so froh, dass du jetzt hier im Haus wohnst. Ich muss dir aber leider mitteilen, auch wenn dieser unfreundliche Geselle gerade nur im Konjunktiv von meinem Mann erzählt hat, dass das für mich wirklich nicht besonders gut aussieht. Ich weiß bald nicht mehr weiter.«

»Liebste Sarah, das sollten wir später bereden, gerne sogar. Ich helfe dir immer, wenn du mich brauchst. Allerdings sollten wir das nicht vor diesem Scheißtyp erörtern.

Wer weiß, was der dann wieder für einen Blödsinn erzählt.«

»Ich erzähle keinen Blödsinn, ihr Mistkäfer, sondern nur die Wahrheit. Ich ...«

»Jetzt pass einmal auf Otto, ich versuche es nun mal ganz gemäßigt mit dir. Ich tue so, als wärest du ein normal denkender und vernünftiger Mann. Das heißt, dass du eigentlich ein Scheißkerl bist, blende ich jetzt mal aus.«

»Ich gib dir gleich Scheißkerl, pass bloß auf!«

»Jetzt sei mal ganz ruhig und lenk nicht ab. Also, es ging doch hier nur um zu lautes Spielen der Kinder von meiner lieben Sarah, oder habe ich etwas falsch verstanden liebste Sarah?«

»Stimmt, lieber Karl-Gustav, nur darum ging es. Tischtennis ist doch ein ganz leises Spiel, die Kinder haben schließlich auch nicht hier herumgeschrien, wie das die Fußballspieler da auf der anderen Straßenseite immer auf dem Fußballplatz machen. Susanne und Judith waren ganz leise, denn ich habe im Wohnzimmer nichts von ihnen gehört.«

»Genauso sehe ich das auch, meine liebe Sarah. Also Otto, ich sitze hier auf dem Balkon schon eine Stunde und ich hatte die Kinder ebenso nicht gehört.«

»Mich stört aber dieses ständige >Pingpong<, das nervt mich nun mal extrem. Die hören damit sofort auf oder es ist hier etwas los.«

»Also gut, auf die nette Art und Weise geht es in deinen Schädel nicht hinein. Schön, dann kommt jetzt eine andere Tour, die ich auch ganz gut beherrsche, glaube mir.

Außerdem, was ich noch sagen wollte. Spinnst du eigentlich, du musst doch gleich arbeiten oder hast du heute frei?«

»Nein, ich habe keinen freien Tag, aber solange ich noch hier auf der Terrasse sitze, will ich meine Ruhe haben und darauf habe ich auch ein Recht.«

»Da irrst du dich aber gewaltig. Ich gebe dir nun zwei Sachen mit auf den Weg, pass gut auf!

Erstens ist der Lärmpegel beim Tischtennis, obwohl man da wirklich nicht von Lärm sprechen sollte, eher von einem niedrigen Schallpegel, weit unterhalb der gesetzlichen Höchstgrenze und im Moment sogar außerhalb der Ruhezeiten wie beispielsweise abends nach zweiundzwanzig Uhr. Also kannst du rechtlich nichts dagegen unternehmen.

Nun zu zweitens. Die Kinder spielen Tischtennis, solange sie Lust haben, hast du mich verstanden. Und wenn du meiner lieben Sarah oder ihren Kindern deswegen noch einmal drohst, werde ich mit dir Schlitten fahren, hast du gehört!«

»Halt bloß deine Klappe, du Scheißtyp, hoffentlich ziehst du hier bald wieder aus. Ich werde aber auf jeden Fall Friedrich von eurem Gehabe erzählen. Mal sehen, wie er das sieht?«

»Halt einfach die Klappe. Kinder, lasst euch nicht stören, spielt ruhig weiter und habt keine Angst.«

»Herr Kirchhaff, eigentlich wollten wir aufhören, aber jetzt spielen wir extra noch eine halbe Stunde, um den Blödmann da einmal richtig zu ärgern.«

»Gut Susanne, das ist genau die richtige Einstellung, macht das so. Viel Spaß wünsche ich euch dabei.«

»Danke Herr Kirchhaff.«

»Ich danke dir ebenfalls, liebster Karl-Gustav. Vielen Dank.«

»>Liebster Karl-Gustav<, wenn ich das schon höre. Nichtsdestotrotz werden wir ja sehen, ihr Scheißtypen von Karl-Gustav und Sarah und ihr Scheiß-Gören, wie ihr auch alle heißt, was da noch auf euch zukommt, wenn ich alles Friedrich erzählt habe. Jetzt fahre ich erst einmal zur Arbeit. Mir reicht es sowieso. Dann werde ich wenigstens von euch in den nächsten Stunden nichts mehr hören und sehen. Das ist auch besser für mich, ansonsten wird mir gleich noch übel.«

»Das ist eine sehr gute Wahl Otto, mach das. Du bist so schon ein übler Kerl, das ist schlimm genug. Was ist denn, wenn dir dazu noch übel wird? Darauf können wir gut und gerne verzichten.«

»Halt die Klappe, Karl-Gustav. Aber wartet mal ab, wenn ich Friedrich heute Nachmittag alles gesagt habe, ihr beiden Scheißtypen!«

Daraufhin sagte Otto nichts mehr und ging schnaubend, na ja, wahrscheinlich vor Wut und nicht wegen der vier Meter, die er nun zu gehen hatte, in seine Wohnung. Alle anderen nahmen es mit Genugtuung auf, einschließlich der Kinder.

»Kinder, wollt ihr denn noch weiterspielen oder sollen wir frühstücken, was meint ihr?«

»Ich möchte jetzt lieber essen, Mama, Susanne bestimmt auch. Jetzt brauchen wir auch nicht mehr weiterspielen, der Blödmann ist doch in seine Wohnung gegangen und nun können wir ihn nicht mehr ärgern.«

Tatsächlich gingen nun Susanne und Judith zu ihrer Mama auf die Terrasse und anschließend begaben sich alle drei zum Frühstücken in ihre Wohnung. Bevor Sarah nicht mehr für Karl-Gustav zu sehen war, musste sie aber noch etwas loswerden.

»Lieber Karl-Gustav, vielen Dank noch einmal für deine Hilfe. Wegen der anderen Sache würde ich dich gerne morgen früh noch einmal ansprechen oder was meinst du? Also dann, wenn Friedrich nicht mehr im Haus ist und deine Mathilda noch schläft. Da passt es doch gut, dass sie eine Langschläferin ist.«

»Ja, liebste Sarah, das können wir so machen. Und du hast recht, Mathilda kommt wirklich ganz schlecht aus dem Bett. Ich weiß aber nicht warum das so ist, denn durch übermäßig viel Arbeit kann sie nicht übermüdet sein. Verwöhnen fällt leider auch meistens ins Wasser. Da denke ich oft an dich, liebste Sarah, wie das mit uns wäre.«

»Oh, lieber Karl-Gustav, daran denke ich auch oft. Ich würde dich selbstverständlich jeden Abend verwöhnen, wenn du das möchtest?«

»Liebe Sarah, das wäre schön. Na ja, wir sind zwar noch verheiratet, aber schauen wir mal. Vielleicht wollen uns unsere Partner irgendwann nicht mehr und dann sehen wir weiter.«

»Das wäre schön Karl-Gustav, aber vielleicht müssen wir da nicht so lange warten, das wäre noch schöner.«

»Liebste Sarah, das ist nicht unwahrscheinlich, irgendwann kann es passieren. Ich habe in letzter Zeit oft das Gefühl, dass Mathilda mit mir unzufrieden ist, obwohl ich das gar nicht verstehe. Streng genommen liebe ich sie noch, aber wenn ein Partner kein Zusammenleben mehr möchte, dann muss man sich anderweitig umschauen. Nun geh mal frühstücken, liebe Sarah, deine Kinder warten bestimmt schon.«

»Ja, bis morgen früh.«

»Bis morgen früh.«

Nachdem Sarah in ihre Wohnung gegangen war, nahm Karl-Gustav seinen Laptop und ging in sein Büro. Für ihn wurde es nun höchste Eisenbahn, denn es war sieben Uhr dreißig.

In dem Moment, als er das Zimmer betrat, hörte er, dass die Haustür geöffnet wurde. Das war knapp, musste sich Karl-Gustav eingestehen, aber er hatte es so eben geschafft.

Sekunden später vernahm er, dass das Ehepaar Hans und Lucia Fitzen aus dem Haus ging. Na ja, streng genommen konnte er sie im ersten Moment eigentlich weder hören noch sehen. Er roch aber den von ihnen verursachten Zigarettenqualm, den er aufgrund der Zigarettenmarke, welche die beiden explizit in diesem Haus verwenden, sofort Hans und Lucia zuordnen konnte.

»Ohne eine Zigarette in der Schnute gehen die beiden wohl nicht aus dem Haus«, murmelte dann Karl-Gustav leise vor sich hin.

Sofort danach bekam er auch die Bestätigung, dass seine Spürnase ihm mal wieder eine einhundertprozentige Trefferquote beschert hatte, denn kurz darauf sah er Lucia und Hans, als diese zu ihrem Auto gingen. Das war nun leicht möglich, da er mittlerweile direkt vor dem in Kippstellung geöffneten Fenster stand, das sich an der Straßenseite ihres Hauses befand.

Dieses Mal hatten sie ihre Zigaretten aber nicht in der Schnute, wie er als Ruhrgebietsler den Mund gerne bezeichnete, im Moment hatten sie diese in der Hand. Na ja, da passiert möglicherweise gleich noch etwas, denn normalerweise nehmen die beiden ihre Zigaretten nicht aus dem Mund.

»Einen schönen Arbeitstag wünsche ich dir, mein Schatz. Bis heute Abend und fahre vorsichtig.«

»Das wünsche ich dir auch Hans, und ich fahre immer vorsichtig.«

Karl-Gustav glaubte daraufhin noch so etwas wie ein Busserl zu hören, und tatsächlich. Die Bewegungen der beiden waren eindeutig, es war ein ganz oberflächlicher Kuss. Direkt danach wollte Lucia sich in ihr Auto begeben, zumindest sah das für Karl-Gustav so aus. Das war aber gar nicht so einfach, wie es sich anhört, denn damit dieses gelingen kann, musste Lucia natürlich erst einmal die Fahrertür öffnen. Nun hatte Lucia, für Karl-Gustav nicht ganz unerwartet, plötzlich ein großes Problem, denn in der einen Hand hatte sie eine Zigarette und außerdem eine angefangene Packung.

Gut, dann wäre buchstäblich noch eine Hand frei. Jedoch nicht bei Lucia, da sie in der anderen Hand eine Handtasche hielt sowie eine neue Packung Zigaretten, man kann ja nie wissen. Es könnte immerhin sein, dass sie die Zigaretten aus der angefangenen Packung verqualmt hat, bevor sie mit dem Auto an ihrer Arbeitsstelle angekommen ist. Zumindest dachte sich Karl-Gustav, dass dies der Grund für ihre vorsorgliche in die rechte Hand genommene zweite Packung Zigaretten ist. Sie hatte immerhin eine Strecke von ungefähr zwölf Kilometer zu ihrer Arbeitsstelle zurückzulegen.

Die Fahrertür ihres mittlerweile schon etwas älteren Autos zu öffnen, wurde noch durch die Tatsache erschwert, da ihr Wagen keine Funkfernbedienung für die Türen hatte. Der Vorgang blieb insbesondere auch dadurch prekär, weil sie einfach die zweite Packung Zigaretten und ihre Handtasche nicht aus der Hand legte. Somit hatte sie natürlich keine Hand frei, um die Fahrertür zu öffnen.

Da war Karl-Gustav doch kurz davor Lucia anzusprechen und ihr genau zu erklären, wie man das Problem lösen könnte. Das kann Karl-Gustav schließlich exzellent, Probleme lösen, darin war er ein Fachmann. Karl-Gustav hatte auch schon eine Hand am Fenstergriff und wollte Lucia schon Hilfestellung geben, während er noch das Fenster vollständig öffnete, doch da kam sie selbst auf eine glorreiche Idee. Auf einmal stellte sie ihre Handtasche mitsamt der Packung Zigaretten auf den Boden, bekam dadurch eine

Hand frei und öffnete die Fahrertür ihres Autos.

Na ja, das war knapp. Karl-Gustav wollte ihr erst noch zurufen, sie möge doch bitte so lange die Zigarette in den Mund stecken, natürlich mit der richtigen Seite zuerst, doch das war nun nicht mehr notwendig. Lucia hatte es noch so gerade ohne die Hilfe von Karl-Gustav geschafft.

Der hatte den gesamten Vorgang am Fenster stehend beobachten können. Man könnte auch sagen, er hatte alles unter Kontrolle. Kurze Zeit später fuhr Hans – er hatte von dem komplizierten Vorgang, den seine Frau inzwischen ge-meistert hatte, nichts mitbekommen – mit seinem Fahrrad, das er aller Voraussicht nach aus dem Keller geholt hatte, die Einfahrt heraus und war verschwunden.

Lucia war da von Karl-Gustav, er vermutete einmal auch von Hans, nicht mehr zu sehen. Er hatte leider nicht be-obachten können, wie Hans sein Fahrrad aus dem Keller geholt und durch den Flur getragen hatte, aber das hatte er gestern schon genauestens begutachten können und so war es für ihn natürlich leicht, diesen Vorgang gedanklich nach-zuvollziehen.

Er hatte Hans und Lucia noch nicht ganz auf seiner Strichliste abgehakt, da kamen schon Martin und Wolfgang aus dem Haus. Natürlich mit ihren Fahrrädern und das, ob-wohl sie ein Auto auf dem Parkplatz stehen hatten. Zur Arbeit fuhren sie normalerweise immer mit ihren Fahr-rädern, es sei denn bei sehr bescheidenem Wetter, dann fuhren sie doch lieber mit ihrem Auto.

Einmal wollten sie so, das hatten die beiden Karl-Gustav einmal ganz ausführlich berichtet, etwas für ihre körperliche Fitness tun und zum anderen gleichzeitig der Umwelt zu-liebe auf ihr Auto für die Kurzstrecke zur Arbeit verzichten. Karl-Gustav war natürlich auch da voll im Bilde und er fand das von den beiden sehr ehrenwert.

Karl-Gustav kam nun doch in Versuchung, den beiden etwas Nettes zuzurufen, unterließ es aber doch. Nachher kämen die beiden noch auf die absurde Idee, er würde hier alles beobachten. Das wollte er allerdings nicht. So winkte er ihnen nur heimlich hinterher, ohne ihnen etwas nachzurufen.

Als Karl-Gustav auf die Uhr schaute, war er kurzzeitig irritiert. Nanu, es war schon nach acht, wo bleiben denn Clara und Fritz Krimer und Margarethe mit den Kindern.

Was ist denn mit Margarethe los, hat sie verschlafen oder vielleicht ihre Kinder? Hat Margarethe vielleicht übersehen, dass die Ferien vorbei sind und heute wieder der erste Schultag ist? Einerseits wäre das natürlich möglich, andererseits konnte Karl-Gustav das nicht so richtig glauben.

Die Kinder müssten doch heute Morgen um sieben Uhr – also zu ihrer normalen Aufstehzeit, wenn keine Ferien sind – wach gewesen sein, denn heute Morgen um fünf Uhr hatte er nichts gehört. Also haben die beiden sich heute mal um fünf in der Früh keinen Film angeschaut und waren daher bestimmt um sieben Uhr nicht sehr müde und hätten fürwahr aufstehen können? Hier stimmt was nicht, da wollte er unbedingt noch nachhaken.

Hm, was ist nun wirklich mit Margarethe los? Hatte sie wieder von dreiundzwanzig Uhr dreißig Uhr bis ein Uhr in der Nacht gewaschen? Also diesmal hatte er kein nerviges Geräusch eines Trockners wahrgenommen. Na ja, vielleicht hatte sie heute doch schon um fünf Uhr in der Früh gewaschen, weil die Kinder entgegen seiner jetzigen Überlegung doch schon wach waren. Anschließend hatte Margarethe bestimmt die Wäsche auf den Balkon gestellt, sodass ihr Trockner heute nicht zum Einsatz gekommen war. Das kam auch hin und wieder vor.

Also, das musste er doch gleich mal überprüfen, denn dieses so einfach zu übergehen, kam für ihn absolut nicht in Frage. Schließlich darf ihm die Kontrolle hier in diesem Haus nicht aus den Händen gleiten.

Au nein, da kommen sie ja. Also, das gibt aber gleich einen Rüffel von der Lehrerin, denn nun kommen die Kinder zu spät in die Schule. Na so was.

Er hatte noch nicht ganz zu Ende gefolgert, da kamen plötzlich diese Ulrike Gröberlein und der Stinkefritze-Otto ziemlich gleichzeitig aus dem Haus. Margarethe und die Kinder waren in der Zwischenzeit in ihr Auto eingestiegen und sofort losgefahren. Margarethe winkte dabei tatsächlich diesen beiden unmöglichen Personen Otto Schmidtts und Ulrike Gröberlein zu und lächelte dabei sogar, das gibt es doch gar nicht.

Die Kinder hatten da nach Karl-Gustavs Empfinden indes einen weitaus besseren Überblick, denn sie winkten den beiden unmöglichen Personen nicht zu. Im Gegenteil, er glaubte sogar zu erkennen, dass die Kinder diesen Stinke-Otto und diese unmögliche Ulrike Gröberlein mit keinem Blick beachteten.

Na, vielleicht sollte er den Kindern wenigstens mal ein Eis spendieren.

»Guten Morgen liebe Ulrike.«

»Guten Morgen lieber Otto. Du, ich habe es ganz eilig, bin spät dran!«

Ja kann das denn wahr sein, was er sich da anhören und ansehen musste? Karl-Gustav verschlug es fast die Sprache. Hatte er hier etwas übersehen? Das wusste er aber gar nicht, dass diese beiden unmöglichen Typen so gut miteinander können. Oder ist das etwa nur Show?

Andererseits passen die beiden vom Charakter eindeutig zu einhundert Prozent zueinander, fiel Karl-Gustav so gerade noch ein, nachdem dieser Muffelkönig Schmidtts die Gröberlein ungeachtet ihrer Worte erneut ansprach, als diese mit schnellen Schritten auf dem Weg zu ihrem Auto war. Das hatte Karl-Gustav natürlich alles im Blick.

»Du, Ulrike, ich muss dir etwas erzählen. Ich hatte heute Morgen Ärger mit den Gören von der komischen Sarah, hast du den Krach nicht gehört?«

Nun blieb Ulrike Gröberlein doch noch einmal stehen und wandte sich Otto Schmidtts zu. »Von welchem Krach sprichst du? Nein, ich habe nichts gehört. Was meinst du denn?«

»Ja nun, die haben doch tatsächlich schon um sieben Uhr im Garten Tischtennis gespielt. Kannst du so etwas glauben? Diese unmögliche Sarah hat das völlig unterstützt und so habe ich mich mit ihr dann ordentlich gestritten. Und plötzlich kam zu allem Überfluss dieser neugierige Scheiß-Karl-Gustav dazu. Einfach unmöglich, dieser Scheißkerl.«

»Aber Otto, ich finde die Sarah sehr nett und ich habe nichts Gegenteiliges gehört. Außerdem, so laut ist das Tischtennisspielen doch nicht, da müsstest du vielleicht ein bisschen toleranter gegenüber den Kindern sein.«

»Na gut, wenn du meinst, dann sag ich dazu mal nichts mehr. Aber du musst doch zugeben, der Karl-Gustav ist ein Scheißkerl.«

»Na ja, auf jeden Fall ist er ein absoluter Rüpel. Der hat uns gerade noch gefehlt in unserem schönen Haus. Bis auf den Schläger da unten neben dir sind doch hier wirklich alle in Ordnung.«

»Nun, da will ich dir mal nicht widersprechen. Obwohl ich sagen muss, diese Tusse hier unten aus dem Erdgeschoss ist auch nicht so ohne, diese Sarah.«

»Wieso, was hast du gegen Sarah? Also ehrlich, da muss ich dir aber nochmals energisch widersprechen. Sie ist eine ganz nette Person, ganz im Gegensatz zu ihrem Typ. Der und dieser Karl-Gustav, die können meinetwegen sofort auswandern.«

»Da kann ich dir allerdings nur zustimmen, liebe Ulrike. Besonders dieser Karl-Gustav, meinetwegen kann man diesen Blödmann auch auf den Mond schießen.«

»Da magst du recht haben. Danke dir für deine Informationen, aber ich muss jetzt wirklich fahren. Ich hoffe mal, du nimmst das nicht persönlich. Wenn ich zu spät auf der Arbeit erscheine, geht bei uns alles >drunter und drüber<. Dann ist mein Chef sofort dermaßen hilflos, das möchte ich auch nicht. Ich muss da noch einige Sachen für ihn heute Morgen regeln.«

»Ist schon gut, ich muss ja auch jetzt zur Arbeit.«

»Entschuldige bitte, du kannst mir vielleicht später erzählen, was du noch auf dem Herzen hattest.«

»Gut, vorab sage ich dir dann noch, dass diese nette Sarah, wie du sie betitelt hast, mit dem Karl-Gustav anbändelt. Das habe ich heute Morgen selbst mitbekommen.«

»Was? Oh, das interessiert mich aber doch. Vielleicht kannst du mir das morgen früh erzählen. Ich komm auch eine halbe Stunde eher vor die Tür, was meinst du?«

»Das wäre gut, so machen wir das. Ich wünsche dir noch einen schönen Tag und norde mal da auf deiner Arbeitsstelle alles richtig ein. Bis morgen.«

»Ja danke, das werde ich so handhaben, dann bis morgen.«

Nachdem die beiden weg waren, konnte Karl-Gustav

nicht mehr verbergen, dass er ein wenig angefressen war. Besonders natürlich aufgrund der gerade vernommenen Worte, wobei ihm da besonders die Begriffe >neugieriger Scheiß-Karl-Gustav< und >absoluter Rüpel< ein Dorn im Auge waren. Weiterhin hatte die Art und Weise des Gespräches zwischen der Gröberlein und dem Schmidtts bei ihm eine gewisse Irritation ausgelöst. Dass diese unmögliche Ulrike Gröberlein und dieser Scheiß-Stinkefritze ein scheinbar derart gutes Verhältnis zueinander haben, damit hatte er nicht gerechnet.

Ungünstig war nun, dass er zurzeit in seinem Büro allein war, denn Mathilda schlief noch. So konnte er niemandem sein Herz ausschütten und sich demzufolge ein bisschen abregen.

Er durfte jedoch trotzdem nicht länger darüber nachdenken und musste sich wieder seiner Hauptbeschäftigung widmen, das hat schließlich Vorrang. Obwohl er auch kurz den Gedanken nicht von sich weisen konnte, dass die nun von ihm deklarierte Haupttätigkeit real oft zur Nebentätigkeit verkümmert und dann auch dermaßen von ihm zugeordnet wird. Aber mit dieser Problematik wollte er sich nicht länger beschäftigen, war sie doch nur theoretischer Natur.

Während er sich dann noch einmal seine Liste ansah, fiel ihm plötzlich auf, dass diese noch unvollständig ist. Er hatte noch nicht alle Hausbewohner auf seiner frühmorgendlichen Beobachtungsliste abgehakt. Ein intensiverer Blick auf seine Liste offenbarte ihm, dass das Ehepaar Maria und Hubert Kallin noch nicht mit ihren Hunden Gassi gegangen waren.

Das gibt es doch wohl gar nicht, lässt vielleicht dieser blöde Hubert die Hunde wieder in den Flur machen. Nein, da kam Karl-Gustav vorsichtshalber schon mal leicht in Rage. Und das, obwohl er sich doch gerade erst wieder ein bisschen beruhigt hatte. Das wollte er nun sofort überprüfen. Und wehe, dieser Hubert war wieder zu faul mit den Hunden Gassi zu gehen, dann ist aber was los.

»Oh nein, da kommen sie ja«, musste Karl-Gustav plötzlich lautstark verkünden, denn auf einmal sah er Hubert und Maria aus der Haustür herauskommen, samt ihren Hunden.

Hatte er nun gedacht, für heute Morgen kann er Hubert und Maria auf seiner Liste abhaken, da hatte er sich zu früh gefreut. Denn das, was er daraufhin sah, brachte ihn so richtig in Rage. Da macht doch dieser blöde Hubert seinen Hund von der Leine los und der hatte nichts anderes zu tun, als sofort zu seinem Auto zu laufen und an seine Reifen zu pinkeln. Oh nein, das gibt es doch wohl nicht!

Nun war Karl-Gustav aber außerordentlich wütend! Er konnte es auch nicht lassen, das Fenster, welches bisher nur gekippt war, ganz aufzureißen und etwas nach draußen zu bölken. Na ja, anders konnte man sein Rufen wirklich nicht bezeichnen.

»Eh, du unmöglicher Hubert, bist du völlig von Sinnen, deinen Hund an mein Auto pinkeln zu lassen?«

»Mann, du blöder Karl-Gustav, stell dich nicht so an. Sei doch froh, dass du nicht hier gestanden hast, sonst hätte mein Hund nämlich dich angepinkelt. Der weiß nämlich ganz genau, was für ein Arschloch du bist.«

»Aber Hubert, wie drückst du dich denn aus. Rede bitte mal etwas gewählter! Außerdem befürchte ich, dass Herr Kirchhaff da vollkommen im Recht ist, das geht gar nicht. Du kannst doch nicht einfach unseren Wölfi an das Auto hinmachen lassen. Du hättest ihn doch auch etwas später loslassen können, auf der Wiese.«

»Liebe Maria, prinzipiell hast du natürlich recht, aber das konnte ich doch nicht ahnen. Ich wusste ja, dass Wölfi höchst intelligent ist, aber so intelligent, dass er sofort weiß, welches Auto hier auf dem Parkplatz diesem blöden Karl-Gustav gehört, das konnte ich wirklich nicht ahnen. Also wirklich Maria, beim besten Willen konnte ich das nicht ahnen.«

»Aber Hubert, was machen wir denn jetzt, so geht das tatsächlich nicht?«

»Maria, ich schütte gleich einen Eimer mit heißem Wasser auf diese alte Rostlaube von diesem Mistkerl und alles ist wieder sauber.«

»Das hast du dir aber nur gedacht, du Blödmann, und nenne mich nicht noch einmal Mistkerl, sonst mach ich dich lang. Ich will jetzt einen Satz neue Reifen für die Hinterachse von dir, das ist dir doch wohl klar, du Pfeife!«

»Was? Tickst du noch sauber? Und weshalb willst du eigentlich zwei Reifen? Wölfi hat nur an einen Reifen gemacht und nicht an zwei.«

»Das ist ganz einfach erklärt, du Blödmann. Wegen der Gleichmäßigkeit darf man aus verkehrstechnischen Gründen nur an beiden Seiten die Reifen erneuern.«

»Du Spinner, du bist wohl nicht ganz frisch, kommt gar nicht in Frage!«

»Herr Karl-Gustav, selbstverständlich machen wir das, genauso wie Sie das möchten und keine Widerrede mehr Hubert, hast du mich verstanden!«

»Liebe Maria, ich verzichte darauf, Ihretwegen. Wegen Ihres Mannes hätte ich natürlich auf neue Reifen bestanden, aber doch nicht bei Ihnen. Vergessen wir das Ganze, wir wollen schließlich gute Nachbarn bleiben.«

»Du Spinner, wieso sind wir gute Nachbarn?«

»Hubert, wenn du jetzt noch ein Wort sagst, werde ich sehr ungemütlich. Und zwar so, wie du dir das nicht erträumen kannst und das auch vierzig Jahre nicht erlebt hast von mir, hast du mich verstanden.«

»Ja Maria, ich sage nichts mehr.«

»Vielen Dank noch einmal Herr Karl-Gustav, dass wir das so regeln konnten, es wird auch nicht mehr passieren.«

»Das war doch selbstverständlich, liebe Maria, gern geschehen. Ich bin auch davon überzeugt, dass Sie Ihren Hubert jetzt im Griff haben werden. Einen schönen Tag noch Ihnen. Ich meine natürlich nur Sie, liebe Maria.«

»Vielen Dank, das wünsche ich Ihnen auch.«

Während Hubert und Maria mit ihren Hunden zur Straße gingen, stellte Karl-Gustav das Fenster wieder >auf Kippe<, wie er und alle anderen Ruhrgebietsler sich nun mal ausdrücken. Er hatte sich auch sehr schnell abgeregt und konnte sich wieder anderen Dingen widmen. Seine Körpertemperatur hatte inzwischen auch normale Werte erreicht, ebenso sein Pulsschlag, zumindest vermutete er dieses.

Maria war einfach eine zu liebenswerte Person, als dass er sich weiter in das Geschehen mit Wölfi und Hubert hineinsteigern wollte. Er setzte sich nun vor seinen Computer und versuchte ein bisschen zu schreiben. Diesem Vorhaben kam zugute, dass mittlerweile alle das Haus verlassen hatten. Und sollte sich etwas ereignen, sozusagen unverhofft, wäre er garantiert sofort zur Stelle. Das heißt, an seinem >Beobachterfenster<, dem Dreh- und Angelpunkt seiner Beobachtertätigkeit. Von dieser Position konnte er die meisten seiner Beobachtungen durchführen, später dann notieren und gegebenenfalls auch kommentieren. Ebenso war er natürlich sofort bereit, wenn es sein musste, Hilfestellung zu geben. Nun ja, so hilfsbereit war er nun mal.

Er wusste aber auch, dass seine Hauptbeobachtungszeit noch unweigerlich kommt, so ab nachmittags. Eigentlich müsste er seit Stunden vor dem Computer sitzen und arbeiten, aber durch die vielen Vorkommnisse, und da dachte er sowohl an die Sache mit der Ulrike Gröberlein und dem Stinke-Otto, als auch an die Geschichte mit dem Vollidioten Hubert, war das heute Morgen nicht möglich gewesen. An seinem neuen Buch weiterschreiben, daran war während dieser Vorkommnisse überhaupt nicht zu denken. Das wollte er nun nachholen.

Karl-Gustav begann dann zwar zu schreiben, merkte aber sehr schnell, dass er sich doch noch nicht ganz abgeregt hatte. Er hatte den Disput mit Hubert und ebenso das Gespräch zwischen dieser Ulrike Gröberlein und dem Stinke-Otto noch nicht ganz weggesteckt, davon musste er unbedingt gleich Mathilda erzählen. Da er sich mit diesen Gedanken zu sehr beschäftigte, wenn auch unfreiwillig, konnte er sich kaum auf seine Arbeit konzentrieren. Und das, obwohl jetzt alle Nachbarn aus dem Haus waren und er gewissermaßen wieder Zeit hatte, sich dem Schreiben von Büchern und Artikeln zu widmen.

Wenn es ihm auch schwerfiel, sich nun damit zu beschäftigen, so wollte er es zumindest noch eine Weile versuchen. Auf jeden Fall so lange, bis Mathilda endlich aufsteht und er ihr erzählen kann, was heute Morgen alles vorgefallen war.

Er musste aber eine geschlagene Stunde an seiner Geschichte weiterschreiben, zumindest war er eifrig bemüht, erst dann kam Mathilda, so kurz nach zehn Uhr, zu Karl-Gustav ins Büro.

»Guten Morgen Karl-Gustav.«

»Guten Morgen mein Schatz. Gut geschlafen?«

»Meinst du das ironisch oder ernsthaft?«

»Aber liebste Mathilda, natürlich nicht ironisch, ich gönne dir wirklich einen guten, langen und gesunden Schlaf. Allerdings habe ich schon eine Stunde auf dich gewartet. Ich habe dir viel zu erzählen, du glaubst es nicht.«

»Doch Karl-Gustav, ich glaube dir, allerdings musst du dich noch gedulden. Erst nach dem Frühstück stehe ich dir zur Verfügung. Ich weiß doch, wie langatmig du immer erzählst, da verpasse ich womöglich nicht nur das Frühstück, nein, wahrscheinlich auch das Mittagessen. Tut mir leid Karl-Gustav, du musst dich noch eine Weile zusammenreißen, wenn es dir auch schwerfällt.«

»Mathilda, du kannst ja richtig gemein sein. Wie soll ich das so lange aushalten?«

»Sag mal, spinnst du? Ich habe Hunger und außerdem brauche ich morgens nach dem Aufstehen immer zuerst eine Tasse Kaffee. Mindestens eine, das weißt du doch.«

Mathilda wollte keine weitere Diskussion, war auch gerade im Begriff aus dem Büro zu gehen, da sah sie einen Zettel auf dem Schreibtisch liegen.

»Was ist das denn hier? Notierst du dir etwa, wer hier morgens früh aus dem Haus geht? Das gibt es doch gar nicht! Also ehrlich, ich kann es nicht glauben.«

»Aber Mathilda, das ist extrem wichtig, ich muss schließlich alles unter Kontrolle haben. Du hast doch gesehen, ich denke gerade an unsere vorherige Wohnung, was passiert, wenn wir nicht alles im Griff haben.«

»Ich kann es immer noch nicht glauben, was du da machst. Außerdem, wenn du dich schon mit so etwas beschäftigst, kannst du das nicht sorgfältiger ausführen?«

»Wie meinst du das Mathilda? Also, sorgfältiger und durchdachter als ich kann man wirklich nicht arbeiten. Du weißt doch, dass ich genial bin.«

»Ach ja, mein genialer Mann, und warum hast du die Krimers nicht ausgetragen? Hier sieh mal, da steht kein Austrag!«

»Liebe Mathilda, du hast recht, da habe ich etwas übersehen. Aber es ist anders, als du wahrscheinlich denkst. Sowohl Fritz als auch Clara Krimer haben heute Morgen das Haus nicht verlassen. Warum das so ist, muss ich noch überprüfen! Nochmals vielen Dank, dass du mich darauf aufmerksam gemacht hast. Ich sage ja immer, auch ein blindes Huhn findet mal ein Korn.«

»Wie, die sind nicht aus dem Haus gegangen. Haben die beiden vielleicht Urlaub?«

»Mein Schatz, keine Ahnung, aber das werde ich natürlich überprüfen.«

»Wie bitte? Wie willst du das denn überprüfen? Schellst du da gleich an oder wie willst du das realisieren?«

»Aber nein, auf keinen Fall werde ich bei Krimers schellen. Ich rufe sie an und demzufolge weiß ich schon mal, ob zumindest einer von ihnen in der Wohnung ist.«

»Das ist doch wohl ein Scherz, die erkennen dich doch sofort an deiner Nummer.«

»Nein, liebste Mathilda, das können sie überhaupt nicht. Ich habe nämlich bei meinem Handy eine Rufnummer-Unterdrückung gewählt, meine Gesprächspartner sehen nur die Schriftzeichen >Rufnummer unterdrückt<.«

»Karl-Gustav, so langsam wird mir das aber zu viel mit dir. Übrigens, nun denk bloß nicht, dass ich den Spruch mit dem blinden Huhn schon vergessen habe, da kommt noch etwas auf dich zu! Aber du hast Glück, im Moment nicht. Und was ich noch fragen wollte, was erfährst du denn schon, wenn sich nur einer von beiden meldet? Streng genommen doch gar nichts.«

»Doch mein Schatz, ich frage sofort nach dem Partner und dann weiß ich schon mal, ob beide im Haus sind. Ich höre doch an der Stimme, wer von den Krimers am Telefon ist und kann dann schon einmal ein bisschen nachhaken.

Eventuell erzähle ich auch Fritz oder Clara, je nachdem, wen ich ans Telefon bekomme, dass sie bei einem Preisausschreiben einhunderttausend EURO gewinnen können. Dazu stelle ich gewiefte Fragen und erfahre so alles, was ich wissen möchte. Ich habe es drauf oder nicht?«

»Karl-Gustav, du gehörst in psychologische Behandlung, ich glaube es einfach nicht. Jetzt benötige ich aber dringend eine Tasse Kaffee, sogar noch nötiger als sonst am frühen Morgen. Ich kann es immer noch nicht fassen, was du geplant hast!«

Mathilda ging nun schnurstracks in die Küche und kurz darauf hörte Karl-Gustav sie mit der Kaffeekanne hantieren und direkt im Anschluss daran ins Bad gehen.

Karl-Gustav achtete aber nicht weiter auf Mathilda und widmete sich wieder seinem Computer. Ganz besonders versuchte er sich darauf zu konzentrieren, weitere Zeilen an seinem Buch zu schreiben. Nun kam ihm zugute, dass die Nachbarn, soweit sie berufstätig oder schulpflichtig sind, inzwischen alle aus dem Haus waren. Ausgenommen natürlich Familie Krimer, aber die Lösung dieser Problematik wollte er auf den späten Nachmittag verschieben, vielleicht hat er bis dahin auch schon mal etwas in Erfahrung gebracht.

Vielleicht haben beide Krimers Urlaub, das wäre doch eine Möglichkeit. Falls sich dann mindestens einer der Krimers einmal draußen sehen lässt, könnte er ganz zufällig sein Beobachterfenster öffnen und ein bisschen nachfragen.

Jetzt wollte er aber erst einmal weiterschreiben. Das wurde wider Erwarten zähflüssig, da es irgendwie noch nicht so richtig funktionierte. Nachdem er gerade einen Satz zum zehnten Male umformuliert hatte, kam plötzlich seine Frau erneut ins Büro.

»Ach, hast du schon angefangen zu arbeiten?«

»Wie du siehst, mein Zuckermäuschen.«

»Hör mal, möchtest du etwas von mir? Ich frage nur, weil du mich Zuckermäuschen nennst.«

»Nicht mehr als sonst. Du weißt doch, was ich so am Tag brauche.«

»Das stimmt, das weiß ich zur Genüge. Ich meine, was du von mir erwartest. Essen kochen, Wäsche waschen, Wohnung putzen, Lebensmittel und natürlich Bier einkaufen. Habe ich etwas vergessen?«

»Aber natürlich, mein Zuckermäuschen, die Schmuseeinheiten.«

»Oh, wie konnte ich das vergessen. Aber was machst du eigentlich für uns oder besser noch für mich? Im Grunde genommen fällt mir da nichts ein.

Einen Moment mal, ich sehe da gerade etwas. Wie lange schreibst du heute schon an deiner Geschichte?«

»Das kann ich dir genau sagen. Ich bin um halb sieben aufgestanden und habe nach dem Duschen bis halb acht auf dem Balkon gefrühstückt. Danach habe ich mich sofort ins Büro begeben und kurze Zeit später angefangen zu schreiben.«

»Was, vor drei Stunden? Und du bist immer noch auf der ersten Seite von dem neuen Kapitel. Ich glaube es nicht. Da müssen wir doch langsam den Gürtel enger schnallen bei deinem Tempo oder was meinst du?«

»Auf keinen Fall, das werde ich schon auf geniale Weise lösen, du kennst mich doch. Was die drei Stunden betrifft, was soll ich dir da viel erklären. Es war heute Morgen immerhin viel los vor unserem Haus, da konnte ich einfach nicht ununterbrochen schreiben. Es standen dauernd Nachbarn vorm Haus und waren am Quatschen. Besonders der Stinkefritze-Otto ist mir heute zweimal unangenehm aufgefallen, einmal sogar im Zusammenhang mit dieser unmöglichen Ulrike Gröberlein, aber auch ein paar andere unangenehme Dinge haben heute Morgen stattgefunden.

Das alles hat schon eine gewisse Zeit in Anspruch genommen und dazu kommt, dass man sich nach solchen Ereignissen nicht sofort wieder vollständig auf seine Arbeit konzentrieren kann, das verhält sich leider so. Das ereilt auch so überaus geniale Menschen wie mich, leider. Ich hoffe mal, du verstehst diesen komplizierten Zusammenhang?«

»Ach nee, das verhält sich doch sicher etwas anders. Du hast bestimmt deine Neugier in Verbindung mit deiner ausgeprägten Kontrollsucht nicht mehr im Griff. Du bist dermaßen neugierig, dass du sofort bei dem geringsten Geräusch vor dem Haus von deinem Schreibtischstuhl aufspringst.

Und zwar deshalb, damit du auch alles mitbekommst, was die Nachbarn da draußen so zu erledigen oder sich zu erzählen haben. Anschließend musst du das Gehörte noch stundenlang verarbeiten, denn du bist doch wirklich nicht genial. Komm, gib es zu!«

»Ja nun, das ist schon sehr aufschlussreich. Du kannst dir gar nicht vorstellen, wie interessant das heute war. Deine Mutmaßung, ich hätte eine ausgeprägte Kontrollsucht, überhöre ich jetzt mal ausnahmsweise und gebe dazu keinen Kommentar. Auf deine versuchte Diffamierung gehe ich jetzt ebenso wenig ein, sie ist sowieso nicht haltbar und daher völlig absurd.

Eigentlich müsstest du dich doch über meine Beobachtungen freuen, denn so kann ich dir immer viel erzählen. Du bekommst ja ansonsten nichts mit, weil du immer >bis in die Puppen< schläfst, sag ich mal so. Trotz fortgeschrittener Stunde willst du dann noch ausgiebig frühstücken, ein wenig Hausarbeit hast du gewiss auch zu erledigen, wenn du auch nicht viel machst, aber immerhin ein bisschen und zur Krönung haben wir noch einen Fernseher. Wenn du abends ins Bett gehst, dann glüht der Fernseher regelrecht und mehr will ich im Moment dazu nicht sagen. Für unser Schmusen wird es meistens sehr knapp oder es fällt vollständig aus.«

»Du, nun gib aber Obacht! Willst du mich schon am frühen Morgen erzürnen? Du erzählst hier, ich würde kaum etwas im Haushalt machen. Übrigens, diesen Blödsinn erzählst du andauernd. Nein, für diese Diskussion habe ich vor dem Frühstück keine Energie. Ich gehe jetzt in die Küche und bereite mein Frühstück vor.«

»Siehst du, sag ich doch. Jetzt wird erst noch ausgiebig gefrühstückt, wie ich es schon angedeutet habe und weil du so lange geschlafen hast, ist gleich schon wieder Mittag und es wird wieder ganz knapp, für mich ein standesgemäßes Mittagessen vorzubereiten. Also bekomm ich wieder irgendetwas auf den Tisch gepfeffert, anstatt dass ich, da ich doch so viel arbeite, mit einem fünf Gänge Menü verwöhnt werde. Anschließend könnte ich auch eine Schmuseeinheit gut vertragen, also nach dem Essen.

Vielleicht stehst du demnächst einmal etwas früher auf. Was meinst du, mein Schnuckelmäuschen? Dann kannst du mich auch so verwöhnen, wie mir das zusteht. Na, bist du einverstanden und versuchst es mal?«

»Ich gib dir gleich, was dir zusteht, warte mal ab! Das ist allerdings etwas ganz anderes, als du jetzt denkst.«

»Beruhige dich mein Schatz. Ich verstehe ja, dass die

Wahrheit manchmal weh tun kann, aber einer von uns muss sie aussprechen.«

»Hör augenblicklich auf, erzürne mich nicht weiter! Ich bin aus einem bestimmten Grund noch einmal ins Büro gekommen. Ich möchte von dir kurz hören, was da eben gewesen ist mit dem Otto und der lieben Ulrike.

Aber nur ganz kurz! Verstehst du, ich muss unbedingt frühstücken. Für deine üblichen langatmigen Reden habe ich vor dem Frühstück nicht die Nerven.«

»Ach nee, bist du neugierig? Übrigens, die Ruhe, mir mal etwas ausführlicher zuzuhören, hast du ganz selten. Und das, obwohl es doch gerade bei dir notwendig ist, alles sehr ausführlich und bedächtig zu erzählen, sonst verstehst du die Zusammenhänge leider nicht.«

»Reiß dich zusammen, sonst werde ich extrem wütend! Jemand wie du, der von morgens bis abends am Fenster oder auf dem Balkon steht und das nur, um die Nachbarn zu beobachten, der sollte andere Menschen nicht als neugierig bezeichnen.

Und sag bloß nicht noch einmal etwas Negatives gegen meine Auffassungsgabe, auch nicht indirekt! Hast du mich verstanden? Und nun berichte mir ohne Umschweife das, was ich hören möchte oder ich geh sofort wieder.«

»Frau, reg dich ab. Ich erzähl dir schon alles, ich muss mich nur kurz sammeln.«

»Was musst du denn sammeln? In deinem Gehirn gibt es doch absolut nichts, was man sammeln könnte. Nun mach schon, mein Kaffee wird kalt!«

»Mann oh Mann, bist du grantig! Vielleicht solltest du tatsächlich vorher eine Tasse Kaffee trinken und danach erzähl ich dir alles in Ruhe.«

»In Ruhe? Nein, auf keinen Fall! Auf deine Langatmigkeit kann ich verzichten, so viel Zeit habe ich nicht. Aber mit dem Kaffee hast du recht. Warte, ich hole mir eine Tasse Kaffee! Ich bin gleich wieder da.«

Mathilda war verschwunden, bevor Karl-Gustav ihr eine Antwort geben konnte. Nach drei Minuten kam sie mitsamt einer Tasse Kaffee wieder ins Büro.

»Da bin ich wieder, leg jetzt los! Aber ohne Umschweife, wenn ich bitten darf.«

»Gerne doch, liebste Mathilda, dein Wunsch ist mir Befehl. Ich werde selbstverständlich versuchen, die Vorkommnisse für dich einigermaßen verständlich darzustellen.«

»Sage nicht noch einmal >liebste Mathilda< zu mir und höre auf mich zu diffamieren!«

»Schon gut, aber du wirst es nicht glauben, dieser Stinkefritze-Otto ist heute Morgen gleich zweimal negativ aufgefallen. Zuerst hat er die liebe Sarah und ihre Kinder angemacht, und zwar richtig eklig. Er war der Meinung, dass das Tischtennis spielen zu laut wäre. Er hat sie bedroht, der Scheißtyp. Aber das war noch nicht alles, denn als ich mich in das Gespräch eingebracht hatte, glaubte er wohl mich ständig beleidigen zu müssen.«

»So wie ich dich kenne, bist du sofort dazwischen gegangen oder? Übrigens, der Tonfall von dir, ich meine bei dem Ausspruch >liebe Sarah<, gefällt mir gar nicht. Habe ich da etwas versäumt?«

»Mathilda mein Schatz, noch hast du nichts versäumt. Ich liebe dich, da war nichts, bis jetzt zumindest. Ansonsten kann ich doch nicht in die Zukunft sehen.«

»Was heißt hier >bis jetzt<? Hast du da etwa zukünftig in dieser Richtung etwas vor oder wie muss ich deine Aussage verstehen?«

»Liebe Mathilda, ich wollte damit ausdrücken, dass ich

mir zurzeit keine derartigen Gedanken mache, wenn auch Sarah das vielleicht etwas anders sieht. Aber auch später doch nur, wenn du kein Interesse mehr an mir hast.

Ich muss dir allerdings mitteilen, manchmal habe ich schon dieses Gefühl. Deine negativen Kommentare mir gegenüber häufen sich in der letzten Zeit, sodass ich des Öfteren denken muss, dass du mich nicht mehr magst und auch nicht mehr mit mir zusammen sein willst.«

»Das hat doch nichts damit zu tun. Du redest wirklich so oft dummes Zeug oder ärgerst mich, da kann doch von mir schon mal etwas in diese Richtung kommen, allerdings nicht ernst gemeint.«

»Darauf möchte ich jetzt nicht näher eingehen. Aber weißt du noch, wann du mich das letzte Mal verwöhnt hast? Ich meine jetzt so richtig! Ich kann mich auf jeden Fall nicht mehr daran erinnern und dann kommt man schon auf bestimmte Gedanken. Und wenn dazu noch so eine Schnuckelmaus wie die Sarah mir >schöne Augen macht<, obwohl die natürlich verheiratet ist und ich auch im Moment nichts vorhabe, fühlt man sich schon geschmeichelt. Vor allen Dingen, wenn man weiß, dass diese Person, nämlich Sarah, einen besonders mag.«

»Was höre ich da, >Schnuckelmaus<? Na warte du! Und schmeicheln tu ich dir auch gleich. Aber anders, als du denkst. Andererseits werde ich einmal über das Schmusen nachdenken, vielleicht hast du da wirklich recht. Aber jetzt erzähl mir mal, wie ist das denn ausgegangen mit dem Otto und der Sarah.«

»Wie immer, wenn ich mich einbringe, du kennst mich doch mein Schatz.«

»Ja, ich kenne dich, daher habe ich auch eine Frage. Lebt der Otto noch?«

»Schatz, was kann ich denn von hier oben ausrichten? Ich hätte doch höchstens unseren Gartentisch nach Otto schmeißen können, aber das kann ich doch nicht machen. Überlege doch mal, wenn dieser wunderschöne Tisch den Aufprall auf Otto nicht unbeschadet überstanden hätte? Nein, das ging gar nicht. Außerdem weißt du doch, dass ich völlig harmlos bin, ich agiere immer nur im Notfall. Es reicht schon, wenn ich solche Typen einschüchtere, das reicht vollkommen. Auch bei dem Stinke-Otto hat das funktioniert. Er hat zwar Widerworte gegeben, ist aber trotzdem hinterher in seine Wohnung gegangen und hat Ruhe gegeben. Aber du glaubst es nicht, kurze Zeit später hat er vor der Haustür diese unmögliche Ulrike Gröberlein getroffen und über die süße Sarah und mich geschimpft.«

»Nein, Karl-Gustav, über dich geschimpft? Das verstehe ich überhaupt nicht, wo du doch so ein zuvorkommender und rücksichtsvoller Mensch bist, also wirklich. Übrigens, du Blödmann, sage bloß nicht noch einmal >süße Sarah< zu der Person aus dem Erdgeschoss unten links.«

»Haha mein Schatz, das war gerade >doppeltgemoppelt<. Und noch etwas Mathilda. Halte dich bitte zurück, werde hier nicht ironisch! Er hat mich beleidigt, ich sei ein Scheißkerl und sollte besser auswandern, zusammen mit diesem Schläger Friedrich aus dem Untergeschoss. Obwohl, eigentlich war es noch etwas anders. Der Stinke-Otto hat mich als Scheißkerl bezeichnet und das Auswandern war eine Idee von der unmöglichen Ulrike Gröberlein. Genau, so war das. Ach nee, dazu kommt, dass der Typ mich noch auf den Mond schießen wollte.«

»Ehrlich, und wanderst du aus? Über die Beförderung zum Mond rede ich jetzt mal nicht, obwohl sich das auch recht gut anhört.«

»Pass aber nun auf und reiß dich bloß zusammen! Die Sache mit dem Mond ist mir zu blöd, um darauf etwas zu erwidern, aber zu dem Auswandern kann ich dir gerne etwas mitteilen. Ja, wenn du mich weiterhin so reizt. Aber dann nehme ich die liebe Sarah mit. Sie hat gesagt, sie würde mich jeden Tag verwöhnen.«

»Was? Na warte, wenn ich die in die Finger bekomme, die mach ich dann aber rund.«

»Mathilda, das kann ich nicht zulassen, sie ist eine ganz nette Person. Außerdem kannst du sie nicht rundmachen.«

»Wie meinst du das?«

»Du könntest sie höchstens eckig machen, weil sie schon rund ist, und zwar wunderschön rund und auch genau an den richtigen Stellen.«

»Warte mal, dich mach ich auch gleich rund. Das Verwöhnen kannst du dir sofort wieder abschminken, so!«

»Siehst du, sag ich doch. Du findest immer einen Grund, meine mir zustehenden Verwöhneinheiten zu umgehen, das wird einfach nichts mehr. Da kann ich nur hoffen, dass die liebe Sarah sich irgendwann von ihrem Mann trennt, am besten zu dem Zeitpunkt, wenn auch du mich gar nicht mehr willst und so kann ich mich dann zeitgleich von Sarah verwöhnen lassen. Ich denke, das ist doch bestimmt auch in deinem Interesse, wenn ich mir das hier so anhöre.«

»Ich verwöhne dich gleich, wenn du damit nicht aufhörst. Das geht aber dann hier richtig los.«

»Ehrlich, du verwöhnst mich gleich? Dann mach ich jetzt so lange weiter, bis du mich verwöhnst.«

»Spinnst du, das war ironisch gemeint. Wenn du heute noch einmal das Wort Sarah in den Mund nimmst, passiert etwas. Und jetzt erzähl schnell zu Ende, falls es noch etwas zu erzählen gibt. Mann, es ist schon Mittag und ich habe noch nicht gefrühstückt.«

»Na klar, sag ich doch. Du schläfst bis in die Puppen, kommst anschließend kaum in die Gänge und schon ist es Mittag. Der Witz ist, dass du dich anschließend noch darüber wunderst. Dazu kommt, dass ich dann mein Mittagessen natürlich auch nie rechtzeitig bekomme, falls überhaupt. Nee wirklich.«

»Du sei vorsichtig! Ich lass das ausnahmsweise einmal durchgehen, sonst stehe ich zum Abendbrot immer noch hier und habe noch nicht alles von heute Morgen gehört und schon mal gar nicht gefrühstückt. Mach voran!«

»Ja, aber das wird erst einmal schwierig. Na gut, ich versuche es. Also, nachdem der Stinke-Otto auch die nette Person aus dem Erdgeschoss beleidigt hatte, also die süße Frau, deren Namen auszusprechen du mir leider für heute verboten hast, hat diese Ulrike Gröberlein sie erstaunlicherweise verteidigt und gesagt, sie sei eine nette Person. Also nicht Ulrike Gröberlein, sondern die hübsche Schwarzhaarige aus dem Erdgeschoss, aber das weißt du sicher.«

»Willst du mich wieder böse machen, Karl-Gustav? Gut, das ging jetzt nicht anders nach meinem Verbot, aber über diese besagte Person aus dem Erdgeschoss muss ich doch mal mit der Ulrike sprechen. Und sag einmal, woran dachtest du denn vorhin bei dem Spruch, denn was anderes war es doch wohl wirklich nicht, das sei >doppeltgemoppelt<?«

»Liebste Mathilda, das ist ganz einfach erklärt. Das Erdgeschoss befindet sich immer in der unteren Etage, also unten, oder meinst du nicht? Wenn du vom Erdgeschoss sprichst, dann ist der Begriff >unten< im Zusammenhang mit dem Erdgeschoss eine unnötige Bezeichnung.«

»Du Blödmann, bringe mich bloß nicht in Rage! Leg hier bloß nicht alles auf die Goldwaage, schon mal gar nicht du.

Kann selbst nicht vernünftig deutsch sprechen und will mich bei so lächerlichen Kleinigkeiten ständig kritisieren und verbessern. Das ist ja unglaublich. Und jetzt beginn endlich, du wolltest mir noch etwas erzählen.«

»Ja, ich mach es kurz und auf deine unverständlichen Nörgeleien gehe ich einfach nicht ein. Ich wollte dir noch eine Geschichte mit dem Ehepaar Kallin, genauer gesagt mit diesem Hubert, näher bringen. Du weißt ja, dieser Typ, der immer in den Flur pinkelt.«

»Karl-Gustav, was soll das? Der Hubert macht nicht in den Flur. Das war, wenn überhaupt, sein Hund. Erzähle hier nicht solch einen Blödsinn.«

»Mathilda, ich verbreite keine Geschichten. Aber gut, pass auf! Ich stand mal kurzzeitig rein zufällig an meinem Beobachterfenster, da kamen plötzlich Maria, die ist ja wirklich nett, und dieser Hubert mit ihren Hunden aus der Haustür. Das ist ja noch vertretbar, aber dann kam es. Da hat doch dieser unverschämte Flegel von Hubert einfach seinen Pinscher Wölfi von der Leine gelassen.«

»Das kann doch wohl nicht wahr sein. Habe ich mich gerade verhört? >Beobachterfenster< hast du das Fenster an der Straßenseite in deinem Büro genannt? Ja so langsam drehst du doch wirklich durch!

Übrigens, du kennst auch schon den Namen von Huberts Hund? Alle Achtung, du bildest dich wirklich weiter. Das hätte ich so nicht gedacht.«

»Mathilda, lass das! Ich habe das mitbekommen, als ich rein zufällig einmal am Fenster stand. Das war wirklich Zufall. Ich weiß überhaupt nicht, was ich eigentlich dort wollte. Bestimmt mal kurz Luft schnappen.«

»Ich schnapp dir gleich Luft, dann hast du aber ausgeschnappt. Hör jetzt sofort auf, mir so einen ausgemachten

Blödsinn aufzutischen.

Ach, noch etwas. Zufällig nennt man das also, was du den ganzen Tag machst, am Fenster stehen und die Nachbarn beobachten.«

»Hab Acht Mathilda, du bewegst dich wieder auf gefährlichem Terrain. Außerdem hat die liebe Maria bei unserem Kennenlern-Kaffeetrinken den Namen Wölfi auch einmal erwähnt.«

»Karl-Gustav, weich nicht aus und werde nicht wieder langatmig. Was war denn los? Ist das eigentlich etwas Weltbewegendes, wenn jemand seinen Hund von der Leine lässt? Sag mir das bitte! Oder ist das für dich schon eine Sensation?«

»Mathilda, nun zähme dich aber! Natürlich ist das nichts Weltbewegendes, das war auch nur die Einleitung. In Ruhe zu Ende folgern, das schafft man bei dir wirklich nicht. Ich bin schon mal froh, dass ich ein solchermaßen super Spitzengehirn mit diesen überragenden Fähigkeiten habe, sonst würde ich dauernd den Faden verlieren, sooft wie du mich unterbrichst. Genau so, wie du ihn dauernd verlierst, aber ohne dass ich dich dazu unterbrechen muss.«

»Was soll das denn heißen? Willst du damit behaupten, dass ich nicht intelligent bin und auch ständig den Faden verliere? Du, zähme deine Zunge, sonst werde ich richtig wütend!«

»Mathilda, nun besinne dich! Wir wissen doch wohl beide, dass dein Gehirn nicht mit meinem überragenden Gehirn einschließlich meiner überdimensionalen Fähigkeiten mithalten kann, nicht im Geringsten. Aber darauf wollte ich gar nicht eingehen, ich hatte gegenwärtig etwas ganz anderes im Sinn.«

»Karl-Gustav, wenn du jetzt nicht damit aufhörst, mich

hier so zu diffamieren, dann werde ich dich gleich mal überdimensional zurechtstutzen. Dann vergeht dir aber das Hören und Sehen. Hast du mich verstanden, du mit deinem überdimensionalen Gehirn?«

»Mathilda, das wäre ganz schlecht, weil ich dann meiner Aufgabe nur noch unzureichend nachkommen könnte, also unsere Nachbarn beobachten. Das geht aber gar nicht, dass ich mich dermaßen einschränken muss, also wirklich nicht.«

»Karl-Gustav, da wären unsere Nachbarn aber bestimmt froh, wenn du sie nicht mehr bespitzeln könntest.«

»Mathilda, ich überwache doch nicht unsere Nachbarn. Das ist eine sorgfältig durchdachte Beobachtung, alles zu ihrem und zu unserem Schutz.«

»Karl-Gustav, was erzählst du da wieder für einen Blödsinn, das glaubst du doch wohl selbst nicht.«

»Doch liebe Mathilda, das erläutere ich dir auch sofort. Dazu nehme ich mir buchstäblich das neueste Beispiel und erkläre dir das in kleinen Häppchen, um es auch dir begreifbar zu machen, ist doch Ehrensache.«

»Pass auf, du Blödmann! Von wegen >Ehrensache< und auch die Bemerkung >auch dir<, lass das gefälligst! Und das mit den >Häppchen< erwähne ebenfalls nie wieder, sonst zerlege ich dich gleich in kleine Häppchen! Hast du mich verstanden?

Und nun fang endlich an, ich möchte augenblicklich die Vorkommnisse mit dem Hund von Hubert Kallin erfahren. Wie heißt der Hund, was sagtest du noch?«

»Siehst du Mathilda, wusste ich es doch. Wie der Hund vom Hubert heißt, das habe ich dir erst vor drei Minuten gesagt, aber du hast den Namen schon wieder vergessen. Obwohl, genau genommen ist es Marias Hund, aber heute Morgen hatte Hubert beide Hunde an der Leine. Also noch einmal langsam, zum Mitschreiben. Der Hund heißt Wölfi und nun merke dir das bitte! Ich möchte mich nicht ständig wiederholen, sonst werde ich nie mit meinen Ausführungen fertig. Ich denke, das verstehst auch du.«

»Hör sofort auf mich hier derart zu erniedrigen! Es ist doch unwichtig, wie der Hund heißt? Für mich auf jeden Fall, denn ich habe mich mit ihm noch nicht unterhalten und schon mal gar nicht mit ihm zusammen gefrühstückt. Du hast wahrscheinlich dein Gehirn so überfüllt mit unwichtigen Namen, dass du daher alles Wesentliche vergisst. Beispielsweise hättest du vorigen Monat fast unseren Hochzeitstag vergessen.«

»Einen Moment liebste Mathilda, ich bin noch nicht ansatzweise fertig mit meinen Ausführungen, daher werde ich dir in diesem Augenblick auf deine infamen Beleidigungen nichts entgegensetzen und fahre erst einmal fort. Außerdem hatte ich deinen Hochzeitstag nur beinahe vergessen. Verstehst du den Unterschied, den das Wort >beinahe< ausmacht. Ich denke, du solltest dich mal über die Bedeutung verschiedener Wörter informieren, das würde dich schon ein bisschen weiterbringen. Was hältst du davon?«

»Hör auf zu denken, Karl-Gustav! Das wird sowieso nichts. Du hast noch nicht einmal gemerkt, dass es sich um unseren Hochzeitstag gehandelt hat, nicht nur um meinen. Oder warst du bei unserer Hochzeit nicht dabei?«

»Mathilda, lass diese Spitzfindigkeiten und lenk mich nicht von meinen Ausführungen ab. Bleiben wir einmal beim Wölfi. Also, vielleicht hast du das gar nicht vergessen, sondern hast vorhin, als ich dir dies erzählt habe, es mit deinem zweifellos sehr begrenztem Auffassungsvermögen gar nicht aufnehmen und in deinem Kurzzeitgedächtnis registrieren können. Ganz zu schweigen von der Übernahme in den Zwischenspeicher und später in das Langzeitgedächtnis.

Du bist da leider sehr begrenzt, aber ich liebe dich trotzdem. Dafür hast du natürlich andere Vorzüge, wenn du nur willst. Ich meine insbesondere deine Fähigkeit, die dir gestattet mich ausgesprochen grandios zu verwöhnen. Leider willst du das in der letzten Zeit sehr selten. Na schön, lassen wir das vorerst.

Dann versuche ich es nun klar und deutlich, natürlich auch für dich verständlich, herüberzubringen. Also, ich war vorhin beim Wölfi, hörst du, Wölfi heißt der Pinscher, und da mach ich jetzt einfach mal weiter. Pass nun genau auf, da ich nun ...«

»Stopp! Wenn du mich noch einmal dermaßen abkanzelst, dabei denke ich vor allem an den Punkt mit dem Auffassungsvermögen, dann kommst du gleich unter die Räder. Schmusen brauchst du mir gegenüber vorerst überhaupt nicht mehr zu erwähnen. Und nun mach voran, sonst verpasse ich auch noch das Kaffeetrinken heute Nachmittag, das ist wirklich kaum zu glauben.«

»Ich bitte dich, du lässt mich doch nie ausreden. Gut, Klappe, die Einhundertfünfzigste oder so ähnlich. Also, ich war vorhin, so vor einer gefühlten Stunde, dabei dir zu erzählen, was es mit dem Wölfi auf sich hatte.«

»Nun leg endlich los Karl-Gustav, aber dalli und präzise!«

»Ich bin immer präzise, das geht gar nicht anders bei meinen ausgeklügelten Gehirnbahnen. Also ...«

»Hör auf Karl-Gustav, bitte! Du, das ist jetzt die allerletzte Warnung. Wenn du nicht sofort mit deiner Weihräucherei aufhörst und dich beeilst, ist wirklich was los.«

»Wenn du meinst. Allerdings wäre ich schon lange fertig,

wenn du mich ausreden lassen würdest. Also, ich habe dir ja schon erzählt, dass dieser blöde Hubert seinen Hund Wölfi von der Leine gelassen hat, aber noch nicht, dass der sofort nichts anderes zu tun hatte, als zu meinem Auto zu laufen und an das linke hintere Rad zu pinkeln. Kannst du dir das vorstellen?«

Jetzt musste Mathilda lauthals lachen und auch ihre grüne Gesichtsfarbe wurde wieder etwas blasser, dafür wurde nun Karl-Gustav richtig zornig.

»Was gibt es denn da zu lachen? Sag mir das einmal! Und dann sagte dieser blöde Hubert noch, dass er nicht gewusst hatte, dass sein Hund so intelligent sei und sofort erkennt, wo mein Auto steht.«

»Karl-Gustav, ich habe da eine Idee. Stell doch ein Schild vor dein Auto mit dem Hinweis, dass das Pinkeln an deine Reifen verboten ist.« Daraufhin musste Mathilda noch mehr lachen und ihre Gesichtsfarbe wechselte langsam von blasser Grünfärbung zu leichtem Rot.

»Mathilda! Spinnst du?«

»Wieso? Du ärgerst dich doch darüber.«

»Das stimmt, aber wenn ich das nur für Hunde einschränke, pinkeln hinterher noch dieser blöde Hubert oder der Stinke-Otto an mein Auto. Das geht schon mal gar nicht.«

»Dann mach das doch noch anders. Stell ein Schild vor das Auto mit dem Hinweis >Das Pinkeln an meine Reifen ist für Hubert, Otto und Wölfi verboten!<! Na, was hältst du denn davon?«

Jetzt bekam Mathilda schon eine dunkelrote Gesichtsfarbe, so intensiv musste sie über ihre zweifelsohne als Scherz ausgelegten Worte lachen. Karl-Gustav sah das hingegen überhaupt nicht so. Im Gegenteil, er konnte sich kaum beruhigen. Bevor er jedoch auf die Ironie von Mathilda reagieren konnte, lenkte diese ihn gleich wieder ab.

»Nun erzähl mal, was hast du denn daraufhin gesagt oder hast du dazu keinen Kommentar abgegeben?«

»Aber Mathilda! Glaubst du etwa, dass man so etwas einfach mit mir machen kann. Ich habe sofort das Fenster aufgerissen und diesen Idioten von Hubert erst einmal zusammengestaucht.«

»Ach, und das hat der sich gefallen gelassen?«

»Nicht doch, natürlich hatte er ein paar Ausreden parat. Insbesondere, dass er die Intelligenz seines Hundes unterschätzt hat. Beleidigt hat er mich dann auch noch ein paar Mal, dieser Scheißtyp. Ich habe natürlich verbal zurückgeschossen, versteht sich ja wohl, wenn auch für meine Verhältnisse relativ milde.

Schließlich war auch die Maria zugegen, da musste ich mich ein wenig begrenzen, wenn es mir auch schwerfiel. Aber das verstehst du sicherlich oder?«

»Natürlich Karl-Gustav, das verstehe ich, bei älteren Damen bist du wirklich sehr zurückhaltend. Andererseits muss ich aber auch bemerken, dass das Beherrschen insgesamt nicht deine große Stärke ist.«

»Mathilda, bitte nicht! Gut, das ist aber noch nicht alles, denn anschließend habe ich ihm noch gesagt, dass er zwei Reifen kaufen muss für mein Auto.«

»Was, und das hat er einfach so hingenommen?«

»Dieser Blödmann doch nicht! Aber seine Frau, also die nette Maria, hat ihn dann mal so richtig >heruntergeputzt< und ihm eindeutig klargemacht, dass er die zwei Reifen bezahlen muss.«

»Ehrlich? Und was hat der Hubert darauf gesagt, nachdem Maria ihn so zurechtgewiesen hatte?«

»Er hat das geschluckt, das hätte ich auch nicht gedacht. Da habe ich die liebe Maria leider völlig unterschätzt, die hat es wirklich drauf. Aber du kennst mich ja, ich habe natürlich nicht lockergelassen. Natürlich nur zum Schein, denn dem Hubert wollte ich schon noch was eintüten. Ich hoffe mal, du kannst mir folgen oder verstehst du das nicht?«

»Natürlich verstehe ich das, sogar sehr gut. Schließlich kenne ich dich schon einige Zeit, Karl-Gustav, das musstest du daher nicht extra betonen. Und hör auf mit diesem Ruhrgebietsdeutsch. Um auf die Reifen zurückzukommen, du hast doch bestimmt, so wie ich dich einschätze, den dreifachen Ladenpreis verlangt oder etwa nicht?«

»Mann oh Mann, hast du eine Meinung von mir. Obwohl ich zugeben muss, wenn die liebe Maria nicht dabei gewesen wäre, hätte ich eher den fünffachen Ladenpreis und natürlich die breitesten Reifen verlangt, die es für meinen Wagen gibt.«

»Siehst du, genauso dachte ich mir das. Ich wusste es doch!«

»Nein liebe Mathilda, das hast du nicht gewusst. Du dachtest, ich würde den dreifachen Preis verlangen. Kennst mich eben doch nicht richtig. Ich habe aber Maria zuliebe eher milde auf dieses Vorkommnis reagiert und auch reagieren müssen.«

»Karl-Gustav, bitte keine Haarspalterei! Prinzipiell lag ich doch wohl richtig. Und was verstehst du unter milde? Ich hätte nicht gedacht, dass das Wort in deinem eher begrenzten Wortschatz überhaupt existiert.«

»Sei bloß vorsichtig und versuche nicht mich zu diffamieren! Außerdem lagst du auch prinzipiell nicht ganz richtig, meine liebe Mathilda, nicht ganz. Denn es betraf ja nicht nur den blöden Hubert, den >Flurpinkler<, sondern auch seine nette Frau Maria, und deshalb konnte ich nicht so unnachgiebig sein.

Ich habe großzügig, wie ich nun mal bei Frauen und netten Menschen bin, auf einen Schadensersatz verzichtet.

Na, was sagst du jetzt? Du hast also wieder einmal völlig daneben gelegen. Kennst mich also doch nicht so, wie du immer behauptest.«

»Wirklich? Karl-Gustav, das kann ich kaum glauben. Ich muss sagen, diese Seite kannte ich bis jetzt tatsächlich noch nicht von dir. Vielleicht sollte ich doch mal wieder eine Schmuseeinheit bei dir einlegen, was meinst du?«

»Meine Liebe, jederzeit. Möchtest du gleich damit anfangen?«

»Karl-Gustav, jetzt doch nicht. Wir haben beide noch einiges zu tun. Ich denke da an heute Abend, was meinst du?«

»Also ehrlich liebe Mathilda, ich bin nicht abgeneigt.«

»Dann schreib jetzt noch ein bisschen, schließlich betrifft das unsere Einkünfte. Es sind auf keinen Fall deine Beobachtungskünste, die zu unserem Lebensunterhalt beitragen. Bist du mit meinem Vorschlag einverstanden?«

»Selbstverständlich bin ich das, obwohl ich nicht weiß, ob ich mich jetzt noch auf das Arbeiten am Computer konzentrieren kann. Ich glaube, ich werde ab sofort nur noch an heute Abend denken.«

»Nun reiß dich aber zusammen! >Erst die Arbeit, dann das Vergnügen<, dieses Sprichwort kennst du doch.«

»Natürlich Mathilda, ich kenne aber auch noch ein anderes schönes Sprichwort bezüglich dieser Thematik, und das sagt mir bedeutend mehr zu.«

»Karl-Gustav, nun ist aber ...«

»Warte doch, ich dachte gerade an die geflügelten Worte

>wer die Arbeit kennt und sich nicht drückt – der ist verrückt<, und du weißt doch, dass ich nicht verrückt bin.«

»Karl-Gustav, Schluss jetzt mit diesem Blödsinn! Außerdem heißt es noch >Arbeit macht das Leben süß<, und das hört sich doch auch nicht schlecht an oder?«

»Das stimmt, aber ich mag doch nichts Süßes, was machen wir da? Außer natürlich so etwas Süßes wie die kleine Sarah, aber das ist natürlich etwas ganz anderes.«

»Karl-Gustav, du redest dich gerade wieder um deine Schmuseeinheit, fällt dir das auf? Außerdem hatte ich dir doch verboten, heute noch einmal diesen Namen in meiner Gegenwart auszusprechen.«

»Ja gut, aber das ist nicht so einfach, wie es sich für dich vielleicht anhört. Die Sarah ist schon eine Süße. Selbstverständlich kannst du natürlich auch süß sein. Ich gehe mal davon aus, dass ich das heute Abend noch erleben darf.«

»Jetzt ist aber Schluss. Rede nicht noch einmal von dieser Tante in Verbindung mit diesem Kosenamen. Ich erlaube dir, mich so anzureden. Das war es aber auch, hast du gehört! Ich gehe jetzt auf den Balkon frühstücken und du schreibst weiter an deinem Buch. Wehe dir, wenn nicht!«

Nun verließ Mathilda mit einer leicht, wirklich nur leicht grünlichen Gesichtsfärbung das Büro, bevor Karl-Gustav noch etwas sagen konnte. Er achtete aber nicht auf Mathildas Gesichtsfarbe und versuchte nun ein bisschen zu Schreiben, viel Zeit bleibt ja nicht mehr. Bald ist es Nachmittag und dann hat er wieder viel Wichtigeres zu tun, nämlich seine Beobachtertätigkeit zu erfüllen. Wenn Mathilda auch nicht einsehen will, wie wichtig das für alle Beteiligten ist.

Aber irgendwann, so hoffte Karl-Gustav zumindest, wird

er Mathilda von der besonderen Bedeutung seiner Beobachtungen überzeugen können.

Der Beobachter

Nachdem Mathilda inzwischen das Büro von Karl-Gustav verlassen hatte, hörte dieser sie kurz darauf in der Küche hantieren. Karl-Gustav ließ sich aber von diesen Geräuschen nicht ablenken und schrieb währenddessen weiter an seiner Geschichte, sogar ziemlich intensiv. Tatsächlich stand er in der ersten halben Stunde nicht einmal an seinem Beobachterfenster. Er glaubte, dass auch Mathilda dieses als eine grandiose Leistung anerkennen wird, wenn er ihr das später übermittelt.

Weiterhin war er sich bewusst, nachdem alle Hausbewohner zur Arbeit gefahren waren, außer den Rentnern und heute einmal ausnahmsweise Familie Krimer, aber damit würde er sich noch gesondert beschäftigen, dass er sich nun wieder eine etwas längere Zeit seinem Computer und damit auch seiner Arbeit widmen konnte. Und das, ohne abgelenkt zu werden.

Es sei denn, es passiert etwas Unvorhergesehenes. Allerdings war er auch darauf vortrefflich vorbereitet, denn er benötigt keine drei Sekunden, um von seinem Bürostuhl aufzuspringen und zum Fenster zu gelangen. Aber es passierte vorerst nichts, auch Mathilda war nicht in der Nähe, wahrscheinlich räumt sie gerade das Geschirr in die Spülmaschine.

Obwohl, damit dürfte sie eigentlich nicht lange beschäftigt sein, aber wirklich nicht. Da das Mittagessen heute mal wieder ausgefallen war, hatte sie ja wohl mit dem Geschirr wenig Arbeit.

Aber mit diesen Überlegungen wollte sich Karl-Gustav wahrlich nicht lange beschäftigen und konzentrierte sich sofort wieder auf das Schreiben seines ersten Buches. Seine zweite wichtige Aufgabe, die Beobachtertätigkeit, beschäftigte ihn zurzeit nicht sonderlich. Das war auch leicht nachzuvollziehen, da normalerweise um diese Zeit nur der Postbote seine Aufmerksamkeit erfordert. Ansonsten ist es um die Mittagszeit eher ruhig, gegen fünfzehn Uhr tut sich dann schon deutlich mehr. Darauf wartete er insgeheim schon ganz ungeduldig, denn um diese Uhrzeit kommen die ersten Hausbewohner wieder von der Arbeit und auch so ist dann recht viel los.

Während nun Karl-Gustav intensiv versuchte einen besonders schwierigen Gedanken zu formulieren, hörte er plötzlich lautes Zuschlagen von Autotüren. Sofort sprang er auf und war mit einem Satz am Fenster. Was er dann sah, erschütterte ihn buchstäblich bis auf die Knochen, eigentlich wollte er es gar nicht glauben. Es gab aber keine Zweifel, er hatte es gesehen. Da der Vorgang aber nur zwei Minuten in Anspruch nahm, saß er kurze Zeit später, nach einer kurzen Beruhigungsphase, aber immer noch total fassungslos, wieder an seinem Schreibtisch.

Als Mathilda wenig später in seinem Büro auftauchte, schaute er gerade auf seinen Computer und beschäftigte sich wieder mit dem komplizierten Satz, den er vorher leider nicht zu Ende hat formulieren können. Diesen Vorgang unterbrach er aber jetzt wieder, denn nun hatte er ein starkes Mitteilungsbedürfnis.

»Schatz, hast du das vorhin gesehen?«

»Karl-Gustav, was denn?«

»Unsere Nachbarin. Schatz, einfach ungeheuerlich.«

»Karl-Gustav, das kann schon mal vorkommen, dass du

unsere Nachbarin von nebenan siehst, vor allen Dingen, wenn du den ganzen Tag an deinem Beobachterfenster stehst. Aber was ist daran ungeheuerlich? Sie sieht doch ganz adrett aus und ist auch ganz nett.«

»Das war aber gemein, ich stehe doch nicht den ganzen Tag vor meinem Fenster. Außerdem hast du mich völlig falsch interpretiert. Die Nachbarin ist wirklich nett, bis auf gerade, denn das war nicht in Ordnung, aber darüber wollte ich doch gar nicht sprechen und auch nicht über ihr Aussehen. Gut, sie bewegt sich nicht in meiner Gewichtsklasse, das heißt in der, die ich mir idealerweise bei einer Frau, besonders bei meiner Frau, so vorstelle, aber das ist hier völlig unbedeutend.

Übrigens, in dieser bewegst du dich seit geraumer Zeit auch nicht mehr. Ich wollte aber auf eine andere Sache hinaus, denn ich habe etwas ganz Ungeheuerliches entdeckt.«

»Hast du eigentlich bemerkt, Karl-Gustav, dass ich dich habe ausreden lassen? Ich hoffe, du registrierst das und behältst es in deinem Speicher.

Andererseits habe ich jetzt ein Problem. Du hast nun so viel gesagt, worauf ich unbedingt antworten möchte, von der Gewichtsklasse mal ganz zu schweigen, aber leider könnte diese Diskussion ewig dauern. Vor allen Dingen, bis du endlich dazu kommst, mir zu erzählen was du gesehen hast.«

»Schatz, du musst mir auch jetzt nicht antworten, lass mich einfach diese Ungeheuerlichkeit erzählen.«

»Das könnte dir so passen, diese Geschichte läuft mir ja nicht weg. Denn so penetrant, wie du nun mal bist, erzählst du mir die auch dann, wenn ich gar nichts davon hören möchte. Nein, du hörst dir jetzt erst einmal meine Antworten an!

Also erstens, du glaubst also irrigerweise, dass du nicht den ganzen Tag vor irgendeinem Fenster, hauptsächlich natürlich vor deinem Beobachterfenster, stehst? Nein, was machst du denn stattdessen? Ich dachte eigentlich, du sitzt an deinem Schreibtisch vor deinem Computer und arbeitest. Das hatten wir doch so vereinbart. Aber das scheinst du offenbar nicht zu machen, ansonsten würdest du nicht alles mitbekommen, was sich vor unserer Haustür auf unserem kleinen Hausparkplatz so ereignet.

Obwohl, du bekommst sogar alles mit, was sich in deren Wohnungen ereignet. Du scheinst tatsächlich Ohren wie ein Luchs zu haben.«

»Gleich werde ich aber sauer. Ich habe nicht die Ohren eines Luchses, selbst wenn mir das gefallen würde. Ich denke allerdings jetzt nur an das Hörvermögen, nicht an die Optik. Ein dermaßen ausgeprägtes Hörvermögen ist in diesem Haus auch gar nicht notwendig, so unerträglich laut sich unsere Nachbarn immer verhalten. Insbesondere denke ich dabei an unsere Nachbarin direkt nebenan, denn die kann man wirklich nicht überhören. Von den anderen Nachbarn höre ich sozusagen den ganzen Tag nichts. Und wenn, dann frühestens am späten Nachmittag.«

»Das ist auch schwer möglich, wenn sie außer Haus sind. Sie kommen erst abends von der Arbeit zurück, und das noch nicht einmal regelmäßig.«

»Ach, woher weißt du das denn? Beobachtest du etwa unsere Nachbarn? Führst du gewissermaßen über alles eine Strichliste? Ich meine nicht nur, wer kommt und geht, denn darauf beschränke ich mich ja, sondern über alles Mögliche.«

»Gleich werde ich aber höchst unangenehm! Das ist doch wohl wirklich eher deine Hauptbeschäftigung in diesem

Haus.«

»Du weißt, dass das nicht stimmt. Erstens muss ich schreiben, denn damit verdiene ich unser Geld. Das heißt, indem ich Bücher und Artikel schreibe. Und zweitens muss ich ergänzend hinzufügen, bin ich sehr oft am See. Wie soll ich da mitbekommen, was sich hier den ganzen Tag ereignet. Meine Liste gilt nur für morgens. Na ja, hauptsächlich, denn ich bin ja wirklich nicht immer zu Hause. Aber ich bemerke gerade, dass ich dich dann abends fragen kann, denn du führst doch bestimmt im Gegensatz zu mir eine umfangreiche Liste.«

»Gleich platz ich aber! Erstens mache ich so etwas nicht und zweitens hätte ich dafür überhaupt keine Zeit. Was denkst du denn, wer hier den Haushalt macht, putzt und dir das Essen kocht? Du hast doch dafür keine Zeit, du musst ja unsere Nachbarn beobachten. Außerdem sehe ich hier nur deine Liste.«

»Gleich explodiere ich aber! Ich habe ebenso keine Zeit, ich bekomme nur nebenbei mit, was sich da so alles abspielt. Im Grunde genommen hindert und stört das eher meine Konzentration beim Schreiben.«

»Ach nee, manchmal frage ich mich, ob du überhaupt noch zum Arbeiten kommst bei deiner Überwachungstätigkeit hier im Hause. Eine Frage habe ich da doch! Willst du nicht beim Geheimdienst anfangen? Die können jemanden wie dich bestimmt gebrauchen. Dann verdienst du endlich wieder etwas, ansonsten wird das wohl bald nichts mehr mit unserem Auskommen.«

»Nun reiß dich aber zusammen und überlege dir einmal, was du hier für einen Unsinn behauptest. Von wegen, du machst hier alles und ich beobachte nur die Nachbarn. Du machst den ganzen Tag nur ein bisschen Haushalt, das Essen ist meistens kalt, falls ich überhaupt mal etwas bekomme, aber überwiegend schaust du doch Fernsehen. An so etwas brauche ich doch gar nicht zu denken, denn ich habe hier ein umfangreiches Tagespensum zu absolvieren und keine freie Minute für mich. Ich glaube, ich spinne!«

»Jetzt hör mal gut zu, du Blödmann, von wegen >ein bisschen Haushalt<! Auf dein sogenanntes Tagespensum, was ich wahrscheinlich in zehn Minuten erledigen könnte, gehe ich jetzt aber überhaupt nicht ein. Du versaust doch hier alles. Was meinst du, wie viel Arbeit ich mit dir habe? Das gibt es doch wohl gar nicht.«

»Nun mach aber mal halb lang! Begreife das doch, ich versaue hier gar nichts. Wer kocht denn das Essen und wischt die Essensreste nicht vom Herd. Ich oder du?«

»Es ist wirklich gut jetzt. Demnächst kannst du dir deine Mahlzeiten aus der >Pommesbude< holen, von mir gibt es kein Essen mehr. Dann versaue ich auch nichts mehr, so wie du dich immer ausdrückst. Wer nichts macht, kann auch nichts schmutzig machen. So, jetzt hast du es aber!«

»Ach nee, dann besorg dir schon mal ein paar Putz-stellen, denn nun wird das Haushaltsgeld gestrichen. Ab sofort bezahle ich nur noch für besondere Tätigkeiten.«

»Was? Ich gib dir gleich! Dann kannst du ab jetzt deine Wäsche allein waschen, das mache ich aber nicht mit! Übrigens, jetzt hast du mich mit deinem Gequatsche völlig aus dem Tritt gebracht. Aber glaube nicht, dass du mit der Äußerung zu meiner Gewichtsklasse ungeschoren davon-kommst, da kommt noch etwas auf dich zu. Nun labert der Kerl schon wieder eine halbe Stunde, anders kann ich das Gerede diesmal wirklich nicht bezeichnen, will mir eigent-lich etwas Ungeheuerliches mitteilen und ist immer noch nicht zu seiner Kernaussage gekommen. Das ist doch unfassbar!«

Wutentbrannt lief sie aus dem Zimmer und auch Karl-Gustav war im Moment nicht zum Weiterreden aufgelegt. Nach einer Stunde kam sie aber wieder ins Büro, Karl-Gustav hatte übrigens die ganze Zeit gearbeitet, und schmiegte sich an ihn.

»Schatz, vertragen wir uns wieder? Das war alles nicht so gemeint, wir haben uns da offenbar ein bisschen hineingesteigert.«

»Da haben wir es uns wieder gegeben, was?«

»Wie bitte? Macht dir dieser Streit etwa Spaß? Ich kann es nicht glauben.«

»Schatz, du siehst süß aus, wenn du dich so aufregst. Und ab und zu will ich auch mal eine süße Frau sehen. Ich möchte doch nicht immer so lange warten, bis ich die süße Sarah mal zufällig treffe.«

»Willst du damit vorbringen, dass ich nur in diesen unangenehmen Situationen süß aussehe? Jetzt sei bloß vorsichtig und erwähne bloß nicht noch einmal diese Tusse aus dem Erdgeschoss! Lass das bloß sein!«

In Nullkommanichts war Mathilda wieder auf >einhundertachtzig<, vorbei war es mit dem Versöhnungsversuch. Sie ließ auch sofort ihrem Unmut freien Lauf.

»Das Schmusen heute Abend kannst du gleich wieder vergessen, das war es nun wirklich. Das muss ich mir nicht gefallen lassen. Da behauptet dieser Blödmann, ich sei von Natur aus nicht süß, eine Frechheit!«

»Schatz, ich bitte dich, natürlich bist du auch süß, nur angesäuert noch etwas süßer. Ich habe mich vorhin vielleicht nicht präzise genug ausgedrückt.«

»Ich drück dich gleich präzise aus, pass bloß auf! In erster Linie bearbeite ich aber gleich mal dein Gehirn oder wie du das Ding da in deinem Kopf nennst, womit du immer ansatzweise versuchst zu denken. Leider gelingt dir das aber nie. So, jetzt weißt du endlich Bescheid!«

»Das ist mir aber zu blöd, darauf antworte ich dir nicht. Und nun lenk nicht ab, wir waren bei meiner anmaßenden Überwachungstätigkeit. Zumindest ist sie deiner Meinung nach anmaßend. Obwohl, Ausgangspunkt war doch unsere Nachbarin, da wollte ich dir etwas berichten, was ich zufällig, also rein zufällig, beobachtet habe.«

»Gut, dann machen wir das so. Trotzdem habe ich deine Aussage mit dem >süßen Aussehen< noch nicht vergessen, da kommt noch einmal was auf dich zu.

Also habe ich doch recht! Warum guckst du dauernd aus dem Fenster? Es stimmt wirklich, du kommst nicht zum Arbeiten, weil du den ganzen Tag den Nachbarn nachspionierst.«

»Schatz, fängst du schon wieder an?«

»Nein, aber sag doch mal wirklich, weshalb hast du aus dem Fenster geguckt?«

»Weil ich das Schlagen von Autotüren gehört habe und deshalb macht man das doch automatisch, einmal kurz aus dem Fenster schauen. Ich meine, um zu sehen, was da los ist.«

»Schatz, das sehe ich überhaupt nicht so, denn automatisch kannst du gar nicht aus deinem Beobachterfenster schauen. Wenn du nur den Kopf in diese Richtung bewegst, siehst du doch ausnahmslos deine Bücherregale, so dermaßen vollgestopft ist dein Büro.

Du musst, damit du überhaupt aus diesem Fenster schauen kannst, mit dem Sessel vom Schreibtisch zurückfahren. Deshalb hast du dir wahrscheinlich auch einen fahrbaren Bürostuhl mit besonders leichtgängigen Rollen gekauft. Denn in den Ausmaßen, wie du alles vor dem Haus kontrollieren möchtest, wäre es viel zu anstrengend für dich, wenn du schwergängige Rollen an deinem Stuhl hättest.

Allerdings kannst du, wenn du dich nicht direkt zu deinem Beobachterfenster begibst, immer noch nicht alles sehen. Aber es erspart dir sicher hin und wieder einen Gang zu dem Fenster. Wie mühevoll das für dich wäre, wenn du ständig vom Sessel aufstehen und zum Fenster gehen müsstest, um zu beobachten, was sich da auf unserem Parkplatz so tut, darüber will ich jetzt überhaupt nicht philosophieren.«

»Jetzt hör doch mal auf! Wer von uns wiegt denn hier zehn Kilogramm zu viel?«

»Du, wenn du noch einmal etwas gegen meine Figur sagst, dann setzt es hier aber was!«

»Ach nee, willst du mich auch noch verprügeln? Na ja, stark genug bist du vielleicht sogar bei deinem Gewicht.«

»Gleich kann ich mich wirklich nicht mehr beherrschen. Ich gebe mir aber jetzt Mühe und versuche es einmal. Ist dir eigentlich aufgefallen, dass du mir immer noch nicht gesagt hast, warum du vorhin aus dem Fenster geschaut hast und das wahrscheinlich zum hundertsten Mal heute.«

»Ich gib dir gleich, zum hundertsten Mal. Ich versuche mich nun zu beherrschen und ich glaube, das wird mir auch gelingen. Obwohl ich bemerken muss, dass du damit meistens deine Schwierigkeiten hast. Na schön, dann lassen wir das jetzt.

Also, ich habe aus dem Fenster geschaut, weil ich gehört habe, dass eine Autotür zugeknallt wurde und daher folgerichtig unweigerlich überprüfen musste, ob da jemand mein Auto stehlen will. Nur deshalb war ich zu meinem Beobachterfenster gegangen, allerdings habe ich dann etwas ganz anderes gesehen.«

»Ich glaube es nicht! Bist du nun völlig daneben, mir hier mit so einer blöden Ausrede zu kommen. Dein Auto ist dreiundzwanzig Jahre alt und dazu noch äußerst ungepflegt, nur ein Blinder würde so ein Auto stehlen.«

»Was, ich bitte dich, was soll denn das? Mein Auto ist noch gut erhalten und gepflegt, ein Lichtblick in unserer Autowelt.«

»Nein, drehst du jetzt völlig am Rad? Ein Lichtblick soll das sein? Wenn der hundert Jahre alt wäre, dann würde ich sagen, in Ordnung. Nur ist er das eindeutig nicht. Wer will denn diese Rostlaube haben? Doch wohl weder ein Autohehler noch ein Autodieb, spinnst du. Dafür bekommen die doch nichts mehr.«

»Also, erstens klaut mein Auto kein Blinder, was soll der damit, er kann ja kein Auto fahren. Und zweitens hat mein Auto Seltenheitswert, das sollte auch dir klar sein. Dazu kommt noch, dass der Käufer definitiv ein Auto von einem berühmten Schriftsteller bekommt.

Na, was sagst du jetzt, das ist doch wahrlich ein Lichtblick? Ich meine, wenn jemand ein Top-Auto, dazu von einem genialen Typ wie ich einer bin und dann noch Schriftsteller, kaufen kann. Damit meine ich natürlich nicht, dass ich mein Auto verkaufen will. Ich stelle mir gerade den unsäglichen Fall vor, dass mein Auto gestohlen wird und ein Hehler das Auto kaufen möchte.«

»Sag mir einmal, wie verblödet bist du eigentlich schon? Erstens bist du kein berühmter Schriftsteller und wirst es mit Sicherheit auch nie werden! Wie soll man berühmt werden, wenn man mit einem einzigen Buch, das man zwar mal angefangen hat zu schreiben, jedoch nie fertig wird? Das ist freilich auch ausgeschlossen, denn dafür hast du bei deiner

Beobachtertätigkeit gar keine Zeit?

Deine Arbeit aufzugeben, um Schriftsteller zu werden, war eine Schnapsidee. Erfreulich, dass wir genügend Geld gespart haben. Ich denke aber, es wird demnächst ganz schön knapp, wobei ich insbesondere an unsere Geldanlagen denke.«

»Jetzt ist aber gut, wie kannst du so gemein zu mir sein. Du weißt doch genau, dass ich genial bin und ich werde bestimmt auch einmal berühmt. Ich glaube eher, dass du das weißt und daher eifersüchtig bist. Ja genau, so wird es sein!«

»Das ist mir jetzt aber zu blöd, auf so einen dummen Ausspruch eine gescheite Antwort zu geben. Nein, das geht gar nicht. Ich überhöre das einfach und warte darauf, allerdings nicht mehr lange, was du mir von dem Vorfall auf dem Parkplatz erzählen willst.

Das heißt, was du da draußen mal wieder gesehen hast, natürlich rein zufällig. Und nun leg los, ansonsten gehe ich wieder.«

»In Ordnung. Obwohl, lass mich mal nachdenken. Ich weiß im Moment nicht, was ich dir überhaupt erzählen wollte. Kannst du dich noch eine Minute gedulden.«

»Karl-Gustav, die Minute ist vorbei, leg los!«

»Nun warte doch, sei nicht immer so ungeduldig. Du wüsstest wahrscheinlich erst wieder in einer Woche, falls überhaupt, was du mir erzählen wolltest. Aber so genial, wie ich nun mal bin, fällt mir das bestimmt in den nächsten zehn Minuten wieder ein. Sei einmal ganz ruhig und lass den großen Denker mal in sich kehren.«

»Ich kehr gleich in dir, wenn du dich jetzt nicht beeilst! Außerdem habe ich dir doch deine Prahlerei verboten, für heute hast du genug Weihrauch erzeugt.

Das ist typisch Karl-Gustav. Ich muss mir hier eine halbe

Stunde einen Monolog von dir anhören, wie genial du doch bist, hast aber währenddessen schon wieder vergessen, was du mir eigentlich mitteilen wolltest.«

»Ich bitte dich, das liegt doch einwandfrei an dir. Du lässt mich nie ausreden und kommst dabei von >Hölzchen auf Stöckchen<, da muss man einfach die Orientierung verlieren. Zumindest du hättest sie schon längst verloren, weil du geistig nicht mit so einem überragenden Niveau gesegnet bist wie ich. Aber ich bin da buchstäblich eine andere Kategorie, mir fällt nämlich mit Sicherheit gleich wieder ein, was ich dir noch erzählen wollte.«

»Hör mal, hast du gerade bemerkt, dass ich dich habe ausreden lassen, obwohl du wieder absoluten Müll von dir gegeben hast? Ja, hast du es bemerkt?«

»Warte doch mal! Sei ganz ruhig, ich habe es gleich. Na siehst du, sag ich doch, da ist es wieder. Durch dein ständiges Gequatsche und wegen deiner >Anmacherei< hatte ich die Geschichte nur kurz in den falschen Speicher gelegt. Aber so genial, wie ich nun mal bin, habe ich das ganz schnell korrigiert und schon kann ich loslegen.«

»Das will ich für dich hoffen, ansonsten werde ich dir deine Speicher gleich ganz abschalten. Mach jetzt voran! Wenn ich nicht in zwei Minuten von dem Vorfall gehört habe, will ich ihn nicht mehr hören, denn langsam reicht es mir. Los jetzt und ohne Umschweife, dafür bekommst du keine Zeit mehr.«

»Meine Schnuckelmaus, nun beruhige dich wieder, es geht los. Also, ich sitze hier an meinem Schreibtisch und arbeite wie überwiegend den ganzen Tag an meinem Computer.«

»Karl-Gustav, ich will jetzt nur wahrheitsgemäße Fakten hören und nichts anderes. Hast du mich verstanden!«

»Mann oh Mann, du solltest froh sein, dass du mich hast. Ein nicht so genialer Mann wie ich könnte doch mit dir nicht zusammenleben. Das wäre doch für diese weniger genialen Personen gar nicht auszuhalten.«

»Was soll das denn heißen? Meinst du vielleicht, ich würde außer dir keinen passenden Mann finden? Spinnst du! Moment, was heißt hier außer dir, wo bist du denn für mich passend? Du bist wahrlich alles andere als genial! Bestenfalls bist du doch minimal, so!

Und jetzt sag mir einmal, bitte nur ganz kurz, denn ich will nun endlich etwas über den Vorfall hören, wozu benötige ich einen genialen Partner?«

»Das ist doch wohl klar. So oft, und zwar gewissermaßen ständig, wie du mich unterbrichst, muss man schon genial sein, um immer wieder und immer wieder anschließend den Faden zu finden, also wirklich. Aber du hast Glück, ich mache sofort weiter, wenn ich darf.«

Karl-Gustav durfte nun wirklich weiterreden, obwohl Mathilda noch einmal ganz kräftig durchatmen musste und ihre Gesichtsfarbe auch schon eine Weile wieder deutlich grünlich war, aber sie beherrschte sich. Sie wollte endlich zu einem Abschluss kommen.

»Also meine Schnuckelmaus, da höre ich doch plötzlich lautes Zuschlagen von Autotüren. Ich war gerade ganz vertieft in einen komplizierten Satz, den wahrscheinlich kein anderer so schnell hinbekommen hätte, wahrscheinlich auch du nicht meine Schnuckelmaus. Gut, ich sagte ja bereits, dass ich zuerst dachte, das wäre mein Auto gewesen. Aber dann sah ...«

»Karl-Gustav, da waren wir bereits vor einer gefühlten Stunde. Nun komm endlich zur Sache. Außerdem, du kennst bestimmt die Redewendung >wer dein Auto im Dunkeln klaut, bringt es im Hellen wieder zurück<. Oder etwa nicht?«

»Liebe Mathilda, es war früher Nachmittag und da ist in unseren Breitengraden normalerweise noch die Sonne am Himmel. In Ordnung, das hast du jetzt bestimmt nicht verstanden, aber glaube mir, es war noch heller Tag. Falls du das verstanden hast, mach ich mal weiter. Solltest du das allerdings gerade nicht verstanden haben, und das ist bei dir gewiss sehr wahrscheinlich, erkläre ich dir das gerne noch einmal, vielleicht dann auch besser etwas umfassender. Natürlich nur für dich, meine liebste Schnuckelmaus.«

»Karl-Gustav, noch eine Diffamierung und dann findest du dich auf dem sechshundertsten Breitengrad wieder.«

»Mathilda, der existiert aber nicht. Unsere Erde ist in einhundertachtzig Breitengrade aufgeteilt, Pech für dich. Das heißt aber auch Glück für mich. Jetzt darf ich doch bestimmt bei dir bleiben oder nicht?«

»Du! Reiß dich bloß zusammen und erzähle jetzt weiter.«

»Wirklich gerne liebste Mathilda, allerdings meine ich jetzt nur das Weitererzählen. Also pass nun genau auf! Ich erkläre die Geschichte für dich besonders deutlich.«

Nun legte Karl-Gustav erst einmal eine kurze Pause ein, bevor er mit seinen Ausführungen fortfuhr. Mathilda ballte währenddessen ihre Fäuste, aber vermutlich nicht wegen der Verschnaufpause von Karl-Gustav, eher aufgrund dessen, was dieser wieder von sich gegeben hatte.

Die Folge war, dass sich Mathilda nun gar nicht mehr beruhigen konnte und aus dem Büro ging. Sie kam auch erst nach einer Viertelstunde zurück. Zum Glück hatte sie mittlerweile ihre grünliche Gesichtsfärbung weitgehend verloren und war wieder einigermaßen aufnahmefähig, zumindest sah das für Karl-Gustav so aus.

»Schön, dann mach ich mal weiter. Ich setze einmal voraus, dass du wieder aufnahmefähig bist, natürlich in deinen dir naturgemäß gegebenen Grenzen, und du bis jetzt auch alles verstanden hast. Ich hoffe es zumindest. Dann hätte ich auf jeden Fall einen Ansatzpunkt, an dem ich weitermachen kann.«

»Du, gleich würge ich dich, sei bloß vorsichtig!«

»Aber Mathilda, ich liebe dich doch, wieso drohst du mir so brachial, also ehrlich. Ich versuche deine Drohungen jetzt auszublenden, hoffentlich gelingt mir das. Weiterhin beeile ich mich jetzt mit meinen Ausführungen, aber hoffentlich verstehst du dann auch alles.«

Karl-Gustav schaute dabei Mathilda leicht besorgt an, doch als er sah, dass sich ihre bisher noch einigermaßen grünliche Gesichtsfarbe nun in einen besorgniserregenden dunkelgrünen Gesichtsausdruck verwandelte, beeilte er sich nun tatsächlich.

»Hm, wo war ich stehen geblieben? Ach ja, bei dem Zuschlagen der Autotüren. Also, ich höre das Zuschlagen der Türen und nahezu zeitgleich stand ich schon am Fenster. Nun ja, da mein Gehirn so dermaßen reaktionsschnell ist, war dies für mich natürlich leicht zu handhaben. Aber was ich dann sah, hatte mich doch tief erschüttert. Man könnte auch sagen, das ging an meine Substanz.«

»Was? Ist da etwas Schlimmes passiert. Aber was denn? Sag doch schon!«

»Geduld, liebste Mathilda, Geduld. Ich muss mich noch einmal sammeln, bevor ich dir den ungeheuerlichen Vorgang näher bringe. Na ja, es wäre für meine Verfassung bestimmt förderlich, wenn du, nachdem ich dir gleich den ungeheuerlichen Vorgang haarklein berichtet habe, mich mit einem sensationellen Schmusen wieder beruhigen würdest.

Ich werde das Geschehen, glaube ich zumindest, nicht allein verarbeiten können.«

»Ich beruhige dich gleich, du Blödmann, aber bestimmt nicht mit einem sensationellen Schmusen. Mensch, nun mach voran! Ich kann es nicht mehr erwarten, zu erfahren, was da denn Schlimmes passiert ist? Mann bin ich aufgeregt, nun erzähl doch schon!«

»Meinetwegen, aber sei auf alles gefasst und setz dich lieber hin, es war schon ungeheuerlich. Als Erstes konnte ich beobachten, dass das nicht eine Tür von meinem Auto war, die da zugeknallt wurde, nein, das war eine Tür von Margarethes Auto.«

»Was, da ist doch hoffentlich den Kindern nichts geschehen? Sag das bloß nicht! Das würde ich aber gar nicht gerne hören, es darf nicht sein.«

»Mathilda, nun beruhige dich! Es leben noch alle.«

»Oh, Gott sei Dank, da fällt mir aber eine große Last von der Seele. Es war mir gerade schon ein großer Schreck durch die Glieder gefahren. Ich werde heute noch zur Margarethe gehen und mich nach den Kindern erkundigen, am besten sofort.«

»Warte noch Mathilda! Ich glaube nicht, dass das eine gute Idee wäre, jetzt zur Margarethe zu gehen und sie darauf anzusprechen.«

»Aber wieso denn nicht, das interessiert mich ganz stark? Ich muss doch wissen, ob es den Kindern gut geht.«

»Denen geht es gut, glaube mir, eher zu gut.«

»Zu gut? Wie meinst du denn das? Haben sie etwas angestellt? Nein, das kann ich mir nicht vorstellen. Das sind zwei ganz nette Kinder, immer so zuvorkommend und freundlich.«

»Das stimmt, aber diesmal sind sie entgleist, vielleicht

sogar eher ihre Mama. Aber lass mich eben den ungeheuerlichen Vorgang zu Ende erzählen, dann verstehst du das vielleicht. Notfalls gebe ich dir auch noch Zusatzerklärungen, das mache ich doch gerne für dich.«

»Ich warne dich nicht noch einmal! Und nun berichte endlich über den Vorfall. Was war denn los? Haben die Kinder etwas Schlimmes gemacht?«

»Wie du willst, auf deine Verantwortung, aber dann fass ich mich jetzt kurz. Nachdem ich an meinem Beobachterfenster angekommen war, hatte ich im ersten Moment nichts Verdächtiges gesehen. Obwohl ich sehr schnell dort war, aber das ist dir bestimmt auch bewusst. Margarethe war gerade eingestiegen und hatte natürlich ihre Tür zugeknallt. Ferner sah ich noch, wie an der linken Seite, also hinten links, Veronika einstieg und natürlich auch ihre Tür zugeknallt hatte, ganz nach dem Vorbild der Mama. Dann kam es aber, du wirst es nicht glauben. Ich hatte gerade kurz auf die Straße geschaut, da ...«

»Karl-Gustav, bitte! Vielleicht klemmen die Türen ein bisschen, schließlich hat Margarethe ein altes Auto. Da funktioniert nicht mehr alles so hundertprozentig. Ich bitte dich, das ist doch absolut möglich.«

»Da muss ich dir zustimmen. Aber warte mal, das Schlimme kommt noch! Inzwischen saß auch Sabine in dem Auto. Bevor sie aber ihre Autotür zugeschlagen hatte, hörte ich auf einmal, wie Margarethe irgendetwas zu Sabine sagte, die hinten rechts eingestiegen war. Sabine stieg daraufhin wieder aus, sie hatte bis dahin ihre Tür ja noch nicht zugeschlagen.«

»Wie, sie stieg wieder aus? Und das war alles? Es ist also gar nichts passiert? Oder ist Sabine nicht mitgefahren, weil sie sich mit Margarethe gestritten hatte? Und ist daraufhin etwas passiert? Jetzt sag es doch schon!«

»Nein, aber Sabine ist wieder ausgestiegen und zu dem Rasenstück vor dem Parkplatz gegangen und hat dort etwas hingeworfen. Und es hat so ausgesehen, als wenn sie das auf Anweisung ihrer Mama gemacht hätte, eigentlich war das eindeutig.«

»Ach, und was hat Sabine dort hingeworfen?«

»Du wirst es nicht glauben, warte ab! Ich hatte mir dann mein Fernglas von dem Schreibtisch genommen und konnte somit genau erkennen, was Sabine dorthin geworfen hatte. Es war ein angegessener und halb verfaulter Apfel. Ist das nicht ungeheuerlich? Also ehrlich, ich kann es immer noch nicht fassen. Nun sag doch auch mal etwas!«

»Hast du sie noch alle Karl-Gustav? Was war denn daran so schlimm? Das war doch wohl wirklich gar nichts, ich fasse es nicht. Und dafür benötigst du fast eine Stunde, um mir das zu erzählen und machst es dabei noch so spannend, dass ich dachte, da wäre etwas Schlimmes passiert, zumindest am Anfang. Ich glaube es nicht.«

»Mathilda, ich kann wiederum deine Reaktion auf diesen ungeheuerlichen Vorfall nicht glauben, wirklich nicht. Stell dir einmal vor, das macht jeder hier in diesem Haus. Weißt du, was dann hier bald los ist?«

»Was ist denn dann los? Karl-Gustav, komm, sag es mir! Ich bin nun so was von gespannt.«

»Lass das mit der Ironie! Du wirst schon begreifen, was das für gravierende Folgen haben könnte. Das kann ich dir sogar genau sagen. Wenn das jeder machen würde, hätten wir hier bald auf unserer Wiese und auf dem Parkplatz einen Tummelplatz von Ratten und anderen netten Tierchen, natürlich auch massenhaft Wespen. Das wird dann aber richtig lustig.«

»Du hast recht, daran habe ich jetzt nicht gedacht. Ich denke, das würde mir auch nicht unbedingt behagen. Aber Karl-Gustav, die anderen werden ihre Apfelkippen in die Biotonne werfen und deshalb war das alles halb so schlimm.«

»Nein, Mathilda, das geht nicht. Überleg doch mal, es waren nur fünf Meter zur Mülltonne. Aber nein, die Dame hatte es so eilig, dass sie ihrer Tochter die Anweisung gibt, die Apfelkippe in den Vorgarten zu schmeißen. Dafür habe ich kein Verständnis.

Vor allen Dingen, was ist das für eine Erziehung? Der Sabine mach ich gar keinen Vorwurf, trotzdem geht das überhaupt nicht.«

»Karl-Gustav, so spannend, wie du das gemacht hast, habe ich gedacht, es wäre etwas Schlimmes mit den Kindern passiert. Ich bitte dich, das muss man doch in Relation zu schlimmeren Sachen setzen.«

»Mathilda, es heißt so schön, >Wehre den Anfängen<, das hat auf jeden Fall so schon der römische Dichter Publius Ovidius Naso 43 v. Christus gesagt, und das passt doch jetzt hier besonders gut. Ich werde darüber einen Artikel schreiben und in einer Zeitung veröffentlichen. Mal sehen, wo ich das realisieren werde.«

»Karl-Gustav, das heißt >Wehret den Anfängen<, verstehst du! Selbst die von dir ständig aufgetischten Sprüche kannst du nicht richtig wiedergeben. Außerdem, was ich eigentlich sagen wollte, spinnst du, das kannst du doch nicht machen! Das gibt nur wieder böses Blut.«

»Mathilda, nun werde bitte in deiner Unkenntnis hier nicht noch so gewöhnlich! Diese Aufforderung, also dein sogenannter Spruch, geht auf das aus dem lateinischen übersetzte >principiis obsta< zurück, dieses man früher mit

>Wehre den Anfängen< übersetzt hatte. Erst viel später wurde das in der von dir beschriebenen Form abgeleitet.

Abgesehen davon wurde diese kluge Erkenntnis, denn was anderes ist das ja nicht, aus dem Werk >Remedia amoris< von Publius Ovidius Naso zitiert, deren Titel übersetzt so viel heißt wie >Heilmittel gegen die Liebe<.

Übrigens, so wie du dich immer mir gegenüber verhältst, scheinst du dieses Buch nahezu aufgesogen zu haben. Aber lassen wir das jetzt.

Um noch einmal darauf zurückzukommen, was du mir eigentlich sagen wolltest, dazu muss ich dir mitteilen, dass ich leider keine Rücksicht darauf nehmen kann, dass mein Artikel eventuell >böses Blut< erzeugt. Hier geht es um allgemeine Interessen. Du weißt doch, >Allgemeinwohl geht vor Einzelwohl<.«

»Karl-Gustav, wenn ich wegen dir hier noch mehr Ärger bekomme, dann ist aber was los. Außerdem lass das jetzt mit deinen ständigen Sprüchen und versuche dich nicht hier so superschlau darzustellen. Das bist du nämlich überhaupt nicht, du Blödmann!«

»Darauf reagiere ich aber nun gar nicht, das ist mir zu blöd. Aber Mathilda, nun überlege doch mal. Ich verwende selbstverständlich andere Namen in dem Artikel und diese Geschichte wird auch nur einen kleinen Teil meiner Reportage in dem von mir angedachten Artikel >Umweltverschmutzung in den Städten< ausfüllen.«

»Wenn du das unbedingt möchtest, aber so ganz wohl ist mir bei dem Gedanken immer noch nicht.«

»Mathilda, du solltest bedenken, dass Margarethe noch richtig viel Glück gehabt hat, dass ich diesen Vorgang gesehen habe und nicht ein anderer Hausbewohner. Das hätte in diesem Fall aber viel Ärger hervorgerufen.«

»Wieso, wen meinst du denn? Ich sehe das nicht so. Denk nur an den Hubert, der hätte wahrscheinlich nichts gesagt.«

»Da magst du recht haben, liebe Mathilda, der hätte sich wirklich nicht dazu geäußert. Jemand, der seinen Hund aber auch überall pinkeln lässt, der wird sich nicht gerade über einen faulen Apfel aufregen. Ich denke da zum Beispiel an den Friedrich oder an den Stinke-Otto. Die wären ausgerastet, da bin ich mir sicher.«

»Da magst du recht haben. Dann lass uns jetzt das Thema beenden. Ich setze mich gleich noch ein bisschen auf den Balkon.«

»Mathilda, das ist eine gute Idee. Oh Moment, das gibt es doch nicht. Es stehen schon wieder alle Autos unserer Nachbarn auf dem Parkplatz. Nein, was sehe ich denn da? Es gehen gerade Martin und Wolfgang mit ihren Fahrrädern in den Flur.

Mann oh Mann, weil du einfach die Geschichte nicht verstanden hast und mich immer unterbrochen hast, habe ich jetzt alle Nachbarn verpasst. Was denn, wenn die sich vor der Haustür noch über wichtige Sachen unterhalten haben? Also ehrlich Mathilda, jetzt habe ich davon nichts mitbekommen, wegen dir. Weil du einfach immer so lange brauchst, bis du etwas verstanden hast.«

»Wie bitte? Bist du eigentlich total bekloppt? Also ehrlich, ich kann es nicht fassen! Was war an dem Vorfall nicht zu verstehen? Ich glaube, jetzt geht es aber los. Und sag nicht noch einmal, ich wäre schwer von Begriff, ich warne dich! Ich glaube, ich gehe lieber sofort, sonst platze ich.«

Wütend und mit ziemlich grünlicher Gesichtsfärbung ging Mathilda anschließend aus dem Zimmer. Karl-Gustav wollte indes nicht weiterschreiben und machte erst einmal eine kleine Schaffenspause. Er fühlte sich auf einmal so seltsam müde, wenngleich er bisher sehr wenig geschrieben hatte.

Seine leichten Erschöpfungszustände kamen seiner Meinung nach allerdings auch aus einem anderen Grund zustande. Mathilda immer alle Themen mundgerecht so zu präsentieren, damit sie alles versteht, ist wirklich anstrengend, dachte sich Karl-Gustav und machte mal kurz die Augen zu.

Nach einer halben Stunde wachte Karl-Gustav wieder auf, aber er wollte nicht sofort weiterschreiben. Nein, vorher musste er eine wichtige Aufgabe erledigen. Seine Tabelle war noch unvollständig, weil er immer noch nicht wusste, was mit Familie Krimer los ist.

Das wollte Karl-Gustav nun nicht mehr länger hinnehmen und daher nahm er sein Handy und wählte die Telefonnummer von Fritz Krimer. Diese Telefonnummer kannte Karl-Gustav, weil er sie heute Morgen im Internet gefunden und sie sich sofort notiert hatte.

»Krimer.«

»Guten Tag Herr Krimer. Fritz Krimer, wenn ich das hier richtig sehe?«

»Ja, das sehen Sie richtig. Obwohl ich im Moment noch nicht weiß, wo Sie das sehen? Und mit wem spreche ich?«

»Oh, entschuldigen Sie, wie unhöflich von mir. Hier ist Franz, hallihallo.«

»Franz hallihallo? Sind Sie betrunken oder heißen Sie wirklich so?«

»Nein, ich heiße Helmut Franz und rufe im Auftrag der M-Genossenschaft an, bei der Sie Telefonkunde sind, wie explizit aus meinen Unterlagen hervorgeht. Daher habe ich natürlich auch ihre Telefonnummer.«

»Ach so, jetzt verstehe ich das. Na, dann auch halli-hallo.«

»Ja ebenso. Ich möchte Sie auch gar nicht lange stören. Wir, das heißt meine Wenigkeit und noch einige andere Damen und Herren, rufen unsere Kunden zwecks einer Befragung ihres üblicherweise am Tag so praktizierten Telefonierverhaltens an. Es geht natürlich nur darum, den möglichst günstigsten Tarif für unsere Kunden zu ermitteln.«

»Ach, das hört sich doch erst einmal gut an, aber leider meistens nur am Anfang. Im Endeffekt wollen alle nur mehr Geld von uns. Dass Sie uns etwas schenken wollen, ist doch fast ausgeschlossen.«

»Nicht doch Herr Krimer, wo denken Sie hin. Wir wollen Sie schließlich als Kunde behalten und so müssen wir Sie auch bestmöglich betreuen. Und daher benötigen wir nur ein paar kleine Auskünfte von Ihnen und schon werden Sie von uns den für Sie bestmöglichen, das heißt natürlich den Vertrag mit den geringsten Kosten, erhalten.«

»Und was wollen Sie dafür wissen?«

»Eigentlich nur belanglose Sachen, es steht hier alles auf meinem Fragebogen und dauert auch höchstens dreißig Minuten und schon sind wir im Reinen.«

»Was, dreißig Minuten? Nein, so viel Zeit habe ich heute nicht, tut mir leid.«

»Das könnte aber Folgen für Sie haben.«

»Was? Wie meinen Sie das denn? Dann kündigen wir den Vertrag und nehmen uns einen anderen Anbieter. Zehn Minuten kann ich notfalls aufbringen, mehr wirklich nicht. Und jetzt machen Sie mal voran, meine Frau ist stark erkältet und liegt im Bett, daher muss ich ihr auch gleich eine Tasse heißen Tee bringen.«

»Na gut, das ist doch ein Angebot. Ich werde mich kurzfassen und mache auch ganz schnell, natürlich in der Hoffnung, dass Sie alle Fragen sofort verstehen.

Etwas möchte ich noch vorab erwähnen, das betrifft die von Ihnen eventuell beabsichtigte Vertragskündigung. Da hätten Sie aber enormes Pech. Sie haben einen Vertrag mit uns und den können Sie nur zum Ende des Vertragsabschlusses, also zwei Jahre nach dem Abschluss, kündigen.

Außerdem haben Sie mich völlig falsch verstanden. Die Folgen wären doch nur darauf bezogen, dass Sie dann nicht mehr die einhunderttausend Euro, die wir nach dieser Befragung verlosen, gewinnen können. Und dazu muss ich Ihnen noch offenbaren, dass Sie zu dem Kreis der Auserwählten gehören, mit denen wir diese Befragung durchführen und nur die haben natürlich auch eine Chance, dieses Geld zu gewinnen.«

»Ach so, das ist natürlich etwas anderes. Dann versuchen wir es einmal, aber machen Sie es kurz. Vielleicht können Sie bei mir einige Fragen überspringen?«

»Das kann ich versuchen. Je nachdem, ob Sie unsere ausgewählten Kernfragen zu meiner vollsten Zufriedenheit beantworten können, besteht vielleicht die Möglichkeit, dass ich auf einige zusätzliche Fragen verzichten kann. Aber mir ist gerade etwas aufgefallen. Hatten Sie eben gesagt, Ihre Frau ist stark erkältet und deshalb gehen Sie gleich nicht arbeiten? Weiß das eigentlich Ihr Arbeitgeber?«

»Eh du Clown, was soll das? Ich denke, Sie führen eine Befragung in der Art und Weise durch, woraufhin Sie unser Telefonierverhalten erkennen und uns folglich einen günstigeren Tarif anbieten können.

Was Sie gerade angedeutet haben, das ist aber höchst privat. Ich glaube, nun geht es los. Das hat aber auch gar nichts mit unserem Verhalten beim Telefonieren zu tun. Hören Sie mal, ich leg jetzt auf! Nachher drohen Sie mir bestimmt wieder mit Konsequenzen.«

»Ich bitte Sie, nun lassen Sie uns doch wie zwei normale Menschen miteinander reden. Wenn Sie sich wie zurzeit mit Ihrer Frau den ganzen Tag zu Hause im Bett aufhalten und Langeweile haben, und dann auch noch vier Wochen, das hat doch bestimmt einen Einfluss auf Ihr Telefonierverhalten?

Na, Langeweile muss doch nicht sein, wenn Sie schon mal im Bett liegen. Gut, darauf gehe ich jetzt nicht weiter ein. Aber bedenken Sie, ein längerer Bettaufenthalt muss zwangsbedingt, wenn man schon wie es bei Ihnen der Fall zu sein scheint, nichts anderes im Bett zu tun hat, einen Einfluss auf Ihr Telefonierverhalten haben. Da kann ich Ihnen immerhin einen viel günstigeren Tarif anbieten. Ich denke da jetzt an >Dauertelefonierer<, die beispielsweise zehn Stunden am Tag telefonieren.«

»Ja spinnen Sie denn? Ich telefoniere doch keine zehn Stunden am Tag. Nein, so einen Tarif brauche ich nicht. Dazu kommt, dass meine Frau wegen ihrer Erkältung im Moment überhaupt nicht telefoniert. Ich bitte Sie!

Also wirklich, so einen Tarif brauchen wir nicht, das können Sie mir gar nicht schmackhaft machen. Und was sollte vorhin die Anzüglichkeit mit dem Bett? Lassen Sie das bloß sein! Dieses hat doch wohl kaum etwas mit einer standardmäßigen Befragung zu tun, zumindest hoffe ich das sehr stark.

Abgesehen davon ist meine Frau zwar für die nächsten vierzehn Tage krankgeschrieben und ich habe eine Woche Urlaub, aber trotzdem werden wir da nicht so oft telefonieren.«

»Ach, Sie haben nur eine Woche frei? Was macht denn Ihre Frau anschließend eine Woche allein zu Hause?«

»Wie bitte? Hör mal, du Komiker, das geht dich aber auch gar nichts an. Jetzt pass mal auf! Entweder sind die nächsten Fragen direkt auf ein mögliches Telefonierverhalten bezogen oder ich beende das Gespräch auf der Stelle.«

»Aber Herr Krimer, bitte bleiben Sie ganz ruhig! Meine Fragen beziehen sich selbstverständlich nur auf das Telefonierverhalten von Ihnen und Ihrer Frau. Ansonsten möchte ich natürlich die Bewegungsfreiheit Ihrer Frau nicht eingrenzen.

Obwohl, Moment! Das heißt natürlich auch, dass Ihre Frau vorübergehend das Bett nicht verlassen darf, sie hat schließlich einen Krankenschein.«

»Ja spinnen Sie denn, wieso darf meine Frau nicht das Bett verlassen? Natürlich darf sie das, sie muss doch wohl unweigerlich mal zur Toilette. Ich sehe aber nun überhaupt nicht mehr, wie man Ihre Fragen und Äußerungen mit unserem Telefonierverhalten in Einklang bringen kann. Ich glaube, ich leg jetzt auf.«

»Aber ich bitte Sie! Denken Sie an die Möglichkeit, einhunderttausend EURO zu gewinnen. Dafür kann man doch mal ein paar Auskünfte geben. Sie glauben gar nicht, was unsere Statistiker so alles aus solchen Fragen herausziehen können. Die können exakt feststellen, wie oft Sie mit Ihrer Frau in dieser Woche geschlafen haben.«

»Was! Also das gefällt mir gar nicht. Das möchte ich wirklich nicht.«

»Wie, wollen Sie nicht den bestmöglichen Tarif für sich in Anspruch nehmen und dazu eventuell einhunderttausend EURO gewinnen? Na, kann man dafür nicht mal ein paar einfache Fragen beantworten?«

»Nein, das geht gar nicht. Zumindest nicht diese Fragen, die Ihnen anscheinend gerade im Kopf herumschwirren. Ich glaube, das fände meine Frau überhaupt nicht gut.«

»Wieso, haben Sie ein Problem damit. Schläft Ihre Frau etwa gar nicht mit Ihnen, obwohl sie gegenwärtig beide ständig im Bett liegen? Soll ich vielleicht mal mit Ihrer Frau reden? Na, wie wäre das? Ich könnte ihr gut zureden, vielleicht schläft sie anschließend wieder mit Ihnen.«

»Hören Sie mal, jetzt ist aber gut! Ich habe überhaupt nicht gesagt, dass meine Frau gar nicht mit mir schläft. So einen Fragebogen habe ich von einer Telefongesellschaft noch nie vorgelegt bekommen.

Sagen Sie mal, ich habe das vorhin nicht genau verstanden, wie heißen Sie noch mal? Wissen Sie was, Sie erinnern mich da auch ganz stark an jemanden, dem ich solche Fragen, die sie hier stellen, auch zutrauen würde. Im Moment komme ich nur nicht darauf, an wen Sie mich erinnern.

Ich glaube auch erkannt zu haben, dass Ihre Stimme so eine gewisse Ähnlichkeit hat mit einer Stimme, die ich schon mal gehört habe. Ich habe da auch ein ganz ungutes Gefühl.«

»Ach, wissen Sie, es soll in Deutschland für jede Person ungefähr zehntausend andere Personen geben, die fast identische Stimmen haben.«

»Wissen Sie was, da muss ich Sie aber enttäuschen. Die Stimme, das heißt die Frequenzlage der Stimme, ist ein einmaliges Muster und daher ein individuelles Erkennungszeichen wie bei einem Fingerabdruck. Daher kann man mit einem Stimmenvergleich ganz leicht herausbekommen, wer Sie eigentlich sind.«

»Ach nee, haben Sie so ein Gerät zu Hause? Gehen Sie deshalb nicht arbeiten, weil Sie den ganzen Tag Stimmen vergleichen?«

»Wie bitte? Jetzt reicht es mir aber! So langsam ist mir das zu blöd, ich mach nun nicht mehr weiter. Ich gewinne sowieso nie etwas, mit Sicherheit auch dieses Mal nicht.

Und wer weiß, wahrscheinlich behaupten Sie nur, dass man einhunderttausend EURO gewinnen kann. In Wirklichkeit gibt es aber gar nichts zu gewinnen und Sie wollen mit dieser linken Tour nur verschiedene Gewohnheiten aus den Kunden herauslocken. Grundsätzlich traue ich diesen Telefongesellschaften alles zu, da bin ich schon sehr misstrauisch.

Außerdem kann ich das ja nicht überprüfen. Feierabend jetzt, aber endgültig. Und ich sage auch nicht Wiederhören, denn ich will Sie nicht mehr hören, haben Sie mich verstanden!«

Im selben Augenblick hörte Karl-Gustav tatsächlich nichts mehr von Fritz Krimer, es war plötzlich still an seinem linken Ohr. Also war der letzte Satz von Fritz bestimmt keine Frage an ihn, wohl eher eine Drohung. Karl-Gustav legte daraufhin sein Handy weg und überlegte noch einmal kurz, bevor er einige Eintragungen auf seiner >Morgenliste< in Sachen Krimer durchführte. Karl-Gustav war zufrieden, das Gespräch mit Fritz hat doch weitgehend das gebracht, was er gehofft hatte, also maximale Informationen aus dem Gespräch zu gewinnen. Er hatte natürlich auch bemerkt, dass er ab und an den Fritz ordentlich sauer gemacht hatte. Das machte sich nicht nur dadurch bemerkbar, dass dieser ständig bei der Anrede zwischen >du< und >Sie< hin und her wechselte.

Karl-Gustav erhob sich von seinem Bürostuhl, auf dem er schon während des Gespräches mit Fritz Krimer gesessen hatte, und ging ins Wohnzimmer. Er wollte nun mal nach Mathilda schauen, außerdem war es mittlerweile Zeit zum Abendbrot. Gleichzeitig könnte er auch seine gerade gewonnenen Erkenntnisse Mathilda mitteilen, darauf wartete sie doch bestimmt ganz gespannt.

Als Karl-Gustav ins Wohnzimmer kommt, liegt Mathilda auf der Couch und rührt sich nicht. Als er näher kommt, erkennt er zu seinem Leidwesen, dass Mathilda schläft.

»Mathilda, was ist das denn? Ich dachte, du bist fleißig und wirbelst hier in der Wohnung herum, so ähnlich wie ich am Schreibtisch.«

»Mann, du Blödmann, ich war gerade eingeschlafen und du hast mich jetzt geweckt. Außerdem, ich wirbele dich gleich hier herum.«

»Ist schon gut meine Süße, mir ist nämlich gerade etwas eingefallen. Du hast dich doch bestimmt ausgeruht, damit du mich gleich, und mittlerweile ist es ja schon Abend, verwöhnen kannst. Nun bist du doch bestimmt fit und ausgeschlafen und kannst nachher alles geben. Alles was du so drauf hast, mein Schatz.«

»Pass jetzt aber mal auf, du Blödmann, und lass diese Anspielungen! Außerdem habe ich jetzt Hunger, danach sehen wir weiter.«

»Das ist ein gutes Stichwort, Abendessen. Was hast du denn so vorbereitet, mein Engel?«

»Wie bitte? Was sollte ich denn vorbereiten, während ich hier auf der Couch liege und schlafe?«

»Schwierig, aber jetzt könntest du doch noch schnell etwas aus dem Hut zaubern, ich gehe so lange auf den Balkon und trinke eine Flasche von meinem alkoholfreien Bier. Dabei denke ich natürlich mit Vorfreude an das, was du noch so alles für mich zauberst.«

»Das mach ich wirklich gleich! Ich zaubere dich hier weg und dafür den Brad auf meine Couch. Na, was meinst du, wäre das nach deinem Geschmack?«

»Wieso fragst du mich das? Das musst du doch wissen oder frag mal den Martin oder den Wolfgang, ob die den gut finden. Als Schauspieler finde ich den Brad Pitt allerdings sehr gut. Für das andere, woran du vielleicht gerade gedacht hast, stelle ich mir doch eher meine hübsche, schwarzhaarige Sarah mit den schönen großen Kulleraugen vor.

Wirklich, die würde mir jetzt besonders gut tun. Die hätte auch wahrscheinlich, nein, mit absoluter Gewissheit, mir schon längst etwas zum Abendessen gezaubert.«

»Mach mich nicht wütend, du gehörst mir! Schlag dir endlich die Sarah, diese blöde Kuh, aus dem Kopf. Sonst ist hier gleich was los.«

»Du hast damit angefangen, ich erinnere dich mal kurz an Brad Pitt. Zweitens finde ich, dass die liebe Sarah auch keine blöde Kuh ist.«

»Ich glaube, wir lassen das jetzt besser. Komm, schließen wir wieder Frieden! Ich schau auch mal, was wir noch im Kühlschrank haben. Vielleicht kann ich doch noch etwas für dich zaubern.«

»Oh wirklich? Das macht mich nun glücklich. Na ja, so ein Viertel, aber die sensationelle Verwöhneinheit, die du mir versprochen hast, steht ja auch noch aus.«

»Also versprochen habe ich dir nichts, aber schauen wir mal. Auf jeden Fall gehst du jetzt nicht auf den Balkon um Bier zu trinken, hast du mich verstanden! Ich darf doch wohl davon ausgehen, dass du nun den Tisch für unser Abendessen vorbereitest oder etwa nicht?«

»Aber natürlich Liebes, für dich mach ich doch alles.«

»Ach, lass das! Du willst doch auch essen.«

Letzten Endes gingen beide ihren angedachten Aufgaben nach und bereiteten das Abendessen vor. Karl-Gustav war selbstverständlich mit seiner Aufgabe ziemlich schnell fertig und setzte sich anschließend mit einer Flasche Bier auf den Balkon. Nach einer halben Stunde holte Mathilda ihn zum Abendessen ins Wohnzimmer.

»Mathilda, das sieht wirklich lecker aus, was du da gezaubert hast. Hoffentlich schmeckt es auch so gut, da bin ich mal gespannt.«

»Karl-Gustav, das hat dir zu schmecken und wehe nicht! Wenn ich die ganze Arbeit umsonst gemacht habe und du wieder einmal mit dem Essen unzufrieden bist, habe ich das letzte Mal für dich gekocht.«

»Mathilda, ganz ruhig, ich gebe sofort mein Urteil ab. Ich möchte doch so zwei bis drei Bissen vollbracht haben.«

»Ich vollbringe dich gleich! Und nun, wie schmeckt es dir?«

»Mathilda, hervorragend, wirklich. Wenn du das immer so machen würdest, wäre ich mit dir hochzufrieden, zumindest was das Essen betrifft.«

»Das ist aber schön, da hat sich meine Mühe wenigstens gelohnt. Übrigens, was meinst du denn mit der Einschränkung >was das Essen betrifft<? Bist du ansonsten nicht mit mir zufrieden? Jetzt erzürne mich aber nicht!«

»Warte mal ab Mathilda! Gleich kommt doch wohl unweigerlich dein sensationelles Verwöhnen und danach kannst du mich noch einmal fragen. Dass du nicht vernünftig putzt, damit kann ich leben, das ist nicht so schlimm, aber bei den Verwöhneinheiten und der Zubereitung meiner Speisen liegt eine andere Dringlichkeit vor. Diese beiden Dinge haben, auch in der Reihenfolge, oberste Priorität.«

»Moment, wieso putze ich nicht vernünftig? Wenn dir

das nicht gefällt, solltest du mal selbst putzen. Dann weißt du auch, wie viel Arbeit das ist. Vor allen Dingen wegen dir habe ich doch so viel zu tun. Du lässt immer alles stehen und liegen und räumst nichts hinter dir weg. Es ist dir in diesem Moment auch völlig egal, wo du dich gerade aufhältst. Also, jetzt hast du mich schon wieder erzürnt.«

»Aber mein Schätzchen, nun beruhige dich doch wieder. Ich sagte doch bereits, dass mir das nicht so wichtig ist. Wenn du mich mit all deiner Hingabe, die du ruhig öfter mir gegenüber zeigen könntest, verwöhnst und zärtlich zu mir bist und dann, aber erst an zweiter Stelle, dir auch bei der Zubereitung meiner Speisen ein bisschen, nur ein bisschen, mehr Mühe gibst, bist du für mich die tollste Frau, wirklich.«

»Das hört sich hervorragend an, da dank ich dir. Über das Putzen reden wir noch einmal, aber du hast zumindest gerade festgestellt, vorzügliches Essen zubereiten, das beherrsche ich noch. Ob ich dich genauso zärtlich verwöhnen kann wie früher, werden wir heute Abend sehen.«

»Schätzchen, du musst dir aber darüber im Klaren sein, dass deine Aktivitäten und dein Einsatz nachhaltig sein müssen, sonst hat es keinen Sinn. Also, die Nachhaltigkeit ist auf Dauer gesehen genauso wichtig wie die Intensität, die hoffentlich aus meiner Sicht unermesslich sein wird.«

»Was verstehst du denn unter Nachhaltigkeit? Und noch etwas, das muss ich dir unbedingt sagen. Hebe das Niveau hier nicht so hoch, dass ich das nachher unmöglich schaffen kann. Ich meine, auf diesen von dir erhofften Level zu kommen. Lass es uns erst einmal langsam angehen.«

»Meinetwegen, mit der Intensität und deinem Leistungsvermögen in Sache Liebe und Verwöhnen warte ich erst einmal den heutigen Abend ab. Ich werde danach wissen, was du schon für ein Niveau erreichen kannst und in welchen Bereichen du dich noch steigern musst. Das Überprüfen der Nachhaltigkeit ist ja auch eine langfristige Sache. Daher reicht es nicht, dass du dir gerade bei der Zubereitung der Speise viel Mühe gegeben hast, vielleicht sogar nachher noch ein sensationelles Verwöhnen zustande bringst, sich aber in den nächsten Monaten nichts mehr dergleichen ereignet. Das muss natürlich ein fester Bestandteil in unserer Beziehung sein.«

»Wie bitte, das ist doch wohl nicht dein Ernst? Ich werde mir doch mal eine Auszeit nehmen dürfen, sowohl was die Speisenzubereitung als auch das Schmusen betrifft. Und noch etwas, du Clown, heb jetzt bloß nicht ab! Bringe hier ja nicht noch einmal die Begriffe >steigern< und >überprüfen< in diesem Zusammenhang zur Sprache, sonst muss ich mal energisch werden. Für wen hältst du dich eigentlich?«

»Schatz, nun beruhige dich, das war nicht so gemeint!«

»Das will ich dir auch geraten haben. Übrigens, das heißt jetzt nicht, dass ich nicht jeden Tag schmusen könnte, aber du willst immer etwas Sensationelles und ich weiß ja, worauf du stehst. Also, jeden Tag wäre das für mich zu anstrengend.«

»In Ordnung, da verstehe ich dich. Ich habe auch nicht gesagt, dass du ab sofort jeden Tag sensationell mit mir schmusen musst, aber wie wäre es so zwei- bis dreimal in der Woche, damit wäre ich einverstanden. An den anderen Tagen reicht eventuell, sag ich mal so, ein einfaches Schmusen und Lieben. Na, was meinst du?«

»Gut mein Schatz, das ist ein schöner Kompromiss, damit bin ich einverstanden. Obwohl das ein bisschen einseitig ist, denn jetzt muss ich neben der vielen Hausarbeit, der besonderen Speisenzubereitung und zwei- bis dreimal in der Woche dich sensationell verwöhnen zweifelsohne schon eine Menge machen. Was bietest du mir eigentlich im Gegenzug dafür an?«

»Du musst bedenken, dass ich dich immer sensationell verwöhne und dazu hast du noch einen genialen, wahrscheinlich den genialsten Mann der Zeitgeschichte neben dir, der dir immer mit Rat und Tat zur Seite steht. Dazu kannst du noch die Vorzüge meines ebenso genialen Denkvermögens nutzen. Mathilda, was willst du denn noch? Also, mehr ist wirklich nicht drin!«

»Hör auf mit deiner Beweihräucherung, das geht aber wirklich nicht. Wie soll ich mich unter diesen Umständen gleich auf dich konzentrieren und dich sensationell verwöhnen. Ich glaube, darüber reden wir besser später noch einmal, sonst wird das nichts mit dem Schmuseabend. Ich habe auch die Vermutung, dass ich schon wieder eine grüne Gesichtsfarbe bekommen habe. Stimmt das?«

»Tatsächlich, liebste Mathilda, es ist nicht zu übersehen. Wir hören sofort damit auf. Pass auf, bleib du mal hier sitzen und ich räume ausnahmsweise den Tisch ab, was meinst du?«

»Schatz, das ist hervorragend, nur das >ausnahmsweise< gefällt mir nicht so richtig. Aber ich akzeptiere, dass wir uns heute nicht mehr streiten wollen.

Ach Moment, hast du bei Krimers angerufen? Das würde ich doch noch zu gerne wissen, bevor ich gleich anfange dich sensationell zu verwöhnen.«

»Aber natürlich Mathilda, das habe ich prompt erledigt, man muss schließlich seine Pflichten erfüllen. Und damit meine ich nicht nur mein Schreiben und meine Beobachtertätigkeit. Nein, auch bezüglich deiner Wenigkeit und das nicht nur ...«

»Ach nee, welche Pflichten hat denn der Herr? Komm mir jetzt bloß nicht mit deiner Beobachtertätigkeit. Eh, Moment mal, was heißt hier >deiner Wenigkeit<? Also ehrlich, so langsam sehe ich den Schmuseabend an dir vorbeirauschen.«

»Schätzchen, reg dich nicht wieder so auf, denk an deine bevorstehende Aufgabe. Wie willst du diese denn mit Bravour erledigen, wenn du sauer bist? Darum entspann dich nun bitte!

Außerdem, wenn du mich hättest ausreden lassen, wüsstest du das bereits, was ich eigentlich sagen wollte. Ich war gerade im Begriff dir das zu erklären.«

»Du, erzürn mich nicht, sonst gibt es tatsächlich heute keinen Schmuseabend.«

»Aber Schätzchen, nun pass bitte mal auf! Ich habe mehrere Pflichten in unterschiedlichen Kategorien und unterschiedlicher Wichtigkeit. Meine allerwichtigste Aufgabe sehe ich darin, dich glücklich zu machen. Hiernach folgt sofort auf dem Fuße ...«

»Wirklich? Schatz, oh entschuldige, dass ich manchmal so grantig zu dir bin, entschuldige bitte.«

»Ist schon gut mein Schatz, das kannst du schließlich nicht wissen. Weil du nicht so ein dermaßen ausgeprägtes Empfinden und Feingefühl hast wie ich, sehe ich auch ein, dass du mit dem Erkennen meines Handelns so deine Schwierigkeiten hast.«

Jetzt machte Karl-Gustav entgegen seiner Gewohnheiten eine kurze Pause, weil Mathilda wieder verdächtig grünlich im Gesicht wurde, nahm sie dann auch erst einmal in den Arm und gab ihr einen Kuss auf den Mund.

»Ganz ruhig mein Schatz, es geht sofort weiter. Also, meine zweitwichtigste Aufgabe ist das Schreiben von

Romanen und Artikeln. Schließlich müssen wir doch davon leben, zumindest irgendwann einmal. Meine dritte wichtige Aufgabe besteht darin, hier im Haus für Ordnung, Ruhe und Frieden zu sorgen. Daher meine geringe, eigentlich nur sehr geringe Beobachtertätigkeit. Hast du alles einigermaßen verstanden, liebste Mathilda?«

»Sag nicht noch einmal liebste Mathilda zu mir, ich bin schon erbost genug. Also, mit den ersten beiden Aufgaben bin ich einverstanden, über die dritte Aufgabe müssen wir noch einmal diskutieren, aber nicht jetzt. Ich möchte nun endlich wissen, was du bei Krimers erreicht hast.«

»Na siehst du Mathilda, du bist doch neugierig und ohne meine Beobachtertätigkeit könnte ich dir aktuell nichts erzählen.«

»Nein Karl-Gustav, das muss ich abstreiten, ganz so ist es nicht. Natürlich bin ich ab und zu neugierig, würde aber diese Beobachtertätigkeit auf keinen Fall ausführen. Aber wenn du schon etwas erfahren hast, möchte ich das natürlich auch wissen.

Vor allen Dingen deshalb, weil ich diesen Anruf eigentlich für problematisch gehalten habe und nicht weiß, wie du das unerkannt hinbekommen hast und ob die Krimers dir überhaupt eine Information gegeben haben.«

»Liebe Mathilda, alles der Reihe nach. Ich erzähle dir das schon. Ich möchte dich allerdings nicht überfordern und gehe daher nur schrittweise vor. Also, dann fang ich mal an.«

»Gleich überfordere ich dich mal, pass bloß auf! Du, sei lieber vorsichtig, sonst werde ich doch noch sehr ungemütlich.«

»Schatz, ich bitte dich, ich muss so vorgehen. Glaube mir, das wird wirklich nicht einfach für dich, meine Handlungsweise zu verstehen. Du weißt doch, ich muss jetzt meine geniale Handlungsweise, die freilich für mich einfach zu verstehen ist, natürlich nur für mich, insbesondere aufgrund meines wahnsinnigen Kombiniervermögens, auf dein Denkvermögen herunterprojizieren. Das ist wirklich gar nicht so einfach, wie es sich vielleicht für dich anhört.

Ich werde daher sehr sorgsam vorgehen müssen, aber nicht nur heute. Streng genommen muss ich das ständig praktizieren, damit du mir immer folgen und so einigermaßen an meinen Gedanken und logischen Schlussfolgerungen Anteil nehmen kannst, und das möchte ich doch auch.«

»Achte einmal auf meine Gesichtsfarbe, Karl-Gustav! Sehen kann ich sie zwar zurzeit ohne Spiegel nicht, aber mein Gefühl deutet mir, dass ich wieder ziemlich grün im Gesicht bin. Auf jeden Fall bin ich wieder auf >einhundertachtzig<, verstehst du mich?

Außerdem kann ich schon nicht mehr atmen bei dem ganzen Weihrauch, den du hier wieder im Wohnzimmer produziert hast. Und sei jetzt auch bloß vorsichtig mit deinen Diffamierungen mir gegenüber! Hast du mich verstanden?«

»Aber liebe Mathilda, ich verstehe dich da nicht. Dass du immer darauf bestehen musst, genauso intelligent zu sein wie ich, das ist einfach nicht zu verstehen. Nimm es doch einfach zur Kenntnis, dass es sich nicht so verhält. Wenn du das verstanden und akzeptiert hast, kannst du dich auch an meinem genialen Denkvermögen laben. Und siehe mal, das kommt dir doch sehr zugute.

Sträube dich nicht gegen diese Erkenntnis. Nicht nur, weil es sich natürlich auch so verhält. Beuge dich lieber dem Naturgesetz, wie es hier bei uns in diesem Fall zutrifft, und akzeptiere dein Los. Es ist doch wahrlich kein schweres Los.

Du hast natürlich auch deine Vorzüge. Beispielsweise ein wunderschönes Gesicht, eine tolle Figur, obwohl, so toll ist die im Moment ja nicht mehr bei deiner Essensweise in der letzten Zeit, aber was will man mehr. Dass du nie mit dem zufrieden sein kannst, was der liebe Gott dir in die Wiege gelegt hat.«

»Ich gib dir gleich, >in die Wiege gelegt hat<. Du bereust gleich, wenn ich mit dir fertig bin, dass du jemals in die Wiege gelegt wurdest. Ich kann mich kaum noch beherrschen und platze gleich vor Wut!«

»Aber mein Schätzchen, ich liebe dich doch. Genau so, wie du nun mal bist. Wahrscheinlich sogar genau deshalb. Ich denke aber, dass du deine Wutanfälle ruhig ein wenig reduzieren könntest, ich bleib doch auch immer ganz ruhig. Na ja, hat eben nicht jeder meine hervorragenden Charaktereigenschaften, was soll es.«

»Karl-Gustav, ich gehe jetzt mal für zehn Minuten aus dem Zimmer, ansonsten kann ich mich wirklich nicht mehr beherrschen. Wenn ich wiederkomme, möchte ich von dir einen astreinen Bericht über Familie Krimer hören, und zwar ohne deine üblichen Lobhudeleien. Ich meine, was deine Person betrifft. Weiterhin rate ich dir, mich nicht mehr zu diffamieren, hast du mich verstanden? Wenn du das nicht schaffst, ist der Schmuseabend endgültig gestrichen!«

»Meine Liebe, wenn du meinst, dann machen wir das so. Ich akzeptiere deine Wünsche, obwohl ich deine Erregung nicht verstehe. Vor allen Dingen, weil es nicht die Erregungsart ist, die ich bei dir so gerne sehe, aber ich nehme das jetzt einfach so hin.

Ich werde mir Mühe geben, ganz speziell für dich. Ich kann natürlich nicht garantieren, dass du trotzdem alles verstehst. Aber was soll es, nun ist erst einmal der Schmuseabend das Wichtigste, also versuchen wir es mal auf die ganz sachte Art und Weise.«

Mathilda schaute Karl-Gustav noch einmal böse an und ging ins Schlafzimmer. Währenddessen begab sich Karl-Gustav schweigend auf den Balkon. Er setzte sich gemütlich auf einen Gartenstuhl und wartete völlig entspannt auf Mathilda. Er war sich absolut sicher, dass sie viel zu neugierig war, um den Fall Krimer nun abzuhaken. Sicher nicht, bevor er ihr alle Informationen mitgeteilt hatte.

Nach gut zehn Minuten kam Mathilda tatsächlich auf den Balkon und forderte Karl-Gustav auf ins Wohnzimmer zu kommen und ihr alles zu berichten. Das heißt, warum die Krimers heute Morgen das Haus nicht verlassen haben. Zumindest glaubte Mathilda wohl, dass Karl-Gustav bei dem Telefongespräch mit Familie Krimer diese Information bekommen hatte. Sie setzten sich nun beide auf die Couch, wobei aber Mathilda darauf achtete, dass Karl-Gustav einen bestimmten Sicherheitsabstand einhielt.

»Karl-Gustav, nun beginn zu berichten, aber denke an meine Vorgaben bezüglich deiner Ausführungen. Denk auch besonders an den Schmuseabend!«

»Keine Angst Mathilda, ich denke nur noch daran. Hoffentlich kann ich mich überhaupt noch auf meinen Bericht konzentrieren. Im Moment denke ich nur daran, wie du mich nachher küsst. Ich glaube, das wird toll.«

»Hör jetzt damit auf und konzentriere dich. Nun reiß dich bloß zusammen, Karl-Gustav, sonst wird das nichts mit dem Schmusen. Ich will kein Eigenlob von dir hören und keine Diffamierungen, die mich betreffen könnten. Hast du mich verstanden?«

»Ja liebe Mathilda, ich habe es mir gemerkt. Ich bin ja

nicht blöd. Du weißt doch, wie intelligent ich bin. Aber ich werde versuchen, dir das nicht so deutlich herüberzubringen, das ist dir doch bestimmt recht oder mein Schatz?«

»Hörst du jetzt auf Karl-Gustav! Dein Schmuseabend wackelt schon wieder ganz stark.«

»Ok, ok, ich reiß mich zusammen. Also, dann fang ich mal an. Ich denke, du bist auch höchst gespannt auf meine Ausführungen.«

»Ach nee, wirklich? Mann, darauf warte ich schon eine gefühlte Stunde und du bist immer noch bei der Einleitung. Mach voran, und zwar ohne Umschweife. Los jetzt!«

»Meine Liebe, das würde ich gerne, aber du unterbrichst mich doch dauernd. Hör auf mich ständig zu unterbrechen, dann bin ich auch sehr schnell fertig. Damit du meine Ausführungen verstehst, werde ich mich kurz halten und die sehr schwierigen Passagen streichen. Ich hoffe, du bist damit einverstanden?«

Mathilda holte nur noch einmal ganz tief Luft und sagte nichts mehr. Allerdings hatte sie immer noch keine normale Gesichtsfarbe erreicht, es war alles noch so grünlich in ihrem Gesicht. Karl-Gustav registrierte das natürlich, sagte aber nichts dazu. Stattdessen legte er nun los. Na ja, ganz bedächtig, denn schließlich sollte Mathilda das auch alles verstehen. Diesbezüglich war er schon der Meinung, dass er sehr einfühlsam sei.

»Gut, ich lege los, aber pass bitte genau auf, ich möchte mich ungern wiederholen. Wir hatten uns doch überlegt, bei Krimers anzurufen und ...«

»Stopp! Nicht wir haben uns das überlegt, sondern du. Ich würde nie auf so eine Schnapsidee kommen, einfach bei ihnen anzurufen und mich erkundigen, warum sie nicht zur Arbeit gefahren sind. Nein wirklich, so etwas würde ich nicht machen.«

»Willst du damit andeuten, du wärest nicht neugierig genug, um dir darüber Erkundigungen einzuholen? Ich denke Mathilda, du bist schon neugierig, ansonsten würdest du mich nicht dauernd drängen, dir meine Vorgehensweise zu erläutern.

Es ist doch so, dass du deshalb dort nicht anrufst, weil du überhaupt nicht wüsstest, wie du da vorgehen solltest. Da fehlt dir einfach ein gehöriges Maß an Phantasie und ausgeklügeltem logischen Denkvermögen. Nur deshalb machst du das nicht. Aber ich habe das selbstverständlich für dich erledigt, ich muss schließlich auch deine Neugier befriedigen.«

»Gleich würge ich dich, aber wirklich! Wir hatten doch gerade noch ausgemacht, dass du die Diffamierungen sein lässt und auch damit aufhörst, hier ständig deine überragende Intelligenz, die es außerdem gar nicht gibt, anzupreisen. Schluss jetzt, das ist die letzte Warnung. Noch einmal so eine ähnliche Aussage und es gibt definitiv keinen Schmuseabend. Aber nicht nur heute, nein, der ist dann für drei Monate gestrichen, so!«

»Mathilda, ich habe nicht gewusst, wie hartherzig du sein kannst. Aber gut, noch ein Versuch.«

»Wie bitte, hartherzig? Pass auf, was du sagst! Und jetzt mach, aber das ist wirklich dein letzter Versuch.«

»Dann fange ich nun zum gefühlten einhundertfünfzigsten Mal an. Vielleicht unterbrichst du mich ab sofort nicht mehr, das wäre vorteilhaft für meine Konzentration. Ich hatte mir also vorgenommen bei Krimers anzurufen und mich zu erkundigen, warum Clara und Fritz Krimer heute nicht zur Arbeit gegangen sind.

Dabei hatte ich mir überlegt, mich als Mitarbeiter einer

Telefongesellschaft vorzustellen und so zu tun, als ob es nur darum ginge, einen Fragebogen auszufüllen. Ich bin dann auch genau nach meinen Vorgaben vorgegangen. Also nach einem von mir ausgeklügeltem Plan zur Befragung von Kunden, der mir natürlich, währenddessen ich bei Fritz Krimer angerufen hatte, noch auf die Schnelle eingefallen war.«

»Aber woher kanntest du den Telefonanbieter von Fritz Krimer?

Übrigens, lass das! Mit deiner unerträglichen Prahlerei hast du wieder so viel Weihrauch produziert, sodass ich schon nicht mehr richtig atmen kann. Hör auf damit, das habe ich dir doch ausdrücklich verboten.«

»Schatz, das war für jemanden wie mich wirklich ganz einfach. Ich habe im Internet ...«

»Du! Hör sofort auf damit!«

»Ach, ich dachte, du möchtest das wissen? Also gut, noch einmal von vorne. Ich habe mir im Internet die Handynummern von den Krimers herausgesucht, da sie glücklicherweise im Gegensatz zu uns ihre Rufnummern öffentlich gemacht haben. So auch Fritz Krimer und deshalb konnte ich ganz einfach seinen Telefonanbieter heraussuchen.«

»Nein, aber wie denn?«

»Schatz, den erkennst du an den ersten Zahlen, quasi wie eine Vorwahl beim normalen Festnetz-Anschluss, denn beim Handy benötigt man keine direkte Ortsvorwahl. So konnte ich ganz einfach den Telefonanbieter für ihr Handy herausbekommen, sogar für beide. Überleg mal, die haben auch jeder ein Handy. Ich habe mich dann für die Handynummer von Fritz Krimer entschieden und hatte ihn auch sofort am Apparat.«

»Ja und was hast du dem Fritz erzählt und hat der dich

nicht erkannt?«

»Nein, am Anfang hatte er mich auf keinen Fall erkannt. Zum Schluss des Gespräches glaubte er wohl, etwas Bekanntes an meiner Stimme zu bemerken. Zum Glück konnte er sie im Moment nicht zuordnen. Daraufhin habe ich schnell Schluss gemacht, sodass er keine Gelegenheit mehr hatte, meine Stimme jemandem zuzuordnen und schon mal gar nicht mir. Ich hatte da aber schon alle wichtigen Informationen bekommen.«

»Das gibt es nicht. Obwohl ich jetzt nichts Überschwängliches äußern will, ich meine, wie genial du bist, aber das war wirklich nicht schlecht. Ich würde mich so etwas gar nicht trauen.«

»Schätzchen, dafür hast du doch mich, deinen genialen Mann. Oh, entschuldige, jetzt ist es mir wieder herausgerutscht, entschuldige.«

»Aber nur noch einmal so gerade. Hör sofort damit auf Karl-Gustav und konzentriere dich darauf, mir das Wesentliche mitzuteilen! Was hast du ihm denn erzählt, warum du diesen Fragebogen mit ihm ausfüllen möchtest?«

»Mein Schatz, da ist mir eine geniale Idee gekommen. Oh entschuldige, von meiner Genialität willst du ja leider nichts wissen, wenn ich das auch merkwürdig finde. Die meisten Frauen wären froh, so einen genialen Mann wie mich zu haben, aber lassen wir das.

Ich komme dann noch einmal zu unserem Hauptthema, obwohl das andere für dich doch auch interessant sein müsste. Ich habe Fritz noch erzählt, dass ...«

»Wenn du jetzt nicht damit aufhörst, ständig mit deiner Genialität zu prahlen, die es in Wirklichkeit auch gar nicht gibt, ich wiederhole mich ausnahmsweise einmal, werde ich dich gleich dermaßen genial zurechtstutzen, dass du nie wieder mit diesem Thema anfängst. Hast du mich nun verstanden?«

»Natürlich habe ich dich verstanden, glücklicherweise ist auch mein Gehör noch in einem Topzustand. Ich werde aber deinem Wunsch jetzt nachkommen und von dem Thema ablassen, obwohl ich mir nicht vorstellen kann, vollständig damit aufzuhören. Dafür ist es einfach zu wichtig, liebe Mathilda.

Also, liebste Mathilda, beginn ich noch einmal da, wo du mich leider wieder unterbrochen hattest.

Ich habe Fritz also erzählt, dass mithilfe eines Fragebogens der optimale Tarif für den jeweiligen Kunden ermittelt werden soll und das hat er auch so geschluckt. Auf die Einzelheiten will ich gar nicht eingehen, nur so viel. Ich weiß jetzt, dass seine Frau, also die Clara, stark erkältet ist. Wahrscheinlich ist es sogar eine Sommergrippe.«

»Wirklich, oh die Ärmste. Aber warum geht der Fritz nicht arbeiten, ist der etwa auch krank?«

»Nein, der hat eine Woche Urlaub genommen, um seine Frau erst einmal zu versorgen und zu unterstützen.«

»Wirklich? Oh, ist der fürsorglich. So einen Mann möchte ich auch haben. Übrigens unterstehe dich nicht noch einmal mich mit >liebste Mathilda< anzureden, immer wieder muss ich dich darauf aufmerksam machen. Und nun beeile dich endlich, ich habe noch etwas zu tun. Vorher möchte ich aber unbedingt wissen, was mit der armen Clara ist.«

»Was? Mathilda, wie meinst du das denn? Fürsorglicher als ich kann doch wohl niemand sein. Ich gehe erst gar nicht mehr arbeiten, damit ich dir immer zur Seite stehen kann. Mehr geht absolut nicht.«

»Karl-Gustav, jetzt beantworte mir mal eine Frage! Bist du ernsthaft wahrnehmungsgestört? Du bist zwar den ganzen

Tag hier, nur unterstützt du mich trotzdem nicht im Geringsten. Das Gegenteil trifft leider zu. Wenn ich dich zu meiner ganzen Arbeit nicht auch noch sensationell verwöhne und mit dir schmuse, bist du sofort beleidigt. Also wirklich, nun überdenke einmal dein Verhalten diesbezüglich.«

»Mathilda, das ist aber total ungerecht, wirklich. Der Fritz ist doch nur zu Hause geblieben, weil Clara richtig krank geworden ist, ich bitte dich. Du warst dagegen, seitdem wir zusammen sind, noch nie krank. Also, was willst du denn jetzt?«

»Das ist ja wohl die Höhe! Unterstützt du mich nur, wenn ich krank bin? Ich fasse es nicht.«

»Liebe Mathilda, nun verdrehe hier nicht die Tatsachen. Ich unterstütze dich immer. Was du meinst, ist doch wohl ein Versorgen oder Pflegen, wenn du krank bist wie zurzeit die Clara. Weil du noch nie krank gewesen bist und das ist doch eigentlich positiv, konnte ich dich bisher gar nicht dermaßen versorgen. Es war einfach nicht notwendig. Ich bitte dich!«

»Na gut, dann lass ich das jetzt einmal unkommentiert. Ich werde ja sehen, wie du dich verhältst, wenn ich wirklich einmal krank werden sollte. Ich hoffe aber Karl-Gustav, dass da nicht doch noch etwas nachkommt. Ich meine, falls dem Fritz im Nachhinein einfällt, wem er diese Stimme zuordnen muss.«

»Mathilda, das glaube ich nicht. Übrigens, ich habe dir noch gar nicht gesagt, dass der Sex bei den beiden anscheinend nicht mehr so richtig funktioniert oder sogar überhaupt nicht mehr stattfindet.«

»Wie bitte? Was hast du denn Fritz gefragt, dass er dir diese Information gegeben hat? Ich kann mir aber eigentlich nicht vorstellen, dass er dir eine derartige Frage beantwortet hat.«

»Das ist richtig, er hat auch meine Hypothese sofort abgestritten. Aber nur in der Art, dass ich das gar nicht wissen könnte und er das auch zu mir nicht gesagt habe. Er hatte jedoch nicht ausdrücklich betont, dass meine Hypothese falsch ist.«

»Karl-Gustav, was du jetzt wieder alles hineininterpretierst, das ist doch unglaublich. Übrigens, hast du Fritz eigentlich mitgeteilt, dass das bei uns auch nicht mehr stattfindet?«

»Meine liebe Mathilda, dann hätte ich das doch bis heute Abend begrenzen müssen, denn da hast du doch noch so viel vor. Obwohl, wir haben schon Abend und du könntest daher so langsam loslegen, was meinst du? Ich gehe auch eben noch duschen und mach mich schön duftend.«

»Karl-Gustav, langsam, nicht so schnell! Ich benötige jetzt erst einmal eine Pause. Hast du denn schon alle Erkenntnisse über die Familie Krimer in deine Liste eingetragen? Ich möchte dich nicht von dieser wichtigen Aufgabe abhalten.«

»Keine Angst Mathilda, das habe ich alles schon erledigt. Du kannst gleich loslegen, ich gehe eben duschen.«

Nach dem Duschen, Karl-Gustav hatte sich durch Mathilda von diesem Vorhaben, das ihrer Meinung nach noch Zeit habe, nicht abbringen lassen, musste er sich zu seinem Leidwesen noch fast eine Stunde gedulden, es half nichts. Mathilda benötigte diese Zeit, wie sie sagte, um sich mental auf diese schwierige Aufgabe vorzubereiten.

Am späten Abend schmusten dann beide tatsächlich sehr ausgiebig miteinander. Mathilda löste auch ihr Versprechen ein und verwöhnte Karl-Gustav sensationell. Sie gab wirklich alles und schmuste mit Karl-Gustav wie in ihren besten Tagen, zumindest empfand Karl-Gustav das so. Nach dem Schmusen und Lieben und einem kurzen Anschmiegen und alles ausklingen lassen, springt Karl-Gustav plötzlich auf.

»Was ist los? Du hast mich jetzt aber erschreckt!«

»Liebste Mathilda, das muss ich mir doch sofort notieren.«

»Was musst du dir notieren, ich verstehe dich nicht?«

»Aber ich bitte dich! Natürlich das, wozu du gerade imstande gewesen bist. Übrigens, du warst hervorragend. Ich hätte auch nicht gedacht, dass du das noch so gut beherrscht. Diese Leistung muss ich doch sofort festhalten, also auf Papier.«

»Was machst du? Schreibst du auf, dass wir zusammen geschmust haben? Bekomme ich vielleicht auch noch eine Note von dir?«

»Liebe Mathilda, das ist eine gute Idee. So kann ich immer überprüfen, also im Jahresrückblick, was du alles geleistet hast. Vielleicht kann ich daran, ich meine an der Zeitspanne einer Wiederholung und an der Note feststellen, ob du mich überhaupt und mit welcher Intensität du mich noch liebst oder auch nicht. Wirklich Mathilda, das war eine famose Idee.«

»Ich glaube das nicht. Drehst du jetzt völlig durch? Wie soll ich mich denn zukünftig darauf konzentrieren können, wenn ich im Hintergedanken deine Notenvergabe habe. Bist du nun völlig daneben? Antworte mir auf der Stelle!«

»Ich bitte dich, nun überlege doch einmal! Vielleicht spornt dich eine Notenvergabe noch mehr an, denn diese wirst du, wie du gerade gesagt hast, immer im Hinterkopf haben. Sozusagen um Höchstleistung zu erbringen. Vergleichbar etwa mit den Leistungssportlern, die beim Wettkampf immer die Medaillen vor Augen haben. Was meinst du?«

»Ich gebe dir gleich eine Medaille! Pass bloß auf, du Blödmann, was du hier von dir gibst und treibe es nicht auf die Spitze!«

»Ich bitte dich mein Schatz, ganz ruhig. Denke noch einmal in Ruhe über meine Ausführungen nach. Ich bin mir sicher, dass du mir nach eingehender Betrachtung der Dinge Recht geben wirst. Solltest du das bei deinem dir begrenzt zur Verfügung stehendem logischen Denkvermögen nicht so ganz auf die Reihe bekommen, dann habe ich dafür auch sehr viel Verständnis. Ich stehe dir gerne wie immer mit Rat und Tat zur Seite.«

»Sag mal Karl-Gustav, bist du eigentlich so bescheuert oder merkst du nur nichts mehr? Wenn du mir noch einmal etwas von einem begrenzten logischen Denkvermögen an-dichtest, dann vergesse ich aber mal meine gute Erziehung. Sei jetzt bloß vorsichtig!«

»Beruhige dich Mathilda. Ich glaube, du verstehst die Bedeutung des Leistungsgedankens nicht. Das soll bei dir nur einen Anreiz für eine besondere Behandlung darstellen, die du mir dann regelmäßig zuteilwerden lässt. Vergleichbar etwa auch mit dem Verhalten von kleinen Kindern, wenn man ihnen eine Tafel Schokolade in Aussicht stellt.

Außerdem, liebe Mathilda mein Schatz, überleg doch mal! Das, was du heute Abend gemacht hast, also mich dermaßen zu verwöhnen und dazu muss ich dir noch einmal sagen, das war hervorragend, hatte ich mehrere Wochen vermisst. Also hat das schon absoluten Seltenheitswert. Des-wegen muss ich mir das auch zukünftig notieren und rück-blickend überprüfen, ob du wirklich auf diesem Niveau eine gewisse Nachhaltigkeit beibehalten konntest. Weiterhin werde ich mit einer nachträglichen Überprüfung auch feststellen können, in welchem Ausmaße sich beispielsweise im Laufe eines Jahres deine Gefühle mir gegenüber verändert haben. Ich hoffe natürlich, dass das nicht geschieht und du dieses sensationelle Niveau, das du vorhin zu leisten imstande warst, dauerhaft beibehalten kannst.«

»Weißt du was, ich nehme dich gleich mal dermaßen in die Mangel, das wird dann aber keinen Seltenheitswert haben und so kannst du dich über diese Nachhaltigkeit auch nicht beschweren. Und glaube nicht, dass du mich mit einer Tafel Schokolade zur Höchstleistung locken kannst, da muss aber schon mehr von dir kommen. Und noch etwas ist mir unangenehm aufgefallen, deine Ankündigung einer nachträglichen Überprüfung meiner Gefühle im Zusammenhang meiner Leistungen beim Schmusen. Ich glaube wirklich, du spinnst!«

»Mein Schätzchen, ganz ruhig, komm in meine Arme, jetzt verwöhn ich dich noch einmal so richtig, hast du Lust?«

Das ließ sich Mathilda nicht zweimal sagen, ihre grünliche Gesichtsfarbe verwandelte sich auch schnell in ein zartes Rot und so fand für beide bis spät in die Nacht der wundervolle Schmuseabend noch eine Fortsetzung. Es war schon mitten in der Nacht, als beide voneinander ließen und selig einschliefen.

Der Prozess

Die nächsten Tage verliefen für Karl-Gustav eigentlich nach einem bewährten Muster. Das heißt Frühstücken, Beobachten, Schreiben und sich am Abend von Mathilda verwöhnen zu lassen. Das machte sie nach dem besagten Abend wirklich zwei- bis dreimal in der Woche. Es waren natürlich Festtage für Karl-Gustav, dieses war er monatelang nicht mehr gewöhnt.

Je nachdem, um welche Uhrzeit Karl-Gustav aufstand, war noch ein ausgiebiges Frühstück möglich. Ansonsten begann natürlich spätestens um sieben Uhr dreißig seine Überwachungstätigkeit, wie Mathilda sich auszudrücken pflegte.

Apropos Mathilda, auch für sie liefen die Tage genauso ab wie üblich. Das heißt aber auch, dass sie natürlich um diese Uhrzeit noch den >Schlaf der Gerechten< ausübte. Irgendwann zwischen zehn und elf Uhr trudelt sie meistens morgens ein.

Danach hatte sie aus ihrer Sicht wieder den ganzen Tag ihre Mühe, den Anforderungen von Karl-Gustav gerecht zu werden. Dazu gehörte auch eine große Überwindung, der Überwachungstätigkeit von Karl-Gustav eine gewisse Akzeptanz entgegenzubringen.

Karl-Gustav sah das zweifellos mit ganz anderen Augen, diese von Mathilda deklarierte Überwachungstätigkeit. Das war natürlich aus seiner Sicht reine Fürsorge, man siehe nur die Krankheit von Clara Krimer vor kurzem, verbunden mit ein wenig Kontrolle, die musste natürlich in diesem Hause auch sein.

Auch heute lief für Karl-Gustav alles nach Plan. Pünktlich um sechs Uhr fünfundvierzig hatte er gefrühstückt und sich anschließend in sein Büro begeben. Nachdem er sogar schon drei Zeilen an seinem Buch hatte schreiben können, wurde es um sieben Uhr dreißig Zeit, sich auf seine morgendliche Beobachtungsphase vorzubereiten.

Nachdem er diese dann um acht Uhr dreißig mit Bravour abgeschlossen hatte, es passierte allerdings heute Morgen nichts Besonderes, begab er sich wieder an seinen Schreibtisch und setzte die Schreibtätigkeit fort.

Als er eine Stunde später einmal die Formulierung eines komplizierten Satzes nach mehreren Versuchen unterbrach und gerade ein paar Sekunden vor seinem offenen Beobachterfenster gestanden hatte, das ja wirklich eine gute Sicht auf den Parkplatz vor dem Haus ermöglicht, kam auf einmal Mathilda ins Büro. Karl-Gustav hatte nicht mitbekommen, dass sie schon aufgestanden war.

»Morgen mein Süßer, schon so fleißig?«

»Natürlich mein Schatz, guten Morgen. Komm mal bitte zu mir! Da unten ist gerade Margarethe mit den Kindern. Sie bringt bestimmt die Kinder zur Schule, denn heute Morgen um acht Uhr ist sie nicht weggefahren, das hätte ich bemerkt.«

»Aber sicher, das wäre dir auf jeden Fall nicht entgangen. Du bist doch immer bestens darüber informiert, was in diesem und um dieses Haus herum so tagsüber passiert.«

»Mathilda, nun ist es aber gut! Erzürne mich nicht schon am frühen Morgen, bitte nicht. Was machst du denn schon hier, es ist doch noch gar nicht deine übliche Zeit zum Aufstehen?«

»Morgen Margarethe, morgen Kinder«, rief dann schnell

noch Mathilda Margarethe und den Kindern zu, bevor diese in ihr Auto einstiegen und wegfuhren. Sie überhörte auch geflissentlich die Beschwerde Karl-Gustavs, diese Diskussion wollte sie am frühen Morgen nicht führen. Margarethe und die Kinder winkten indessen eifrig Karl-Gustav und Mathilda zu. Ob Margarethe aber wirklich Karl-Gustav zugewinkt hatte, da bekam der doch seine Zweifel. Ihm schien da doch etwas Unangenehmes aufgefallen zu sein.

»Hast du gerade gesehen, Schatz, wie böse Margarethe mich angeschaut hat? Ich glaube, sie hat etwas bemerkt.«

»Was soll sie denn bemerkt haben? Dass du oft hinter der Gardine stehst und aufpasst, ob sie wieder eine Apfelkippe in den Vorgarten werfen will oder meinst du Margarethe hat mitbekommen, dass du dich über ihr Waschverhalten nicht gerade freust. Was meinst du denn jetzt?«

»Nun spiel dich nicht so auf, ich habe doch wohl recht! Nein, sie könnte vielleicht bemerkt haben, dass mir das mit der Apfelkippe oder dem Trockner mitten in der Nacht nicht so gefällt. Das ist doch möglich.«

»Da fällt mir noch etwas ein. Hat unsere Nachbarin vielleicht mitbekommen, dass du etwas gegen ihre Reinlichkeit hast?«

»Nun werde nicht ungerecht. Wenn Margarethe zu vernünftigen Zeiten saugen würde, kann sie das meinetwegen den ganzen Tag machen. Sie scheint doch ansonsten nicht ausgelastet zu sein, zumindest tagsüber nicht, denn waschen macht sie überwiegend morgens um fünf oder abends nach dreiundzwanzig Uhr.«

»Schatz, ich würde vorschlagen, du setzt dich mal mit der Nachbarin zusammen und arbeitest mit ihr einen genauen Schaffensplan aus. Dann hat sie etwas in der Hand, wonach sie sich richten kann. Vielleicht seid ihr dann beide zufrieden. Du hast zu bestimmten Tageszeiten deine Ruhe, kannst schlafen, das scheint wohl auch eine Lieblingsbeschäftigung von dir zu sein, ich meine natürlich zusätzlich zu dem Beobachten der Nachbarn, und die Nachbarin kann ebenso ihren Lieblingsbeschäftigungen frönen, den ganzen Tag. Natürlich nicht während deiner Sperrzeiten.«

»Du! Mach mich bloß nicht wütend!«

»Schatz, ich dachte, dich kann man nur erzürnen, wenn man zu den falschen Tageszeiten wäscht oder staubsaugt oder Fernsehen guckt. Hab ich etwas vergessen?«

»Ja, das ständige >Türen zuschlagen< den ganzen Tag, und damit meine ich nicht nur die Haustür. Die meisten Bewohner in diesem Haus schlagen nämlich ihre Eingangstüren auch dann zu, wenn sie in ihre Wohnung hineingehen. Und ich meine nicht nur die Nachbarin von nebenan, denn diese Marotte ist wirklich im ganzen Haus weit verbreitet.

Es kann aber auch sein, dass speziell unsere Nachbarin, also die von nebenan, sobald sie die Haustür aufmacht und in ihre Wohnung hineingeht, schon den Staubsauger oder die Waschmaschine im Visier hat und so keine Zeit mehr verlieren möchte, bis sie endlich wieder loslegen kann oder was meinst du mein Schatz?«

»Karl-Gustav, du hörst sofort auf die Nachbarin zu beleidigen, das lass ich aber jetzt nicht zu!«

»Ich bitte dich, das sind alles Realitäten, ich beleidige sie doch nicht. Außerdem betreibe ich gerade nur Ursachenforschung. Vielleicht hilft mir das ja, ihre nächsten Schritte vorherzusagen. Das könnte mir wiederum helfen, meine Gegenmaßnahmen rechtzeitig zu planen.«

»Karl-Gustav, jetzt ist aber Schluss! Ich habe auch noch etwas zu tun, denke an den Haushalt. Wenn es dir auch schwerfällt, das zu glauben. Denn du hilfst mir ja nicht, du bist immer anderweitig beschäftigt.«

»Nun ist es aber gut! Ich bin doch wohl fraglos der Fleißigste unter der Sonne und nehme dir doch fürwahr alles Mögliche ab.«

»Stimmt. Alles, was für dich möglich ist, aber das ist leider sehr wenig.«

»Ich glaube, ich bin jetzt lieber mal ruhig, sonst ist wieder heute Abend der Schmuseabend dahin. Übrigens, was hast du denn da die ganze Zeit Schönes in der Hand, etwa Post für mich?«

»Ach so, ja, hier nimm mal! Ich kann mir aber nicht vorstellen, dass du dich darüber freust. Der Absender dieses Briefes bedeutet eigentlich nichts Gutes. Mach mal auf, jetzt bin ich aber doch neugierig.«

»Mein Schatz, du bist immer neugierig. Aber ich möchte es auch wissen, was du da nicht so Gutes bringst, wie du vermutest?«

»Du! Ärgere mich nicht schon am frühen Morgen! Aber schau einmal, der Brief ist vom Amtsgericht.«

»Nein, was wollen die denn? Wollen die mich vielleicht als Schöffe einsetzen? Ich meine, das könnte ich mir gut vorstellen, bei meinem grandiosen Urteilsvermögen und meiner genialen Intelligenz, da wäre ich doch als Schöffe geradezu ideal.«

»Hör sofort auf damit Karl-Gustav! Nun öffne schon den Brief, dann wissen wir es endlich.«

Karl-Gustav bequemte sich nun den Briefumschlag aufzureißen und nahm das Schriftstück in die Hand. Anschließend dauerte es circa drei Minuten, bis er es durchgelesen hatte.

»Jetzt sag es schon! Wirst du tatsächlich als Schöffe eingeladen?«

»Leider nein, das ist eine Vorladung für übermorgen um zehn Uhr. Dann soll ich beim Amtsgericht Recklinghausen zur Anhörung erscheinen. Deine liebe Margarethe hat mich angezeigt.«

»Was! Warum hat sie dich denn angezeigt? Hast du sie etwa geschlagen?«

»Mathilda bist du nun völlig daneben? Ich habe noch nie eine Frau geschlagen und ich werde bestimmt nicht mit Margarethe anfangen. Da hat es in meinem Leben andere Personen gegeben, zum Beispiel auf der Arbeit, da war ich mal kurz davor auszuflippen, habe es aber dann doch nicht durchführen können. Aber doch auf keinen Fall Margarethe.«

»Gott sei Dank, da hast du aber noch einmal Glück gehabt. Ich glaube, dann würde ich dich sofort verlassen.«

»Wie bitte, das kann ich aber wirklich nicht glauben, und zwar aus zweierlei Gründen. Zum einen ist es sehr bedauerlich, dass du mir so etwas zutraust. Da müsste sie mich schon schlagen, dann würde ich mich wahrscheinlich irgendwann wehren, aber das ist doch wohl ausgeschlossen. Zum anderen finde ich es aber bemerkenswert, dass du mir sofort mit einer Trennung drohst. Und das, wo wir doch gerade wieder so toll harmonieren. Wirklich Liebes, das entsetzt mich aber nun doch.«

»Entschuldige Schatz, das war vielleicht doch etwas voreilig von mir, dir so etwas zuzutrauen. Über das andere möchte ich auch nicht mehr reden. Aber nun berichte mal, warum zeigt dich denn Margarethe an?«

»Das ist einfach erklärt. Erinnerst du dich an die Sonderausgabe der neuen Umweltzeitschrift, die in der letzten Woche veröffentlicht wurde. In dieser Sonderausgabe habe ich, wie du weißt, einen Artikel über die Umweltverschmutzung in den Städten geschrieben, dabei als Beispiel die Sache mit der Apfelkippe erwähnt.

Daraufhin hat mich Margarethe nun wegen Verunglimpfung angezeigt. Es sieht für mich so aus, als ob ich vorerst als Zeuge geladen bin und über den Vorfall befragt werden soll. Wahrscheinlich entscheidet der Richter dann, ob der Prozess fortgesetzt wird. Aber warten wir mal ab.«

»Na, da bin ich aber auch sehr gespannt. Ich verstehe nur jetzt die Margarethe nicht, dass sie dermaßen reagiert. Du hast doch andere Namen verwendet, soweit ich mich erinnere.«

»Genauso so ist es Mathilda, ich habe ihren Namen überhaupt nicht erwähnt und weiß deshalb nicht, was das soll. Meiner Meinung nach kann es zu keiner Anklage kommen, denn es fand überhaupt keine persönliche Verunglimpfung statt.«

»Ja Schatz, das sehe ich genauso. Ich weiß wirklich nicht, warum Margarethe das getan hat.«

»Schatz, ich weiß nun auch, warum sie mich vorhin, als wir am Fenster standen, so böse angeschaut hat. Jetzt ist mir das aber so was von sonnenklar.«

»Interpretiere da nicht zu viel hinein, Karl-Gustav, vielleicht hatte sie gerade eine Auseinandersetzung mit den Kindern oder schlecht geschlafen. Bleib mal ganz ruhig.«

»Du, ich glaube, ich gehe kurz rüber und klär die Margarethe mal so richtig auf, vielleicht zieht sie dann im letzten Moment ihre Anzeige zurück? Das wäre doch möglich oder was meinst du?«

»Kommt gar nicht in Frage, auf keinen Fall gehst du zur Margarethe! Wahrscheinlich willst du sie einschüchtern oder vielleicht sogar noch etwas Schlimmeres machen. Du bleibst hier!«

»Aber Mathilda, ich mach doch nichts Schlimmes. Hast du etwa gedacht, ich werde handgreiflich? Ich bitte dich! Das habe ich noch nie gemacht! Das sagte ich auch bereits, ich klär doch immer nur auf. Na ja, ab und zu versuche ich natürlich, bestimmte Personen ein bisschen einzuschüchtern. Aber nur fiese Personen, doch nicht Margarethe.«

»Das wollte ich dir aber auch geraten haben. Und was dein Aufklären betrifft, da bin ich natürlich voll im Bilde. Du klärst nicht auf, sondern du redest die Leute, so wie meistens mich auch, immer schwindelig. Du willst ihnen nur deine Meinung einhämmern, anders kann man diesen Vorgang nicht bezeichnen.

Nein, das lässt du schön bleiben, Margarethe ist schon unsicher genug. Die muss man aufbauen, aber bestimmt nicht noch mehr einschüchtern.«

»Ach, gehst du jetzt zur Margarethe und den Kindern und sagst ihnen, dass sie demnächst jeden Morgen zwei Apfelkippen auf unsere Wiese werfen dürfen?«

»Karl-Gustav! Hör sofort damit auf, hier solch einen Unsinn zu reden! Natürlich werde ich ihr so etwas wohl kaum sagen. Außerdem, sie weiß selbst, dass das nicht in Ordnung war. Sie wird das auch bestimmt nicht mehr machen. Und jetzt solltest du Ruhe geben.«

»Mathilda, ich gebe doch Ruhe, nur Margarethe nicht. Ich hätte gar nichts mehr gesagt, für mich war die Sache erledigt. Sie hat mich doch verklagt und die Sache wieder aufgerollt.«

»Korrekt, aber lass uns erst einmal nicht mehr darüber reden, wir haben noch zwei Tage Zeit und dann werden wir hören, was der Richter dazu sagt.«

»Das stimmt mein Schatz, statt uns mit dieser unrühmlichen Sache zu beschäftigen, könntest du mich besser ein bisschen verwöhnen. Was hältst du davon?«

»Spinnst du Karl-Gustav? Ich habe noch nicht gefrühstückt. Wo soll ich denn jetzt diese Energie dafür hernehmen. Du bist nicht gerade anspruchslos. Nein, das geht auf keinen Fall vor dem Frühstück.«

»Aber mein Schätzchen, was ist denn, wenn du mit halber Kraft wirbelst, so sehr strengst du dich dabei doch nicht an. Zumindest habe ich manchmal das Gefühl, dass du das Schmusen im Schongang abwickeln möchtest. Oh, da fällt mir gerade noch etwas ein. In solchen Situationen habe ich immer das Gefühl, du bist gedanklich ganz woanders.«

»Wo anders als hier sollte ich denn sein? Und weißt du, was soll denn diese unverschämte Behauptung, ich würde mich dabei nicht anstrengen? Ich komme völlig außer Puste, was ich für dich stundenlang alles machen muss. Ach so, bevor ich das vergesse, was meinst du denn mit der Bemerkung >ganz woanders sein<?«

»Nun mal der Reihe nach. Du könntest doch in Gedanken wieder bei deinem Brad sein, während du mit mir schmust. So ganz abwegig ist das doch wohl nicht.

Und was deine Anstrengung betrifft, hätte ich dazu aber noch eine Frage. Wieso konntest du denn gestern danach noch stundenlang lesen? So außer Puste kannst du da doch nicht gewesen sein.«

»Was soll das denn jetzt? Beim Lesen benötige ich wohl kaum viel Puste oder etwa doch? Außerdem hatte ich nicht einmal eine halbe Stunde gelesen. Ich musste noch ein bisschen herunterkommen, so sehr hatte mein Herz geklopft.«

»Wirklich mein Schatz? Oh, errege ich dich dermaßen? Das hört sich wirklich gut an für mich.«

»Karl-Gustav, du erregst mich höchstens anders. Ich habe

vorhin schon gesagt, dass das anstrengend ist, dich immer so zu verwöhnen. Daran kannst du doch erkennen, dass ich gestern nicht an Brad gedacht habe, denn das wäre für mich keineswegs anstrengend gewesen, sondern einfach nur herrlich.«

»Und wenn du dich etwas weniger anstrengst und ein paar Aktivitäten, bei denen du besonders viel Puste brauchst, heute Morgen ausfallen lässt, natürlich nur ausnahmsweise. Was hältst du davon? Das mit Brad überhöre ich jetzt einfach, so kulant, wie ich nun einmal bin.«

»Nun hör aber sofort auf, Karl-Gustav! Außerdem habe ich noch nicht gefrühstückt, das sagte ich übrigens bereits, da reicht meine Energie auch nicht für halbe Sachen. Und noch etwas, das kann doch wohl nicht sein, dass du jetzt dafür Zeit hast. Was ist mit deiner Beobachtertätigkeit, hast du damit nicht genug zu tun? Von deiner Haupttätigkeit, und die ist für mich das Schreiben von Artikeln oder Romanen, will ich jetzt gar nicht reden.«

»Schatz, von zehn Uhr bis zwölf Uhr gibt es vor dem Haus nichts Besonderes zu beobachten. Nein, da brauchst du keine Angst zu haben, da verpasse ich nichts. Und was das Schreiben betrifft, damit kann ich mich nicht den ganzen Tag beschäftigen. Selbst der größte Denker benötigt ab und zu eine Schaffenspause, um den Akku wieder aufzuladen.

Du weißt doch genau, dass ich ein großer Denker bin und daher benötige ich selbstverständlich auch meine Schaffenspausen.«

»Was soll das denn? Du willst dich also nur von mir verwöhnen lassen, wenn deine Beobachtertätigkeit nicht dazwischen kommt und du gleichzeitig gerade eine Schaffenspause nötig hast. Nein, das glaube ich aber nicht und über den großen Denker sage ich mal lieber überhaupt nichts.«

»Aber Mathilda, das hast du falsch verstanden. Für dein Verwöhnen würde ich alles andere sausen lassen, selbst die schönste Beobachtertätigkeit, wirklich mein Schatz.«

»Da hast du aber noch einmal Glück gehabt. Aber trotzdem gibt es jetzt kein Verwöhnen, ich werde nun frühstücken.«

»Das ist schon gemein, aber so bist du eben.«

»Ja spinnst du denn jetzt, ich werde doch wohl frühstücken dürfen. Übrigens, da fällt mir noch etwas anderes ein. Was hältst du davon, wenn du deine Denkpausen reduzierst und mal wieder aktiver wirst, denn so langsam wird unser Erspartes wirklich knapp.«

»Keine Angst Mathilda, da habe ich noch einiges in petto, was du gar nicht weißt. Außerdem habe ich doch gerade einen Artikel geschrieben, da steht ebenfalls noch ein bisschen Geld aus. Nein, darüber brauchst du dir keine Sorgen machen, du kannst mich jetzt ruhig verwöhnen.«

»Schluss damit Karl-Gustav, ich geh nun in die Küche und koche mir einen Kaffee, den benötige ich nun ganz dringend. Zum Schmusen und dich Verwöhnen ist heute Abend noch Zeit genug. Und über das Geld, was du beiseitegeschafft hast, ohne dass ich etwas davon weiß, darüber werden wir uns aber noch einmal unterhalten. Ich will stark hoffen, dass das vor unserer Zeit war, ansonsten ist hier aber was los.«

Mathilda war noch nicht ganz mit ihren Ausführungen fertig, da verließ sie tatsächlich zum Leidwesen von Karl-Gustav sein Büro. Leider ohne ihn vorher noch ein wenig zu verwöhnen. Irgendwann gab sich Karl-Gustav aber damit zufrieden und begann zu schreiben. Das heißt, er versuchte sich zu konzentrieren und an seinem Buch, es war leider immer noch das Erste, weiter zu schreiben.

Das funktionierte sogar wider Erwarten ganz gut. Auch deshalb, da er heute ausnahmsweise von den Nachbarn nicht gefordert wurde. Das heißt, es passierte tatsächlich in den nächsten Stunden auf dem Parkplatz vor ihrem Haus so gut wie nichts und daher konnte er sogar etliche Seiten neu verfassen. Auch am Nachmittag war heute nicht viel los, wobei er sich schon wunderte, wieso er heute keinen Nachbar hat nach Hause kommen hören.

Gegen neunzehn Uhr verließ er kurz das Büro und ging in die Küche. Er wollte doch mal schauen, ob Mathilda schon langsam angefangen hat, für ihn das Abendbrot zu zaubern. Was er dann sah oder besser, was er nicht sah, war Mathilda. Als er später schon verzweifelt ins Wohnzimmer ging, fand er sie zu seinem Entsetzen schlafend auf der Couch liegen.

»Schatz, was machst du denn hier?«

Wie von der Tarantel gestochen fuhr Mathilda aus dem Schlaf empor und starrte Karl-Gustav entgeistert an.

»Sag mal spinnst du! Ich habe geschlafen, warum weckst du mich denn?«

»Das kann ich dir sagen, meine Schnuckelmaus. Hast du mal auf die Uhr geschaut, es ist schon neunzehn Uhr. Weißt du noch, was um neunzehn Uhr dreißig ansteht?«

»Also erstens schau ich, während ich schlafe, selten auf die Uhr, wie sollte das auch gehen. Du wirst das wahrscheinlich können. Schließlich gibt es nichts, was du nicht kannst oder liege ich da falsch?«

»Da liegst du natürlich vollkommen richtig, meine Schnuckelmaus. Aber darauf wollte ich im Augenblick nicht zu sprechen kommen, es ist nun etwas anderes wichtiger. Jetzt ist mein ...«

»Ach nee, was ist denn jetzt so wichtig? Soll ich dir erläutern, was bis gerade wichtig war, ja, soll ich das? Ach egal, ich sage es dir auf jeden Fall. Bis gerade war wichtig, dass ich schlafe, und nur das war für mich wichtig, verstehst du das?«

»Einerseits verstehe ich das, ich weiß ja, wie egoistisch du bist, andererseits verstehe ich es nicht. Wenn du mich hättest ausreden lassen, dann wüsstest du schon, was ich noch zu sagen gedenke und ...«

»Ich lasse dich gleich ausreden! Hör mit deinen ewigen Vorwürfen auf und sag schon, was du mir mitzuteilen hast!«

»Liebe Mathilda, das würde ich sehr gerne, leider unterbrichst du mich ständig. Also, ich wollte dich noch einmal darauf aufmerksam machen, dass um neunzehn Uhr dreißig Abendbrotzeit ist. Ich weiß ja, dass du dir schlecht Dinge merken kannst, aber das solltest du wissen. Es gibt so ein paar Zeiten, die solltest du einfach im Kopf haben. Ich weiß doch, dass in deinem Gehirn noch viel Platz ist. Also versuche doch bitte dir das zu merken, was ich jetzt nur für dich noch einmal wiederhole.

Um zwölf Uhr dreißig ist Mittagszeit, das dürfte doch wohl einfach zu behalten sein. Um neunzehn Uhr dreißig ist, wie du freundlicherweise bereits von mir erfahren hast, Abendbrotzeit. Das solltest du dir auch merken, aber das Wichtigste kommt jetzt! So gegen einundzwanzig Uhr kannst du dann anfangen, merke dir das unbedingt, mich zu verwöhnen.«

»Was? Bist du noch ganz gescheit? Ich bin doch nicht bei dir angestellt. Ich glaube, du hast sie nicht mehr alle im Oberstübchen zusammen oder? Damit meine ich deine wenigen noch vorhandenen Gehirnwindungen. Mann, du bist doch total irre!«

»Mathilda beruhige dich! Ich bin doch überaus flexibel. Auch wenn du dich um eine Viertelstunde verspäten solltest, mach ich keinen Zirkus. Da bin ich doch ganz großzügig.«

»Hör auf damit, so einen Blödsinn zu reden, sonst ziehe ich mal ganz andere Zeiten auf! Hast du mich verstanden?«

»Mathilda, das heißt nicht >andere Zeiten aufziehen<, das heißt >andere Seiten aufziehen<. Ehrlich Mathilda, wenn du schon versuchst, Sprichwörter oder irgendwelche Metapher in deine Ausführungen einzufügen, so benutzte sie bitte richtig.«

»Erzürn mich nicht! Sei bloß nicht so pingelig, du Blödmann! Denk nur an deine Ausdrucksweise, du nimmst es doch auch nicht so genau.

Reiß dich nun bloß zusammen! Noch etwas, das hätte ich doch in der Aufregung fast vergessen. >Platz im Gehirn<, was willst du damit sagen? Was bedeutet das?«

»Schatz, das ist ganz einfach. Weil du im Gegensatz zu mir nicht genial bist, sind bei dir auf jeden Fall entweder nicht alle Gehirnzellen im Einsatz oder arbeiten nicht so ausgeprägt wie bei einem Genie, das heißt vergleichbar wie bei mir. Also ist bei dir philosophisch betrachtet noch viel Raum für weitere Aktivitäten.«

»So, jetzt reicht es mir aber! Ich werde mir gleich einen Film ansehen und das Schmusen, von einem außergewöhnlichen Schmusen kann schon gar keine Rede mehr sein, fällt heute ins Wasser. Dafür hast du mich zu viel geärgert. Geh beobachten oder schreibe irgendetwas, dann bist du beschäftigt.

Und noch etwas, ich kann heute Abend auch kein Abendbrot vorbereiten. Dazu kann ich meine wenigen Gehirnwindungen nicht mehr aktivieren. Das darfst du heute einmal selbst in die Hand nehmen.«

Ohne ein weiteres Wort zu verlieren, schon gar nicht wartete Mathilda eine Antwort von Karl-Gustav ab, nahm sie die Fernbedienung für den Fernseher in die Hand und schaltete diesen ein. Nachdem sie das richtige Programm eingestellt und noch etwas zum Knabbern aus der Küche geholt hatte, setzte sie sich auf die Couch und machte es sich gemütlich.

Karl-Gustav hatte sie mit entsetztem Gesicht angesehen, traute sich aber nicht, noch etwas zu sagen. Er wollte Mathilda jetzt nicht ganz verärgern, sonst hat er hinterher wieder wochenlang keine Schmuseeinheiten, schon gar keine sensationellen, zu erwarten. Mit bedröppelter Miene ging er ins Büro und versuchte noch ein bisschen zu schreiben, bevor er sich sehr zeitig ins Bett legte. Das Abendessen legte er heute ad acta und schlief auch ziemlich schnell ein.

Er wurde auch nicht wach, als Mathilda gegen dreiundzwanzig Uhr ins Bett kam und ebenfalls sofort einschlief.

Auch der nächste Tag ging vorbei, ohne dass es besondere Zwischenfälle gab oder sich etwas Besonderes mit den Nachbarn ereignete. Aber sowohl Mathilda als auch insbesondere Karl-Gustav, der zudem noch direkt betroffen war, konnten immer wieder auftauchende Gedanken an den morgigen Gerichtsprozess nur schwer verdrängen. Und das, obwohl es erst einmal nur eine Anhörung sein sollte.

Dann war es so weit. Der Tag des Gerichtstermins brach an. Beiden konnte man eine gesteigerte Nervosität anmerken. So konnten sie nach dem Duschen mühevoll nur eine Scheibe Brot zu sich nehmen und fuhren dann gegen neun Uhr mit ihrem Auto nach Recklinghausen.

In einer Seitenstraße, in der Nähe des Amtsgerichts, fanden sie kurze Zeit später einen Parkplatz und gingen dann gemäßigten Schrittes zum Amtsgericht.

Als sie den Gerichtssaal betraten, war dieser schon ziemlich gefüllt. Ein Ordner wies Karl-Gustav auf die Zeugenbank, nachdem dieser zuvor seinen Ausweis vorzeigen musste. Mathilda mischte sich derweil unters Publikum. Sie wollte der Verhandlung auf jeden Fall beiwohnen. Zu Hause auf die Rückkehr von Karl-Gustav zu warten, brachte sie nicht übers Herz.

Karl-Gustav war da auch der Meinung, dass das bei Mathilda bestimmt ein Zusammenspiel aus Fürsorgepflicht gegenüber ihrem Mann gepaart mit einer gehörigen Portion Neugier war.

Auf einmal kam Margarethe in Begleitung ihres Anwalts sowie ihren Kindern in den Gerichtssaal. Alle vier setzten sich nebeneinander auf die Klägerbank. Margarethe, die genau im Blickfeld von Karl-Gustav saß, würdigte diesen aber keines Blickes. Karl-Gustav wiederum ließ sich nicht nehmen, den Kindern Veronika und Sabine verstohlen zuzuwinken, dass diese noch schüchterner erwiderten.

Als der Richter den Saal betrat, wurden alle Anwesenden aufgefordert, sich zu erheben. Dieser Aufforderung kamen alle Anwesenden nach.

Nachdem sich alle, auch der Richter und seine Beisitzer, wieder gesetzt hatten, eröffnete der Richter die Verhandlung.

»Guten Morgen meine Damen und Herren. Ich begrüße auch Sie, Frau Dinlafen, als Klägerin und ihren Anwalt Herrn Simsen sowie Herrn Kirchhaff als Zeugen. Wir werden in der Verhandlung überprüfen, ob die Voraussetzungen erfüllt sind, dass es zu einer Anklage gegen Herrn Kirchhaff kommen kann. Ich bitte zuerst die Klägerin um Schilderung des Sachverhaltes aus ihrer Sicht.«

Das machte aber nun nicht Margarethe, sondern dies übernahm ihr Anwalt. Nun war es auch amtlich, dass der schwarz gekleidete Mann Margarethes Anwalt war.

Mann oh Mann, was wird das wieder kosten, das kann sich doch Margarethe unmöglich leisten, glaubte sich da Karl-Gustav noch schnell Gedanken um die Zahlungsfähigkeit von Margarethe machen zu müssen.

»Euer Ehren, Frau Dinlafen hat mich beauftragt, das für sie zu übernehmen. Ich möchte daher kurz den Grund der Klage meiner Mandantin erörtern. Dieser Mann, Herr Kirchhaff, er sitzt mir hier gegenüber, hat in einem Artikel meine Mandantin verunglimpft.

Er hat dort erwähnt, dass die Tochter von Frau Dinlafen, Sabine Dinlafen, auf Veranlassung meiner Mandantin eine faule Apfelkippe auf ein Gartenstück vor dem Haus geworfen hat. Das ist eine öffentliche Verunglimpfung, die das Privatleben meiner Mandantin verletzt und folglich nun auch erheblich eingeschränkt hat. Das können wir so nicht hinnehmen und erwarten eine Gegendarstellung in dieser Zeitschrift sowie Schmerzensgeld für die Umstände, in die Herr Kirchhaff Frau Dinlafen mit der Veröffentlichung des Artikels gebracht hat.«

»Danke Herr Rechtsanwalt, für den von Ihnen beschriebenen Sachverhalt aus der Sichtweise der Klägerin. Nun möchte ich Herrn Kirchhaff bitten, den Vorgang aus seiner Sichtweise darzulegen.«

»Vielen Dank Euer Ehren, das mache ich gerne, eine Richtigstellung der Vorkommnisse zu liefern.«

»Stopp, Herr Kirchhaff, Sie sollen dem Gericht nur die Vorkommnisse aus Ihrer Sicht, also wie Sie das gesehen und verfolgt haben, schildern. Was die Richtigstellung der Vorkommnisse betrifft, dafür ist das Gericht zuständig.

Ich entscheide und nicht Sie, wie sich die Vorkommnisse richtigerweise dargestellt haben, falls das möglich ist. Ansonsten, das heißt, wenn dieses nicht eindeutig möglich ist, müssen wir sehen, wie der Fall entschieden wird. Aber dieses mache ich ebenfalls und nicht Sie, Herr Kirchhaff. Ich hoffe, das war deutlich genug. So, jetzt können Sie die Schilderung der Ereignisse, das heißt, wie sie sich aus Ihrer Sicht darstellen, fortsetzen.«

»Selbstverständlich Euer Ehren, das mache ich. Stein des Anstoßes für Frau Dinlafen war ein von mir verfasster Artikel über Umweltverschmutzung in den Städten, der im Zusammenhang einer Sonderausgabe in einer Umweltzeitung veröffentlicht wurde.

In diesem Artikel habe ich einen Vorfall erwähnt, der sich mit Frau Dinlafen und ihrer Tochter Sabine vor wenigen Wochen ereignet hat. Da hat Sabine einen faulen Apfel aus dem Auto genommen und auf die kleine Wiese vor unserem Hausparkplatz geworfen. Ich stand zufällig am Fenster und habe alles beobachtet.«

»Euer Ehren, den Vorgang wollen wir auch gar nicht bestreiten. Aber wie will Herr Kirchhaff beweisen, dass das auf Anordnung von Frau Dinlafen stattfand?«

»Herr Rechtsanwalt, wenn Sie sich schon ohne meine Erlaubnis hier einbringen, übrigens, machen Sie das bitte nicht noch einmal, dann fragen wir doch Sabine direkt.«

»Sabine, nun beantworte mir bitte mal diese Frage. Hat deine Mutter gesagt, dass du den faulen Apfel auf die Wiese werfen sollst?«

»Ja, das hat meine Mama gesagt. Ich war schon im Auto und hatte die Apfelkippe auf dem Rücksitz gesehen und das meiner Mama gesagt. Daraufhin hat meine Mama gesagt, dass ich noch einmal aussteigen soll und die Apfelkippe auf die Wiese schmeißen soll. Ich wollte sie eigentlich zur Mülltonne bringen, die stand nur fünf Meter von unserem Auto entfernt, aber meine Mama hatte es eilig. Sie hat mir zu verstehen gegeben, dass wir dafür keine Zeit haben und ich die Apfelkippe auf den Rasen schmeißen soll.«

»Spinnst du Sabine? Wie kannst du das hier im Gerichtssaal so sagen.«

»Aber Mama, das hast du genauso gesagt. Das ist doch die Wahrheit. Veronika, hilf mir mal.«

»Das stimmt Mama, das hast du gesagt.«

»Na, vielen Dank Kinder, dann ist das schon mal geklärt«, und nun konnte sich der Richter ein Lächeln nicht verkneifen.

Während der Richter noch ein Lächeln in seinem Gesicht hatte, wurde der Gesichtsausdruck von dem Anwalt, von Margarethe ganz zu schweigen, nicht besonders freundlich.

»Euer Ehren, darf ich noch etwas mitteilen?«

»Aber selbstverständlich, falls es zur Aufklärung dieses Falles beiträgt. Dann erzählen Sie uns doch mal, was Sie noch zur Aufklärung des hier verhandelten Sachverhaltes beitragen können.«

»Ja, auf jeden Fall. Ich muss noch betonen, dass ich in dem Artikel nicht die Namen von Frau Dinlafen und ihren Töchtern eingesetzt habe, sondern immer mit Synonymen, also fiktiven Namen, gearbeitet habe. Ich habe meiner Meinung nach Frau Dinlafen nicht verunglimpft. Es weiß doch keiner, außer ich und sie selbst, na ja, bis heute, dass sie gemeint war.«

»Da muss ich Ihnen Recht geben. Dazu werde ich Sie gleich noch einmal befragen müssen, Frau Dinlafen. Aber Sie machen mir den Eindruck, Herr Kirchhaff, als ob Sie noch etwas auf dem Herzen haben. Ich nehme mal an, das hat auch etwas mit dieser Sache zu tun.«

»Ja Euer Ehren, das rundet den Gesamteindruck ab und erklärt auf jeden Fall mein Verhalten. Grundsätzlich muss ich festhalten, dass Frau Dinlafen im Grunde genommen eine nette Person ist und ich überhaupt nichts gegen sie persönlich habe. Es geht nur um ihre Handlungsweise, und da war dieser Vorfall leider nicht der Einzige, der mir zu schaffen machte. Frau Dinlafen hat so ihre Probleme, wie es sich mit den Gesetzen verhält.

Beispielsweise wird bei Dinlafens öfter schon um fünf Uhr morgens sehr laut der Fernseher angestellt, das fördert nicht gerade meinen Schlaf. Aber das ist leider nicht das einzige Vergehen, was mir Kopfzerbrechen bereitet. Sie beginnt auch oft um vierundzwanzig Uhr mit ihrer Wäsche. Damit nicht genug, denn anschließend stellt sie noch ihren Trockner an. Das ärgert mich schon und ich frage mich dann, wieso kann sie nicht um zwanzig Uhr waschen.

Insbesondere deshalb, weil Frau Dinlafen immer um fünfzehn Uhr zu Hause ist und daher weiß ich nicht, warum sie erst um Mitternacht mit dem Krach anfängt. Trotzdem habe ich immer von einer Anzeige abgesehen und deshalb wundert es mich schon, dass Frau Dinlafen im Gegenzug nun mich angezeigt hat. Und das, obwohl ich doch ihren Namen gar nicht verwendet habe.«

»Herr Kirchhaff, das war eine ausführliche Erklärung, hat aber zum Teil nichts mit dem jetzigen Fall zu tun. Sie scheinen aber überhaupt sehr gut über die Verhaltensweisen von Frau Dinlafen informiert zu sein. Sind Sie den ganzen Tag zu Hause und beobachten alles, was mit Frau Dinlafen zusammenhängt?«

»Darf ich da auch mal etwas sagen, Euer Ehren?«

»Aber bitte, Frau Dinlafen.«

»Euer Ehren, der Typ spioniert den ganzen Tag alle Nachbarn in unserem Haus aus, der ist auch den ganzen Tag immer zu Hause. Der scheint sein Geld damit zu verdienen, in dem er andere in den Schmutz zieht, dieser Scheißkerl.«

»Frau Dinlafen, ich muss Sie doch bitten! Jetzt könnte Herr Kirchhaff Sie wegen Beleidigung anzeigen. Ich hoffe aber, dass er das nicht vorhat.«

»Natürlich nicht, Euer Ehren, da bin ich ganz großzügig. Das liegt in meinem Naturell.«

»Na ja, das freut mich aber. Eines muss ich aber noch mit Ihnen klären, Frau Dinlafen. Wie kommen Sie darauf, dass Sie in dem Artikel gemeint sind. Geben Sie das Vorgefallene, nachdem Ihre Kinder das schon bestätigt haben, jetzt auch zu und haben Sie wirklich Ihre Tochter eine Apfelkippe in den Vorgarten werfen lassen?«

»Ja, deshalb weiß ich auch, dass ich gemeint bin und ich bin schließlich auch eine Nachbarin von diesem Blödmann.«

Nun ertönte lautes Gelächter im Saal, nachdem der Richter in einem ziemlich süffisanten Ton seine Vorstellungen erläutert hatte. Eine Steigerung erfuhr der Geräuschpegel dann noch, nachdem Margarethe mit ihren Erklärungen fertig war.

»Frau Dinlafen, so geht das aber nicht. Jetzt könnte Herr Kirchhaff Sie wieder wegen Beleidigung verklagen. Aber dazu später mehr.

Sie lassen also Ihre Tochter, wahrscheinlich sogar auf Ihre Veranlassung, faule Äpfel auf die Wiese werfen. Also, wenn das ein städtischer Rasen wäre, müsste ich Sie schon wieder verwarnen. Aber machen wir mal weiter. Stimmt das, Frau Dinlafen, dass Sie um halb eins in der Nacht Ihren Trockner anstellen?«

»Ich habe ihn schon ein paarmal um halb eins angestellt,

aber das ist nicht so oft vorgekommen, wie das dieser Herr Kirchhaff versucht hat darzustellen.«

Wieder lautes Gelächter.

»Frau Dinlafen, auch das ist nach dem Immissionsschutzgesetz nicht erlaubt, die Nachtruhe ist streng einzuhalten. Dafür müsste ich Sie erneut verwarnen. Vor allen Dingen, wenn Sie auch darauf bestehen, dass das alles wahr ist. Soll ich Ihnen einen Vorschlag machen, sozusagen zur Güte.

Sie ziehen Ihre Anzeige zurück und ich muss Sie nicht wegen mehrfachen Verstoßes von Gesetzesauflagen belangen, insbesondere denke ich da an das Überschreiten von Lärmgrenzen. Außerdem sehe ich in dem Artikel nirgendwo Ihren Namen.

Ich gebe Ihnen Recht, das wäre schon ein gewaltiger Zufall, wenn Sie das nicht wären. Aber es ist aus Ihrer Sicht nicht zu beweisen, denn es ist nicht auszuschließen, dass in unserem Lande auch in der letzten Zeit jemand eine Apfelkippe auf den Rasen geworfen hat. Meinen Sie nicht auch?

Dazu kommt, dass hier in dem Artikel völlig andere Namen stehen und wenn Sie damit nicht vor Gericht gegangen wären, hätte außer Ihnen, und natürlich Ihrer Tochter, ich meine die mit dem faulen Apfel, keiner gewusst, dass Sie gemeint wären.«

Jetzt musste Euer Ehren eine kurze Pause machen, weil nun wieder ein dröhnendes Gelächter in dem Raum angestimmt wurde.

»Na gut«, meldete sich der Richter wieder, nachdem er seine Robe etwas auf Vordermann gebracht und sich auch wieder Gehör verschafft hatte, »machen wir mal weiter.«

»Frau Dinlafen, Sie sollten sich nun bei dieser Ausgangslage genau überlegen, ob Sie weiterhin an der Anzeige gegen Herrn Kirchhaff festhalten wollen. Insbesondere deshalb, weil Herr Kirchhaff Ihren Namen in dem besagten Artikel nicht verwendet hat.

Dazu gäbe es dann wahrscheinlich eine Gegenklage von Herrn Kirchhaff wegen Lärmbelästigung, vielleicht sogar wegen Arbeitsausfall, weil Sie ihn voraussichtlich um den Schlaf gebracht haben. Sie können sich jetzt gerne mit Ihrem Anwalt beraten.«

Nun wurde es vorübergehend still in dem Gerichtssaal, bis sich nach ungefähr drei Minuten der Anwalt von Frau Dinlafen zu Wort meldete.

»Frau Dinlafen möchte die Anzeige zurücknehmen und bestreitet nun, dass es sich bei der Person in dem Artikel von Herrn Kirchhaff um Frau Dinlafen handelt.«

»Das ist eine kluge Entscheidung. Das Gerichtsverfahren ist damit abgeschlossen und die Klage gegen Herrn Kirchhaff gegenstandslos. Einen schönen Tag noch.«

Nachdem der Richter mit seinen Beisitzern den Gerichtssaal verlassen hatte, leerte sich dieser langsam. Auch Margarethe ging mit grimmigem Gesicht in Begleitung ihrer Kinder und ihres Anwalts aus dem Saal, sie würdigte Karl-Gustav weiterhin mit keinem Blick.

Mathilda wartete am Ausgang des Gerichtssaales auf Karl-Gustav und nahm ihn zu seiner Überraschung sofort in den Arm.

»Hallo mein Schatz, bist du froh, dass das so glimpflich ausgegangen ist?«

»Eigentlich schon mein Schatz. Andererseits habe ich doch insgeheim damit gerechnet, weil ich in dem Artikel keinen Namen von Margarethe und den Kindern eingesetzt habe. Sie scheint jetzt richtig sauer zu sein, denn mich hat sie nicht gegrüßt. Hat sie dich gegrüßt?«

»Nein, hat sie leider nicht, obwohl ich ihr und den Kindern zugewinkt habe. Sie hat aber bewusst weggeschaut. Nun ja, da kann man nichts machen. Schatz, was hältst du davon, wenn wir heute in eine Pizzeria gehen und dort zu Mittag essen? Zum Kochen ist es jetzt zu spät.«

»Ja, das ist eine gute Idee, lass uns gehen.«

Karl-Gustav und Mathilda gingen dann Arm in Arm zu ihrem Auto. Auf dem Weg dorthin kommen sie auf einmal an der Stelle vorbei, an der das Auto von Margarethe stand und diese gerade dabei war, mit ihren Kindern einzusteigen.

Während die Kinder noch verstohlen Mathilda und Karl-Gustav zuwinkten, würdigte Margarethe beide keines Blickes. Bei Karl-Gustav war das vielleicht noch verständlich, bei Mathilda eher nicht. Denn streng genommen war sie an der Geschichte unbeteiligt und so verwunderte Mathilda das Verhalten von Margarethe schon.

Sowohl Karl-Gustav als auch Mathilda reagierten nicht auf das Verhalten von Margarethe, sie winkten kurz den Kindern zu und gingen ruhig weiter zu ihrem Auto. Sie stiegen ein und fuhren direkt nach Haltern zu einem Restaurant.

Sie unterhielten sich wenig später beim Essen nur über belanglose Themen, die Gerichtsverhandlung und das Verhalten von Margarethe wollten sie heute nicht mehr ansprechen.

Als sie um fünfzehn Uhr wieder zu Hause waren, wollte sich Mathilda, entgegen ihrer sonstigen Gepflogenheit, mit Karl-Gustav auf die Couch setzen und ein wenig relaxen.

Es dauert aber nicht lange, dann passierte das, wovon Karl-Gustav aber kaum zu träumen gewagt hätte. Plötzlich fing Mathilda an, Karl-Gustav auszuziehen und überall zu

streicheln und zu küssen. Karl-Gustav war völlig fassungslos, allerdings im positiven Sinne, und konnte das auch erst
gar nicht verstehen.

Er dachte aber nicht lange darüber nach. Zum einen deshalb nicht, weil Mathilda ihr Schmusen und Küssen immer
mehr intensivierte und zum anderen, weil Karl-Gustav nun
anfing, auch Mathilda dermaßen zu verwöhnen, sodass es
für beide ein wunderschöner Nachmittag wurde.

Sie wollten auch nach dem Lieben noch nicht voneinander lassen und so wurde es später Abend, als beide für
einen Moment mal voneinander ließen und ihr Abendbrot
zubereiteten.

Karl-Gustav wollte auch gar nicht Mathilda fragen, warum sie, zumindest was die letzten Wochen betraf, so ein
außergewöhnliches Verhalten an den Tag legte. Er genoss
einfach nur und hoffte, dass sie dieses für immer beibehalten
kann.

An die Nachbarn, die ihm ansonsten kaum mal eine
Ruhepause gönnten, zumindest war er dieser Meinung,
dachte er in diesem Moment überhaupt nicht und wollte sich
einfach überraschen lassen, wie es nun weitergeht. Sowohl
mit Mathilda als auch mit den Nachbarn, und damit meinte
er nicht nur Margarethe.

Aber auch Mathilda wollte darüber jetzt nicht nachdenken, sie genoss einfach nur den späten Nachmittag und
Abend und wollte jetzt nicht an die Zukunft denken, die
kommt ganz von allein.